KB069087

가헌사

신기질사 전집

❸

이 책은 (재)한국연구재단의 지원으로 학고방출판사에서 출간, 유통합니다.

한국연구재단
학술명저번역총서

동양편
623

稼軒詞

가헌사

신기질 사 전집

신기질辛棄疾 저 / 서 성 역주

③

學古房

가헌사稼軒詞 권2 下

가헌사稼軒詞 권3

9

일러두기

1. 이 책은 1993년 상해고적출판사(上海古籍出版社)에서 펴낸 『가헌사』(稼軒詞)를 저본으로 하여 번역하였다.
2. 시 원문은 위의 판본에서 등광명(鄧廣銘)이 교감한 결과를 따랐으며, '□'로 되어 있는 부분은 원문에서 결락된 부분으로 역시 위의 책을 따랐다.
3. 모든 작품은 먼저 번역문을 제시하고 원문을 싣는 방식으로 축구(逐句) 번역하였다. 주석은 각주로 처리하였으며, 각 작품 끝에 번역자가 작품 이해에 필요한 간단한 '해설'을 달았다.
4. 한자가 필요한 경우는 우리말 독음 뒤에 한자를 넣었으며, 이름과 지명 등 고유명사의 독음은 대부분 한국 한자음으로 달았다. 주요한 지명은 필요한 경우 괄호 안에 현재의 지명을 적었다.
5. 책의 앞머리에 신기질과 그의 작품에 대한 역자의 해설을 실었고, 참고 지도를 끼웠으며, 책 뒤에 작품 제목 찾기를 부록으로 붙였다.

가헌사 稼軒詞 권2

대호 시기, 총 228수
1182년(송 효종 순희 9)부터 1192년(송 광종 소희 3)까지

下

소중산小重山
─ 말리화茉莉[1]

훈풍을 불러 옷을 초록으로 물들이고
나라에서 제일가는 향기 거둬들일 수 없어
얼음같이 하얀 피부에 스미는구나.
살짝 피어 얼마 되지 않았는데도
창밖에서
사람들이 벌써 알아버리지.

아낄수록 더욱 아리따와
구름 같은 머리에 한 송이 꽂으면
그 사람에게 딱 어울리지.
이걸 가지고 도미꽃에 비하지 말지니
분명
이것이 더 운치가 있으니까.

倩得薰風染綠衣, 國香收不起,[2] 透冰肌. 略開些箇未多時. 窓兒
外, 却早被人知.

越惜越嬌癡. 一枝雲鬢上, 那人宜. 莫將他去比荼蘼,[3] 分明是,
他更韻些兒.

1 茉莉(말리): 말리화. 재스민. 물푸레나뭇과의 상록 관목. 잎이 둥글고 뾰족하고, 초여름에 하얀 꽃이 피며, 향기가 강하다.

2 國香(국향): 나라에서 으뜸가는 향기.

3 茶蘼(도미): 도미꽃. 키가 작은 관목으로 늦봄에서 초여름에 흰 꽃이 핀다. 원래 도미주를 가리켰으나, 나중에 그 빛깔이 같은 도미꽃을 가리켰다.

해설

말리화를 노래한 영물사詠物詞이다. 상편에서 말리화의 향기를 묘사하고, 하편에서 말리화의 모양을 그렸다. 여인의 머리에 꽂으면 서로를 빛나게 하고, 도미꽃과 비교하면 더욱 운치 있다고 하였다.

임강선臨江仙

— 매화를 찾아探梅

늙어가니 꽃을 아끼는 마음도 시들어졌지만
매화만은 사랑하여 아직도 강촌을 맴돈다.
한 송이가 먼저 옥계의 봄을 알리니
뭇 꽃의 모습과 태가 전혀 없고
온통 눈발을 이기는 정신이구나.

모두 청산을 향하여 빼어난 모습
그를 위해 청신한 시구를 짓노라.
대나무와 강물에 비치어 구름까지 있으니
도취하여 온통 기억하지 못하는데
돌아오는 길에선 달이 이미 어스름해졌어라.

老去惜花心已嫩,¹ 愛梅猶繞江村. 一枝先破玉溪春.² 更無花態
度, 全有雪精神.
　臘向空山餐秀色,³ 爲渠着句淸新.⁴ 竹根流水帶溪雲. 醉中渾不
記, 歸路月黃昏.

注

1 心已嫩(심이눈): 마음이 벌써 시들다.
2 玉溪(옥계): 신강信江. 신주에 소재한 강. 강의 수원이 회옥산懷玉山

에 있으므로 옥계라 했다.

3 賸向(잉향): 盡向(진향). 모두 향하다. ○ 餐秀色(찬수색): 빼어난 미
색. 서진 육기陸機의 「일출동남우행」日出東南隅行에 "수려한 모습은
먹을 수 있을 듯하다"秀色若可餐는 말이 있다. 여기서는 산천의 수려
함을 형용하였다.

4 渠(거): 그. 그 사람. 여기서는 매화를 가리킨다. ○ 着句(착구): 시구
를 쓰다.

해설

　매화를 노래한 영물사이다. 상편은 매화를 찾아 나선 모습을 그렸
고, 하편은 매화를 감상하며 매화를 사랑하는 마음을 표현하였다.

일락색—落索
—규중의 그리움閨思

홀로 된 거울 속 봉황 보기 싫어서
남더러 머리 빗어 달라 했지.
봄 내내 '꽃'이 질까 시름겨운데
어찌하여 밤마다 봄바람이 짓궂게 부는가.

비취색 주렴 아래 서성이니
비단 편지는 누구에게 부탁해 부쳐 보내나?
눈물 가득 담긴 옥 술잔 차마 마시지 못하는 건
술맛도 낭군의 정처럼 박할까 싶어서라네.

羞見鑑鸞孤却,[1] 倩人梳掠. 一春長是爲花愁, 甚夜夜東風惡.
行繞翠簾珠箔.[2] 錦牋誰託?[3] 玉觴淚滿却停觴, 怕酒似郞情薄.

注

1 鑑鸞(감란): 난경鸞鏡. 뒷면에 봉황이 조각된 청동 거울. ○ 孤却(고
   각): 孤了(고료). 외롭게 되다.
2 珠箔(주박): 구슬로 만든 발. 주렴.
3 錦牋(금전): 금서錦書. 비단에 쓰거나 수놓은 편지.

규중 아낙의 고독과 시름을 썼다. 상편에선 홀로 된 모습을 그렸다. 봉황이나 꽃은 모두 여인 자신을 가리킨다. 하편은 상사想思의 정을 나타냈다. 말미의 두 구는 술맛을 빌려 박정한 낭군을 탓하는 것으로 여인의 순정을 표현하였다. 앞의 시들은 대부분 갑집甲集에 있는 것으로 보아 1187년(48세) 이전에 지은 것으로 본다.

작교선 鵲橋仙
— 여든 생신을 축하하는 연석에서 장난삼아 짓다 爲人慶八十席上戱作

붉은 얼굴에 보조개
흑칠로 찍은 듯한 네모 눈동자
소나무 옆에 한가하게 지팡이 짚고 섰네.
그림을 펼쳐 볼 필요도 없으니
이 사람이 바로 수성壽星의 상이로다.

오늘 아침 성대한 일
축수주 한 잔 가득 부어 권하오며
더구나 새 가사를 지어 함께 노래합니다.
세상에 '팔십'은 가장 풍류가 있으니
아이 때 이마에 썼던 글자 오랫동안 남아 있었구나.

    朱顔暈酒, 方瞳點漆,[1] 閑傍松邊倚杖. 不須更展畵圖看, 自是箇壽星模樣.[2]
    今朝盛事, 一杯深勸, 更把新詞齊唱. 人間八十最風流,[3] 長貼在兒兒額上.

注

1 方瞳(방동): 네모꼴의 동공. 도가에서는 동공이 네모꼴이면 천 년
  을 산다고 한다. 『습유기』拾遺記에 관련 기록이 있다. "황발의 노인

이 다섯 있는데, 어떤 자는 기러기나 학을 타고, 어떤 자는 깃털 옷을 입고 있으며, 귀가 머리 위에 나 있기도 한데, 눈동자가 모두 네모꼴이다."惟有黃髮老叟五人, 或乘鴻鶴, 或衣羽毛, 耳出於頂, 瞳子皆方. ○ 點漆(점칠): 흑칠로 점을 찍다. 눈빛이 빛나는 모양을 형용하였다. 『세설신어』「용지」容止에 왕희지王羲之가 두홍치杜弘治를 보고는 "얼굴은 지방이 뭉친 것 같고 눈은 흑칠로 점을 찍은 것 같으니, 이는 신선 속에 있던 사람이다."面如凝脂, 眼如點漆, 此神仙中人. 고 했다.

2 壽星(수성): 남극노인성南極老人星. 남극선옹南極仙翁 또는 남극진군南極眞君이라고도 부른다. 전설 중의 노수성老壽星으로 원시천존 좌의 대제자이다. 목숨을 주관하므로 '수성'壽星 또는 '노인성'老人星이라고 한다.

3 人間(인간) 2구: 송대 풍속에 붉을 글씨로 아이의 이마에 '八十'(팔십)이라 써서 장수하기를 기원했다. ○ 兒兒(아아): 아이.

여든 생신을 축하하는 축수사祝壽詞이다. 상편은 여든 생일을 맞은 주인공의 모습을 묘사하고 바로 수성壽星의 관상이라고 말함으로써, 장수에 대한 칭송을 절로 드러나게 하였다. 하편은 축수의 뜻을 나타내었다. 특히 말미의 두 구는 민속에서 아이들의 이마에 붉은 글씨로 쓰는 '八十'(팔십)으로 주인공의 여든을 축수할 뿐만 아니라 아이 때 쓴 글씨가 지금까지 효력을 발휘한다고 덕담을 하였다. 1188년(49세)경 대호 한거 시기에 지은 것으로 본다.

작교선鵲橋仙
— 장모의 여든 생신을 경하하며 慶岳母八十[1]

팔순 생신의 경사로운 모임

인간 세상의 성대한 일

다 함께 장수의 술잔을 권하옵니다.

아이 때 '八十'(팔십)이란 작은 글자 연지로 미간에 찍었으니

아직도 당시의 눈썹 모양 기억하시겠지요.

비단옷을 갈아입으시고

부귀와 공명이

강태공보다 더 높으시길 바라옵니다.

모두들 새로 지은 가사를 꼭 기억해두었다가

십 년 후에 다시 부르겠습니다.

八旬慶會, 人間盛事, 齊勸一杯春釀.[2] 臙脂小字點眉間,[3] 猶記得舊時宮樣.

綵衣更着, 功名富貴, 直過太公以上.[4] 大家着意記新詞, 遇着箇十年便唱.

注

1 岳母(악모): 신기질의 장모. 조씨趙氏. 조사경趙士經의 딸.

2 春釀(춘양): 春酒(춘주). 봄에 빚은 술. 『시경』「칠월」七月에 "이렇게

춘주를 빚어서, 노인의 장수를 빈다."爲此春酒, 以介眉壽.는 말이 있으므로, 춘주라는 말 속에 장수의 뜻이 들어 있다.

3 臙脂(연지) 구: 아이의 이마에 붉은 글씨로 '八十'(팔십)이라 써서 장수하기를 기원하는 풍속을 가리킨다.

4 太公(태공): 강태공을 가리킨다. 일흔 살이 넘어 주 문왕周文王을 만나고, 여든 살에 재상이 되었다. 여기서는 장수를 의미한다.

해설

장모의 여든 생신을 축하하며 지은 축수사祝壽詞이다. 1188년(49세) 대호에 한거할 때 지었다.

호사근 好事近

의원이 치료비를 달라는데
어디에서 그 많은 돈을 구할 수 있나?
다만 정정整整이란 시녀밖에 없으니
그것도 찬합에 담을 만하다네.

나는 가무에 점점 흥이 없어져
피리도 몇 자루 남지 않았다오.
지금 이렇게 상기된 얼굴을 보니
부인은 스스로를 잘 보살피기 바라오.

醫者索酬勞, 那得許多錢物? 只有一箇整整,¹ 也盒盤盛得.
下官歌舞轉悽惶,² 賸得幾枝笛. 覷著這般火色, 告媽媽將息.³

注

1 整整(정정): 피리를 부는 시녀의 이름.
2 下官(하관): 소관小官. 관리가 자신을 지칭하는 겸사. 신기질 자신
  을 가리킨다. ○ 悽惶(처황): 슬프고 불안하다.
3 告(고): 청하다. 바라다. ○ 將息(장식): 몸을 보살피다. 쉬다.

해설

아내의 병을 낫게 한 값으로 시녀를 내보낸 일을 해학적으로 노래

했다. 주휘周輝가 1194년에 편찬한 『청파별지』淸波別志 권하卷下에 이 사의 연원에 대해 다음과 같이 기록하였다. "『가헌악부』는 신기질이 술자리에서 유희적으로 지은 작품들이다. 가사와 음이 잘 어울려 호사가들이 다투어 전했다. 상요에 있을 때 그 아내가 병이 들어 의원을 불러 진맥하였다. 피리 부는 시녀 정정이 옆에서 보살폈는데, 그녀를 가리키며 의원에게 말했다. '처의 병이 나으면 이 아이를 보내리다.' 며칠 지나지 않아 과연 약이 필요 없게 되어 낫자 이전의 약속을 지켰다. 정정이 떠나자 입으로「호사근」을 불렀다. (가사는 위의 본문) 한때의 해학으로 지었지만 풍조가 뛰어나다. 가헌의 시문집에는 이 작품이 빠져있다."稼軒樂府, 辛幼安酒邊遊戲之作也. 詞與音叶, 好事者爭傳之. 在上饒, 屬其室病, 呼醫對脈. 吹笛婢名整整者侍側, 乃指以謂醫曰: '老妻病安, 以此人爲贈.' 不數日, 果勿藥, 乃踐前約. 整整旣去, 因口占好事近云: (詞略). 一時戲謔, 風調不群. 稼軒所編遺此. 이렇게 본다면 이 사는 다분히 생활 속의 일을 장난삼아 지은 작품이라 할 수 있다. 지금의 각도에서 보면 시녀를 치료비 조로 의원에게 준다는 일이 부도덕하기에 해학적인 측면과 다르지만, 이로부터 당시의 사회 관습을 엿볼 수 있다.

접련화蝶戀花
— 무신년 정월 초하루 입춘일, 연석에서 짓다戊申元日立春, 席間作[1]

누가 산초 소반 앞에서 채승綵勝을 머리에 꽂았는가?
온전하고 아름다운 시절이
봄바람 스치는 머리 위에 다투어 올라갔구나.
나의 지난 젊을 때를 차마 회상하기 싫으니
언제나 꽃 때문에 새봄이 되면 한스러웠지.

봄이 아직 오지 않았을 때는 언제 오느냐고 묻고
봄이 늦게 오면 꽃이 늦게 핀다고 탓하고
봄이 일찍 오면 또 꽃이 일찍 진다고 안타까워했지.
올해는 꽃 피는 시기 정해졌으나
다만 비바람이 때 없이 불까 근심스러워라.

誰向椒盤簪綵勝?[2] 整整韶華,[3] 爭上春風鬢.[4] 往日不堪重記省,[5]
爲花長把新春恨.
春未來時先借問, 晚恨開遲, 早又飄零近. 今歲花期消息定, 只
愁風雨無憑準.

注

1 戊申(무신): 1188년. ○ 元日立春(원일입춘): 음력 정월 초하루가
마침 입춘날이라는 뜻.

2 椒盤(초반): 산초를 쌓아올린 소반. 정월 초하루에 초반을 올리는
   풍습이 있어, 술을 마실 때 산초를 술잔 속에 담가 마셨다. ○ 簪
   (잠): 비녀. 여기서는 동사로 쓰였다. 비녀처럼 꽂다. ○ 綵勝(채승):
   幡勝(번승). 비단으로 오린 장식. 입춘날 비단을 가위로 오려 깃을
   만들어 여인의 머리에 꽂거나 꽃가지에 걸었다.
3 整整(정정): 완정하다. 정월 초하루가 입춘일이기 때문에 완정하다
   는 뜻. ○ 韶華(소화): 아름다운 시절. 일반적으로 봄날을 가리킨다.
4 春風鬢(춘풍빈): 봄바람에 흔들리는 머릿단.
5 記省(기성): 기억.

해설

   원단이면서 입춘이 되는 날의 감회를 썼다. 상편은 딸들이 입춘의
장식으로 머리에 꽂은 채승을 보고 자신의 옛일을 회상하였다. 하편은
꽃을 아끼는 마음을 나타내었다. 꽃이 시기에 맞게 피면서, 또 비바람
에 떨어지지 않기를 바랐다. 상편 말미의 "꽃 때문에 새봄이 되면 한스
러워하였지"는 작자의 작품에 자주 나타나는 정서로, 세월의 흐름에
대한 아쉬움이거나 뜻을 이루지 못한 탄식과 결부되어 있다. 봄에 대
한 애상감과 기대를 묘사했으나, 역대로 많은 비평가들이 자신의 영욕
과 부침, 애원哀怨과 의구疑懼를 비유한 것으로 보았다. 1188년(49세)
에 지었다.

수조가두水調歌頭
— 형주로 부임하는 정후경을 보내며 送鄭厚卿赴衡州¹

한식인데도 잠시 머물지 않고
천 기騎 병사들이 둘러싸 옹위하고 떠나는구나.
형양 석고산石鼓山 아래
내 예전에 말을 멈추었었지.
소상瀟湘과 계령桂嶺을 옷깃으로 하고
동정호와 청초호를 허리띠로 삼으며
형산의 자개봉紫蓋峰이 동남으로 높이 솟아있지.
「이소」와 「대아」「소아」로 백성을 교화하고
도검을 팔아 농잠을 장려하리라.

그대를 보아하니
이러한 일에
분명 범상치 않으리라.
당상에서는 수염을 떨치며 책상을 치지만
술자리에서는 고담준론을 펼치리라.
임금 계신 궁문이 만 리 멀리 있다고 믿지 말게
다만 백성들이 태수를 칭송하는 「오고요」五袴謠를 부른다면
봉황이 궁성으로 돌아오라는 조서詔書를 물고 오리라.
그대 떠나면 나는 누구와 더불어 술을 마시나
밝은 달, 그림자와 함께 셋이서 취하리라.

寒食不小住,² 千騎擁春衫.³ 衡陽石鼓城下,⁴ 記我舊停驂. 襟以瀟
湘桂嶺,⁵ 帶以洞庭春草, 紫蓋屹東南.⁶ 文字起騷雅,⁷ 刀劍化耕蠶.⁸
看使君,⁹ 於此事, 定不凡. 奮髯抵几堂上,¹⁰ 尊俎自高談.¹¹ 莫信君
門萬里, 但使民歌五袴,¹² 歸詔鳳凰啣.¹³ 君去我誰飮, 明月影成三.

注

1 鄭厚卿(정후경): 정여숭鄭如崇. 신기질의 친구. 조산랑朝散郞을 지
  냈으며 1188년 4월에 형주衡州 지주로 부임하였다. ○ 衡州(형주):
  지금의 호남성에 소재. 형산衡山이 있기 때문에 이름 붙여졌으며
  치소는 형양衡陽이다.

2 寒食(한식) 구: 진晉 무명씨의 「한식첩」寒食帖에 "날씨는 아직 좋지
  않은데, 너는 떠나야 하겠는가? 한식이 며칠이면 오는데, 잠시 머물
  러 가는 것이 좋으리."天氣殊未佳, 汝定成行否? 寒食近, 且住爲佳爾.라는
  구절의 뜻을 이용하였다.

3 千騎(천기): 태수급 지방관을 가리킨다. 한대 「길가의 뽕」陌上桑에
  나오는 "동방에는 말 탄 사람 천여 명 있는데, 그중에서 제일 앞의
  사람이 내 남편이라오."東方千餘騎, 夫婿居上頭.에서 유래했다.

4 石鼓(석고): 석고산. 형양성 동쪽 밖에 있다. 신기질은 1179년에 호
  남 전운부사 및 호남 안무사로 부임했으며, 형양도 그 관할지였다.

5 桂嶺(계령): 향화령香花嶺이라고도 한다. 지금의 호남성 임무현臨武
  縣 북쪽 소재.

6 紫蓋(자개): 형산의 봉우리. 호남성 형양시 남악구 악묘嶽廟 동쪽에
  위치한다. 모습이 수레의 산개傘蓋와 같아 이름 붙여졌다. 형산의
  여러 봉우리들은 대부분 축융봉을 향해 기울어져 있지만 오직 자개
  봉만은 동쪽으로 향해있다.

7 騷雅(소아): 굴원의 「이소」離騷와 『시경』 중의 「대아」大雅와 「소아」

小雅. 여기서는 우수한 전통 문화.

8 刀劍(도검) 구: 도검을 팔아 농잠을 하다. 공수龔遂의 '매검매우'賣劍
買牛 고사를 가리킨다. 서한 선제 때 공수가 일흔이 넘은 연로한
나이임에도 발해 태수로 부임하여 기황이 들고 도적이 들끓는 곳을
잘 다스렸다. 이때 그는 "백성 중에 도검을 가지고 있으면 검을 팔
아 소를 사게 하고 칼을 팔아 송아지를 사게 하였다."民有帶持刀劍者,
使賣劍買牛, 賣刀買犢. 『한서』「공수전」 참조.

9 看使君(간사군) 3구: 사안謝安의 말을 이용하여 친구의 정치적 재
간을 칭송하였다. 이 세 구는 동진 때 환이桓伊가 사안을 위해 음악
으로 간언을 올렸을 때 사안이 눈물을 흘리며 환이에게 다가가 그
수염을 쓰다듬으면서 "사군께서 이러한 일에 범상하지 않소이다!"
使君於此不凡!라고 한 말에서 나왔다. 이에 효무제도 자신이 간신들
의 참언에 귀 기울였음을 부끄러워하였다. 『진서』晉書「환이전」桓伊
傳 참조. 앞의 「염노교 —내 여기 와서 옛일을 회고하며」 참조. ○
使君(사군)은 태수. 정후경이 임명받은 지주는 고대의 태수에 해
당한다.

10 奮髥抵几(분염저궤): 수염을 떨고 책상을 치다. 격동하여 엄하게
반응하는 모양을 형용한다.

11 尊俎(존조): 술 담은 술통과 고기 놓는 접시. 보통 연회 자리를 가
리킨다.

12 民歌五袴(민가오고): 백성들이 「오고요」五袴謠를 부르다. 동한 때
염범廉范의 청렴함을 가리킨다. 염범이 촉군 태수로 부임한 후, 이
전의 제도를 바꾸어 밤에 불을 켜고 장사하게 하면서, 다만 물을
준비하여 화재에 대비하게 하였다. 이에 백성들이 노래를 불러 칭
송하였다. "염범께선 어찌 이리 늦게 오셨나. 불을 금지 하지 않으
니 백성들이 편안히 사네. 평생 저고리도 없었는데, 지금은 바지가

다섯 벌이라네." 廉叔度, 來何暮? 不禁火, 民安作. 平生無襦今五袴. 『후한서』 「염범전」 참조.

13 歸詔(귀조) 구: 조정에서 소환하며 부르는 조서.

해설

　형주로 부임하러 가는 친구를 보내며 쓴 송별사이다. 떠나는 이곳과 가는 형주를 번갈아 서술하며 여로를 위로하고 선정을 베풀 것을 당부하였다. 말미에서 석별의 정을 나타내었다. 1188년(49세) 대호에서 한거할 때 지었다.

만강홍滿江紅

— 형주 지주 정후경을 전별하며, 연석에서 다시 짓다饒鄭衡州厚卿席
上再賦[1]

도미꽃 꺾지 말고
잠시 남은 봄빛 남겨두게.
아직 기억하나니 매실이 콩알만 할 때
그대와 함께 땄었지.
젊었을 땐 꽃을 보고 온통 취했었는데
지금은 깨어난 눈으로 풍광을 보노라.
모란은 난간에 기댄 나를 웃는구나
머리가 눈처럼 하얗게 되었음을.

느릅나무 잎이 무성해지고
창포 잎이 자라난다.
시절이 바뀌면
번화함도 끝나리라.
어찌하면 비바람이 치지 않게 하고
두견새가 울지 않게 하랴.
꽃과 버들과 함께 시나브로 늙어가건만
바쁘게 서두르는 건 벌과 나비로구나.
봄날이 가서 시름겨운 것이 아니라
이별 때문이라네.

莫折荼蘼,² 且留取一分春色. 還記得靑梅如豆, 共伊同摘. 少日
對花渾醉夢, 而今醒眼看風月. 恨牡丹笑我倚東風, 頭如雪.

楡莢陣,³ 菖蒲葉. 時節換, 繁華歇. 算怎禁風雨, 怎禁鵜鴂.⁴ 老
冉冉兮花共柳,⁵ 是棲棲者蜂和蝶. 也不因春去有閑愁; 因離別.

注

1 鄭厚卿(정후경): 앞의 사 참조.

2 荼蘼(도미): 酴醾(도미)라고도 쓴다. 키가 작은 관목으로 늦봄에서
초여름에 흰 꽃이 핀다. 봄꽃 가운데 가장 늦게 핀다.

3 楡莢(유협): 느릅나무 잎. 가지를 따라 총생하는 모양이 마치 포개
진 동전과 같아 유전楡錢이라 하였다. 북방에선 음력 2월에 느릅나
무 잎이 피어 동전 모양이 된다.

4 鵜鴂(제결): 소쩍새. 소쩍새는 초여름에 울므로 이 새가 울면 꽃들
이 시든다고 여겼다. 『초사』「이소」離騷에 "두려운 것은 시절이 지나
소쩍새가 먼저 울어, 온갖 꽃들이 시들어 떨어지는 것이라네."恐鵜
鴂之先鳴兮, 使夫百草爲之不芳.라는 말이 있다.

5 冉冉(염염): 시나브로. 굴원의 「이소」離騷에 "노년이 시나브로 다가
오니, 아름다운 이름 세우지 못할까 염려하네."老冉冉其將至兮, 恐脩
名之不立.란 말이 있다.

해설

정후경을 보내며 지은 송별사이다. 주로 늦봄이 된 계절감과 봄의
사라짐을 아쉬워하는 애상감에서 이별의 아쉬움을 표현하였다. 도미
꽃, 매실, 모란, 느릅나무, 창포, 버들 등 늦봄과 초여름의 계절감을
나타내는 식물들과 함께 "두려운 것은 시절이 지나 두견새가 먼저 울
어, 온갖 꽃들이 시들어 떨어지는 것이라네"의 뜻을 환기하는 두견새

를 통해 '번화함이 끝나는'繁華歇 아쉬움을 드러냈다. 1188년(49세)에
대호에서 한거할 때 지었다.

심원춘沁園春

— 무신년, 관보에 갑자기 내가 '병으로 사직했다'는 소식이 올라왔기
에 이 작품을 짓다戊申歲, 奏邸忽騰報謂余以病掛冠, 因賦此[1]

이 늙은이 평생동안

인간 세상의

아녀자들의 은혜와 원망을 웃음에 부치고 살았노라.

하물며 백발이 되었으니 살 날이 얼마 남지 않은 나이

응당 은거해야 했거늘

청운의 득의함이

오래 간다고 듣곤 했지.

관복과 관모의 먼지를 떨어내니

온전히 보전되어있는 모습이 가련해라

응당 일찌감치 신무문에 걸어놓고 물러나야 했으리라.

모두가 꿈과 같으니

다투며 살아가는 게 얼마동안인가

닭 울면 새벽이고 종 치면 저녁이듯 덧없는 세월.

이 마음에 무슨 새로운 원망은 없어

하물며 여러 해 옹기 안고 밭에 물을 뿌리며 살았음에랴.

다만 제 그림자 돌아보니 처량하여

지난 일을 자주 슬퍼하였다.

조용히 부처를 마주하고

전생의 인연을 물어보고 싶다.
아직도 두려운 건 청산에 돌아와도
현능한 사람의 앞길을 막지나 않을런지
술상 앞에 모습 드러내기도 멈추어야 하리.
산중의 친구여
『초사』를 소리 높여 읊어
다시금 「초혼」으로 나를 전원으로 불러주게.

老子平生, 笑盡人間, 兒女怨恩. 況白頭能幾,[2] 定應獨往;[3] 靑雲
得意, 見說長存. 抖擻衣冠,[4] 憐渠無恙,[5] 合掛當年神武門.[6] 都如
夢; 算能爭幾許,[7] 鷄曉鐘昏.[8]

此心無有新冤, 況抱甕年來自灌園.[9] 但凄凉顧影, 頻悲往事; 懇
懃對佛, 欲問前因.[10] 却怕靑山, 也妨賢路, 休鬪尊前見在身. 山中
友, 試高吟楚些,[11] 重與招魂.[12]

注

1 奏邸(주저): 주소奏疏 등 관방의 문서를 베껴 하달하는 관보. ○ 掛
冠(괘관): 관을 걸어두다. 벼슬을 그만두다. 『후한서』「일민전」逸民
傳에 나오는 봉맹逢萌의 전고에서 유래하였다.

2 能幾(능기): 얼마 동안 살 수 있나.

3 獨往(독왕): 홀로 돌아가다. 사물과 세속의 장애를 벗고 정신의 자
유로움으로 천지간을 자유롭게 오고 가는 경지. 『장자』「재유」在宥
에서 유래한 말이다. "천지 사방을 드나들며, 구주九州를 마음대로
노닐며, 홀로 오가는 것을 '독유'獨有라고 한다. 이러한 '독유'를 가
진 사람이 가장 존귀하다."出入六合, 遊乎九州, 獨往獨來, 是謂獨有. 獨有
之人, 是謂至貴. 여기서는 은거를 가리킨다.

4 抖擻(두수): 떨다. 떨치다. 여기서는 의관의 먼지를 떨다.

5 憐(련): 아끼다. 사랑하다. ○ 渠(거): 그것. 관복을 가리킨다. ○ 無
恙(무양): 관복이 흠 없이 보존되어 있다.

6 合掛(합괘) 구: 남조 때 도홍경陶弘景이 제 고제齊高帝의 재상이 되
었고 여러 왕의 시독侍讀을 하였는데, 현령縣令을 바랐으나 되지 않
자 관복을 벗어 신무문神武門에 걸어두고 떠난 일을 환기한다. 『남
사』南史 「일민전」逸民傳 참조.

7 爭幾許(쟁기허): 얼마나 되느냐고 묻다.

8 鷄曉鐘昏(계효종혼): 닭 울면 새벽이고 종 치면 저녁이다. 새벽과
저녁. 곧 짧은 시간을 나타낸다.

9 抱甕(포옹) 구: 옹기를 안고 밭에 물을 뿌리다. 『장자』 「천지」天地에
나오는 전고이다. 자공子貢이 밖에 나갔다가 어떤 사람이 옹기를
안고 우물 속에 들어가 물을 길러 밭에 뿌리는 걸 보았다. 수고가
많은데 비해 효과가 적음을 보고 두레박이란 기계機械를 써보라고
권하였다. 그러자 그 사람이 화를 내며 말하였다. "내 스승께 들었
소이다. '기계가 있는 자는 반드시 기사機事가 있고, 기사가 있는
자는 반드시 기심機心(욕심)이 있다. 기심이 흉중에 있으면 순백純白
을 보전할 수 없고, 순백을 보전할 수 없으면 심신心神이 안정되지
않는다. 심성이 안정되지 않으면 도道가 담기지 않는다.' 내가 모르
는 바가 아니라 하지 않을 따름이오."吾聞之吾師: "有機械者必有機事,
有機事者必有機心. 機心存於胸中, 則純白不備, 純白不備, 則神生不定. 神生
不定者, 道之所不載也." 吾非不知, 羞而不爲也.

10 前因(전인): 불교 용어로, 인과응보의 관점에서 말하는 원인을 가
리킨다.

11 楚些(초사): 『초사』. 특히 『초사』의 「초혼」招魂은 어기조사인 '사'些
자가 많이 나온다.

12 招魂(초혼): 지치고 힘든 자의 영혼을 불러 장수하게 하려는 의식. 여기서는 『초사』 중의 「초혼」을 가지고 전원으로 불러달라는 뜻이다.

해설

　인생에 대한 감개를 산문조로 노래했다. 신기질은 장기간 조신들의 시기를 받다가 1181년(42세) 겨울 탄핵을 받아 면직되었다. 7년 후 지금 갑자기 주장을 초록하여 관보를 만들던 부서에서 이제 신기질이 '병으로 사직했다'以病掛冠는 소식을 게재하였다. 이 소식대로라면 그동안 7년 동안 관직 생활을 하고 있었던 셈이었다. 신기질은 인생에 대한 감개와 착잡한 생각이 한순간 일어 이 사를 지었다. 냉정한 시선으로 자신과 세상을 돌아보고, 세속을 질타하고 자신의 의지를 확인하였다.

하신랑賀新郎

— 진량이 동양에서 나를 찾아와 열흘 머무르면서 함께 아호에서 놀고 또 자계에서 주희와 만나기로 했으나 주희가 오지 않자 표연히 동으로 돌아갔다. 헤어진 다음날 내 마음이 아쉬워 다시 그를 찾아 길을 나섰으나 노자림에 이르러 쌓인 눈에 미끄러워 더 갈 수 없었다. 홀로 방촌에서 술을 마시며 오랫동안 슬퍼하면서 그를 만류하지 못한 것을 탄식하였다. 한밤에 오씨 천호의 사망루에 묵었는데 이웃에서 들려오는 피리소리가 무척 비량하여 「유연비」를 지어 나의 뜻을 나타냈다. 닷새 지나 진량이 편지를 보내와 나의 사를 찾기에, 마음이 같은 것이 이와 같은 것을 보고 천 리 멀리에서 웃는다陳同父自東陽來過余, 留十日, 與之同遊鵝湖, 且會朱晦庵於紫溪, 不至, 飄然東歸. 旣別之明日, 余意中殊戀戀, 復欲追路, 至鷺鷥林, 則雪深泥滑, 不得前矣. 獨飮方村, 悵然久之, 頗恨挽留之不遂也. 夜半投宿吳氏泉湖四望樓, 聞鄰笛悲甚, 爲賦乳燕飛以見意. 又五日, 同父書來索詞, 心所同然者如此, 可發千里一笑[1]

술잔 들고 역참에서 헤어지는데
풍류를 보아하니, 도연명과 같은 내가
와룡 제갈량과 같은 그대와 흡사하구나.
어디에서 날아온 숲속의 까치가
솔가지 위의 잔설을 발로 차
헤진 모자에 눈송이 떨어져 흰 머리가 많아졌구나.
메마른 물에 수척한 산이라 생기가 없는데
성긴 매화가 풍광을 장식한다.
두세 마리 기러기
역시 쓸쓸하구나.

친구는 약속을 중히 여겨 왔다가 금방 떠나는구나.

추워서 강물을 건너지 못하니

물은 깊고 얼음이 얼어 원망스럽구나.

길은 끊어지고 바퀴는 진흙에 빠져 나가지 못하니

여기에서 행인은 슬픔으로 뼈가 녹는 듯하네.

그 누가 그대를 시름겹게 했는가?

생각해보니 당초 인간 세상의 모든 쇠를 다 긁어모아

크나큰 그리움의 착도錯刀를 만든 내가 잘못하였네.

긴긴 밤 피리 소리

내 마음을 찢지 말아라.

把酒長亭說. 看淵明風流酷似,² 臥龍諸葛.³ 何處飛來林間鵲,
蹙踏松梢殘雪. 要破帽多添華髮. 剩水殘山無態度,⁴ 被疎梅料理
成風月.⁵ 兩三雁, 也蕭瑟.

佳人重約還輕別.⁶ 悵淸江天寒不渡, 水深冰合. 路斷車輪生四
角,⁷ 此地行人銷骨.⁸ 問誰使君來愁絶? 鑄就而今相思錯,⁹ 料當初
費盡人間鐵. 長夜笛,¹⁰ 莫吹裂.

注

1 陳同父(진동보): 진량陳亮. 자는 동보同父. 호는 용천龍川. 무주婺州
영강永康 사람이다. 남송의 유명한 사상가이자 사인詞人이다. 항금
抗金을 주장했으며 신기질과 뜻이 맞는 친구이다. ○ 東陽(동양): 무
주婺州. ○ 鵝湖(아호): 신주信州 연산현鉛山縣에 소재한 호수. 신기
질은 대호 한거 시기에 이곳에 자주 갔다. ○ 朱晦庵(주회암): 주희
朱熹. 남송의 저명 철학자. 신기질의 친구이다. ○ 紫溪(자계): 신주
연산현 남쪽에 소재한 강이자 지명. 강서와 복건의 경계에 위치한

다. 현재 자계향紫溪鄉이 있다. ○ 吳氏泉湖四望樓(오씨천호사망루): 아호 근처의 누대로 보인다. ○ 乳燕飛(유연비): 사패詞牌 이름. 일명「하신랑」. 본 작품을 가리킨다.

2 淵明(연명): 도연명. 여기서는 은거하고 있는 자신을 가리킨다.

3 臥龍諸葛(와룡제갈): 양양의 융중에서 은거하던 제갈량. 사람들이 '와룡'이라 불렀다. 여기서는 진량을 가리킨다.

4 無態度(무태도): 모양이 없다. 즉 생기가 없다.

5 料理(요리): 장식하다. ○ 風月(풍월): 풍광. 풍경.

6 佳人(가인) 구: 오년 전인 1183년 진량이 편지를 보내와 가을에 방문하겠다고 했으나, 무고로 투옥되어 약속을 지키지 못했다. 지금 원래의 약속을 지켜 강서에 신기질을 보러 왔다.

7 車輪生四角(차륜생사각): 수레바퀴에 네 개의 뿔이 생기다. 앞으로 나갈 수 없음을 비유하였다.

8 銷骨(소골): 뼈를 녹이다. 지극히 상심함을 형용하였다.

9 鑄就(주취) 2구: 우의가 깊음을 비유하였다. 아호의 만남은 마치 인간 세상의 모든 쇠를 사용하여 그리움의 '착도'를 만든 것과 같다. 錯(착)은 착도錯刀(일종의 刀錢)이지만 착오錯誤란 뜻과 해음諧音이 되어 큰 잘못을 저질렀다는 뜻이 된다.

10 長夜笛(장야적) 2구: 당대 뛰어난 적사笛師 이모李謩가 연회에서 독고생獨孤生이란 사람에게 피리를 주면서 불어보라고 하였다. 독고생은「입파」入破에 이르면 피리가 갈라질 것이라고 했다. 과연 그의 말대로 되었다. 부제에서 말한 "이웃에서 들려오는 피리소리가 무척 비량하다"는 것을 가리키면서 친구를 그리는 깊은 마음을 나타내었다.

진량陳亮과의 만남과 이별을 제재로 깊은 우정을 표현하였다. 상편
은 눈 내린 겨울 두 사람의 만남을 묘사하면서 진량의 인품을 칭찬하
였다. 하편은 진량과 헤어진 후 그를 만류하지 못한 아쉬움을 나타냈
다. 상대에 대한 우의가 지극함은 서문에서도 잘 나타나 있다. 서문과
사는 서로 보완하는 관계이지만, 여기서는 오히려 간결하고 생동적인
서문이 하나의 완정한 작품을 이루어 본사에 못지않게 뛰어나다. 역대
비평가들은 여기에서 더 나아가 상편 말미의 "척박한 산의 성긴 매화"
가 쇠미해가는 남송 사회에서의 진량을 비유하고, 하편의 "인간 세상
의 모든 쇠를 다 긁어모아 착도를 만든" 것은 남송의 투항 노선에 대한
비판으로 보기도 한다.

하신랑賀新郞

— 진량의 화답을 받고, 같은 운을 다시 사용하여 답하다同父見和, 再
用韻答之[1]

늙었으니 무얼 말하랴마는
지금도 그대는 진등陳登의 의기에
진준陳遵의 풍도를 가졌구나.
내가 아플 때 그대 와서 마시고 부르는 노랫소리에
누대 위에 얹힌 눈이 놀라 흩어졌어라.
사람들이 중시하는 부귀를 터럭처럼 가벼이 웃어버렸지.
허공을 울리는 강경한 의론은 누가 들어주랴?
그때 서창에 비친 달만 듣고 있었지.
다시 술잔을 들고
음악을 바꿔 연주했지.

나라의 일은 하나건만 사람 마음은 달라
그들에게 묻노니 신주神州는 결국
몇 번이나 분열하였는가?
한혈마가 소금 수레를 끌어도 돌아보는 사람 없으니
천리마는 헛되이 뼈만 남기게 되는구나.
마침 눈을 들어 중원을 향해 가는 길 바라보노라.
새벽이면 일어나 검무 추는 그대 모습 가장 사랑하나니
"남아는 죽어도 심장이 철석같아야"라고 말했지.

그대 솜씨를 부려
찢어진 산하 이어주길 바라네.

老大那堪說. 似而今元龍臭味,² 孟公瓜葛.³ 我病君來高歌飮,
驚散樓頭飛雪. 笑富貴千鈞如髮.⁴ 硬語盤空誰來聽?⁵ 記當時只有
西窓月. 重進酒, 換鳴瑟.

事無兩樣人心別. 問渠儂神州畢竟,⁶ 幾番離合? 汗血鹽車無人
顧,⁷ 千里空收駿骨.⁸ 正目斷關河路絶. 我最憐君中宵舞,⁹ 道"男兒
到死心如鐵." 看試手, 補天裂.¹⁰

注

1 同父(동보): 진량陳亮. 바로 앞의 작품 참조.

2 元龍(원룡): 삼국시대 진등陳登. 자가 원룡이다. 하비下邳 사람으로
25세 때 효렴으로 천거되어 동양현(강소성 金湖縣) 현령이 되었다.
나중에 서주목 도겸의 발탁으로 전농교위가 되었고, 허도에 사신으
로 갔을 때 조조에게 여포를 멸할 계책을 헌상했다. 그 공으로 광릉
태수에 복파장군이 되었다. 여기서는 유비劉備와 허사許汜가 진등
에 대해 논할 때, 유비가 진등이 자신의 이익을 돌보지 않고 천하를
생각한 점에서 높이 평가한 일을 가리킨다. 『삼국지』「진등전」陳登
傳 참조. ○ 臭味(취미): 냄새와 맛. 지향. 의취意趣.

3 孟公(맹공): 서한의 명사 진준陳遵. 자가 맹공이다. 성격이 호상豪爽
하고 유협 기질이 강하며 술과 손님을 좋아하였는데, 연회를 열면
손님의 수레 비녀장을 우물 속에 던져 중간에 돌아가지 못하도록
하였다. 『한서』「유협전」 참조. ○ 瓜葛(과갈): 관련되다.

4 鈞(균): 무게 단위. 1균은 30근이다. 千鈞(천균)은 지극히 무거움을
형용한다.

5 硬語(경어): 호매하고 강경한 말. ○ 盤空(반공): 공중에 휘돌다.

6 渠儂(거농): 그. 그들. 여기서는 주화파主和派를 가리킨다.

7 汗血(한혈) 구: 『전국책』「초책」楚策에 한명汗明이 춘신군春申君에게 비유를 들어 말할 때, 천리마가 늙어서 소금 수레를 끌고 태항산을 오르면 백한을 흘린다고 하였다. ○ 汗血(한혈): 한혈마汗血馬. 서역에서 들어온 명마로, 달리면 갈기에서 피가 흘러나오기에 이름 붙여졌다.

8 千里(천리) 구: 전국시대 연 소왕燕昭王에게 곽외郭隗가 현능한 인재를 구하라며 말한 우언. 왕이 삼 년 동안 천금을 걸고 천리마를 구했으나 구하지 못하자 왕의 시종이 오백 금으로 죽은 말의 뼈를 사들고 왔다. 왕이 화를 내자 시종이 말하기를 사람들이 분명 왕께서 말을 볼 줄 안다며 천리마를 팔러 올 것이라고 하였다. 과연 일 년이 지나지 않아 천리마가 세 필이나 왔다. 『전국책』「연책」燕策 참조.

9 中宵舞(중소무): 한밤에 춤을 추다. 동진의 항전 명장 조적祖逖의 '문계기무'聞鷄起舞를 환기한다. 조적은 유곤劉琨과 함께 지냈는데, 한 번은 한밤에 닭 우는 소리가 들리자 조적이 말하기를 "이는 불길한 소리가 아니라네. 차라리 일어나 검무를 추는 게 어떻겠나?"고 하였다. 이로부터 두 사람은 새벽부터 검술을 단련하였다. 포부가 큰 사람이 면려한다는 뜻으로 쓰인다. 『진서』「조적전」 참조.

10 補天裂(보천렬): 신화에 나오는 여와보천女媧補天 이야기. 사마정司馬貞의 『삼황본기』三皇本紀에 나온다. "여와씨 말년에 제후 가운데 공공씨가 있었다. 공공씨가 축융과 싸우다가 이기지 못하였다. 이에 화가 나 머리로 부주산을 들이받자 산이 무너지고 하늘을 받치는 기둥이 부러졌고 땅줄기가 끊어졌다. 이에 여와가 오색석을 구워 하늘을 메웠다."女媧氏末年, 諸侯有共工氏, 與祝融戰, 不勝而怒, 乃頭

觸不周山崩, 天柱折, 地維絶. 女媧乃煉五色石以補天. 여기서는 중원을 수복하여 천하를 통일함을 비유하였다.

진량에 대한 우의와 나라에 대한 걱정을 결합하여 노래한 작품이다. 지난 겨울 진량이 방문하고 돌아간 후 쓴 앞의 사에 대해 진량이 격앙하여 화답사를 보내오자, 신기질이 이에 대해 다시 화운사를 써 보낸 작품이다. 상편은 진량과의 만남과 진량의 의기에 찬 모습을 그렸다. 하편은 주전파의 입장에서 '찢어진 산하'가 통일되기를 바라며, 이러한 배경에서 유능한 진량이 등용되지 못한 안타까움을 나타냈다. 전편이 강렬하며, 비장하고 호방해 신기질 사의 특징을 잘 드러내고 있다. 1189년(50세) 신주 상요에서 한거할 때 지었다.

하신랑賀新郎
―앞의 운을 사용하여 두숙고를 보내며用前韻送杜叔高[1]

그대의 시를 자세히 논한다면
천상의 「균천악」鈞天樂 여운이 울리는 듯하고
동정洞庭의 들에 울려 퍼지는 「함지」咸池와 같아라.
먼지가 닿지 않는 천 척 벼랑 위
오직 쌓인 얼음과 눈이 있을 뿐이라.
얼핏 보아도 머리카락에 한기가 일어난다.
예부터 가인佳人은 박명하다는데
천 년 동안 내려온 상심의 달을 마주하고
차가운 집에서
밤중에 슬瑟을 타는구나.

그대의 집안은 예전에 권세가 하늘을 찔렀으니
순식간에 용이 날아올라
풍운을 일으키리라.
바라보면 중원엔 선비들이 가득했는데
지금 태양 아래에는 싸우다 죽은 백골들뿐이로다.
청담에 몰두하던 왕연王衍의 무리를 탄식하노라!
한밤에 미친 듯 노래하니 슬픈 바람이 불고
처마 끝 쨍그랑거리는 풍경소리에 말 달리는 소리 듣는다.
남방과 북방이
찢겨져 있구나.

細把君詩說: 恍餘音鈞天浩蕩,[2] 洞庭膠葛.[3] 千尺陰崖塵不到, 惟有層冰積雪. 乍一見寒生毛髮. 自昔佳人多薄命,[4] 對古來一片傷心月. 金屋冷, 夜調瑟.

去天尺五君家別.[5] 看乘空魚龍慘淡, 風雲開合. 起望衣冠神州路,[6] 白日消殘戰骨. 歎夷甫諸人淸絕![7] 夜半狂歌悲風起, 聽錚錚陣馬簷間鐵.[8] 南共北, 正分裂.

注

1 杜叔高(두숙고): 두유杜斿. 자가 숙고이다. 절강 금화金華 사람으로 형제 다섯이 모두 박학하고 시문에 뛰어나 '금화오고'金華五高라 칭해졌다.

2 鈞天(균천): 천상의 음악. 춘추시대 진 목공秦穆公이 7일 동안 자고, 진晉나라 조간자趙簡子가 이틀 반 동안 자면서 천상에서 음악을 듣고 즐겁게 놀다왔다는 기록이 있다. 『사기』「조세가」참조.

3 洞庭(동정): 『장자』「천운」天運에 "황제黃帝가 함지의 음악을 동정의 들에서 연주하였다"帝張咸池之樂於洞庭之野.는 말이 있다. 당대 성현영成玄英은 '동정의 들'을 '천지지간'天地之間으로 주석하였다. ○ 膠葛(교갈): 넓고 먼 모양. 여기서는 음악 소리가 유장함을 형용하였다.

4 佳人(가인): 미인. 군자를 비유한다. 여기서는 두숙고를 가리킨다.

5 去天尺五(거천척오): 하늘에서 아래로 다섯 자밖에 안 떨어진 곳. 아주 높은 곳을 비유한다. 북조 때 장안성 남쪽 교외의 두씨杜氏와 위씨韋氏 두 가문은 황제의 총애를 받아 권세가 드높았기에, 민요에 "성남의 위씨와 두씨는 하늘에서 아래로 다섯 자 가까이 떨어져 있다네."城南韋杜, 去天尺五.라고 하였다. ○ 君家別(군가별): 그대 집안은 다르다. 이때 다르다別는 뜻이 그때보다 못하다는 뜻으로 새길

수도 있고, 그때처럼 유다르다는 뜻으로 새길 수도 있다.

6 衣冠(의관): 사대부를 가리킨다.

7 夷甫(이보): 서진의 재상 왕연王衍. 자가 이보夷甫이다. 이 구는 공
담空談만 일삼아 나라를 잃은 권력자를 비판하였다. 환온이 강릉에
서 북벌하여 회수와 사수를 지나 북방의 경계를 넘어갈 때, 배를
타고 중원을 바라보며 탄식하여 말하였다. "마침내 중원이 함락되
어 백년간 폐허가 되었으니, 왕연의 무리가 그 책임을 지지 않으면
안 되리라."遂使神州陸沉, 百年丘墟, 王夷甫諸人不得不任其責. 『진서』「환
온전」참조. ○ 淸絕(청절): 청담에 뛰어나다.

8 錚錚(쟁쟁): 의성어. 쨍그랑쨍그랑. 쨍쨍. ○ 陣馬(진마): 군진의
말. 여기서는 연상하여 일어난 이미지이다. ○ 簷間鐵(첨간철): 처
마에 매달린 철편. 바람이 불면 서로 부딪쳐 소리를 낸다. 속칭 철
마鐵馬라 한다.

해설

헤어지는 두숙고를 격려하고 중원 회복의 뜻을 기탁하였다. 두숙고
는 신기질을 찾아온 사람으로 사를 주고받았다. 떠나는 두숙고에게
이 사를 지어주면서 격려하였다. 상편은 주로 두숙고의 시에 대한 상
찬으로 그의 인품과 재능을 함께 칭송하는 뜻을 나타냈다. 하편은 남
북 대치의 상황에서 상대를 격려하며 중원을 회복하길 바랐다. 이는
상대에게 하는 말이자 자기 자신에게 지우는 확인이기도 하다. 1189
년(50세) 신주에서 한거할 때 지었다.

파진자破陣子

— 진량을 위해 씩씩한 말을 지어서 부치다爲陳同甫賦壯語以寄之[1]

취하여 등 심지 돋우고 검을 바라보니
꿈에서 보이던 군영의 호각소리.
'팔백리' 소를 잡아 휘하에 나누어 구어 먹고
오십현 악기로 변새의 비장한 노래 연주한다.
전장에서 사열하는 가을 열병閱兵.

말은 적로마처럼 빠르고
활은 벽력같은 소리 울리며 활줄을 떠난다.
군왕을 위하여 천하를 통일하고
생전과 사후에 걸쳐 이름을 떨치려 했으나
안타까와라, 이미 백발이 자랐구나!

醉裏挑燈看劍,[2] 夢回吹角連營.[3] 八百里分麾下炙,[4] 五十絃翻塞
外聲.[5] 沙場秋點兵.
馬作的盧飛快,[6] 弓如霹靂弦驚. 了却君王天下事, 贏得生前身
後名. 可憐白髮生!

注

1 陳同甫(진동보): 진량陳亮. 앞의 사 참조.
2 挑燈看劍(도등간검): 등 심지를 돋우고 검을 보다.

3 夢回(몽회): 꿈에서 깨어나다.

4 八百里(팔백리): 소 이름. 서진의 왕개王愷가 가지고 있던 소 이름이 팔백리박八百里駁이었다. 왕제王濟와 왕개가 활쏘기 시합을 했는데 이 소를 걸고 하였다. 왕개가 져서 소는 잡혀 불고기로 구워졌다. 『세설신어』「태치」汰侈 참조. 팔백 리에 걸쳐 있는 군영이란 뜻도 중의적으로 나타냈다. ○ 分(분): 나누어주다. ○ 麾下(휘하): 부하. ○ 炙(자): 고기를 굽다.

5 五十絃(오십현): 슬瑟을 말한다. 여기서는 군중의 악기를 가리킨다. ○ 翻(번): 타다. 연주하다. ○ 塞外聲(새외성): 웅장하고 비장한 군악을 가리킨다.

6 的盧(적로): 성질이 강한 준마. 삼국시대 유비가 형주에서 채모와 괴월의 음모로 양양성 서쪽 단계에 막혀 죽게 되었을 때, 타고 있던 적로마가 세 길 너비 강을 뛰어올라一躍三丈 위험에서 벗어날 수 있었다. 『삼국지』『촉지』「선주전」先主傳 참조.

해설

중원 회복의 염원으로 진량을 면려하였다. 첫구와 말구를 제외하고는 모두 꿈속의 장면이다. 자다 일어나 꾼 꿈을 회상하는 형식으로 이상과 현실의 갈등을 첨예하게 대립시켜 이룰 수 없는 장지壯志의 슬픔을 고조시켰다. 청년 시기 전장에서 말을 타고 창을 가로 잡던 기세와 북벌을 추구하는 장렬한 마음이 아낌없이 드러났다. 호매하면서도 침울하고 드높으면서도 비장하여, 신기질 사의 특징이 잘 드러난 대표작 가운데 한 수로 꼽힌다. 구체적인 제작시기에 대해서는 이견이 있다. 부제에 붙은 내용으로 보아 진량에게 화답하며 작품을 쓰던 1189년(50세)으로 볼 수도 있고, 1193년(54세) 가을 진량이 진사에 급제했을 때 복주福州 지주였던 신기질이 격려하기 위해 지었을 수도 있다.

파진자破陣子
— 행인에게贈行

젊었을 땐 봄바람이 눈에 가득했는데
지금은 가을 잎이 가지에서 떨어지누나.
세월은 마음속의 불만을 삭이고
예전에 취해 부르던 노래를 기억나게 하는구나.
근래에 흰 머리가 많아졌어라.

내일 해장술을 마시고 쓰러지면
누가 나와 함께 덩실덩실 춤을 추어주랴?
내 분명 그대 생각에 마른다 해도 좋으나
그대는 내 생각 않으리니 어찌 할 건가
날이 추우니 몸조심 하소.

少日春風滿眼, 而今秋葉辭柯. 便好消磨心下事, 也憶尋常醉後
歌. 新來白髮多.
明日扶頭顚倒,¹ 儔誰伴舞婆娑?² 我定思君拚瘦損,³ 君不思兮可
奈何. 天寒將息呵.⁴

注

1 扶頭(부두): 머리를 손으로 받치다. 술을 많이 마시다. 해장술을 마
   시다. 해장술.

2 婆娑(파사): 너울너울. 덩실덩실. 춤추는 모양. 홍매의 「가헌기」稼
軒記에선 가헌에 파사당婆娑堂이 있다고 하였다.

3 抃(변): 바라다. 달게 바라다.

4 將息(장식): 몸을 보살피다. 쉬다.

해설

떠나는 사람을 보내며 준 송별사이다. 행인이 누구인지는 명확하지
않으나 친구인 듯하다. 상편은 자신의 노년의 처지를 쓰고, 하편은
이별 후의 그리움을 썼다. 말미에서 상대에 대한 깊은 배려를 나타냈
다. 제작 시기는 명확하지 않다. 원대 출판된 광신서원 본廣信書院本의
순서에 따른다.

수조가두水調歌頭

머리 하얘지고 이가 빠졌으니
그대들 이 늙은이 비웃지 말게.
무궁한 하늘과 땅, 예와 지금
사람은 이 넷 가운데 있다네.
부패가 다하면 새로움이 되고, 새로움이 다하면 부패가 되며
귀함과 천함이 같고, 똑똑함과 어리석음이 같을 뿐
조물주도 아이와 같다.
부처는 더욱 우스우니
묘법妙法을 논하고 허虛와 공空을 말하네.

늘어져 앉아 있다가
흐느적거리며 걷고
힘없이 선다.
때로 두세 잔
멀건 술로도 흐리멍덩하게 취한다.
사십구 년 동안의 일은
백팔 번 굽이도는 길과 같아
이제는 지팡이 짚고 동쪽 담에 기대있다.
노년은 무엇과 같은가?
청년과 같을 뿐이라네.

頭白齒牙缺, 君勿笑衰翁. 無窮天地今古, 人在四之中.[2] 臭腐神奇俱盡,[3] 貴賤賢愚等耳, 造物也兒童. 老佛更堪笑, 談妙說虛空. 坐堆豗,[4] 行答颯,[5] 立龍鍾.[6] 有時三盞兩盞, 淡酒醉蒙鴻.[7] 四十九年前事, 一百八盤狹路,[8] 拄杖倚牆東. 老境竟何似? 只與少年同.

注

1 博山寺(박산사): 신주信州 영풍의 박산에 소재한 사찰. 지금의 강서 상요시 광풍구 소재. 원래 이름은 능인사能仁寺였다. 오대 때 천태 소국사天台韶國師가 창건했다. 남송 때 오본 선사悟本禪師가 칙명을 받들어 본당을 열 때 신기질이 기문記文을 썼다.

2 四之中(사지중): 앞에서 말한 천지금고天地今古의 가운데.

3 臭腐(취부) 3구: 천하의 만물이 일체임을 가리킨다. 『장자』「지북유」知北遊에 관련 구절이 있다. "그러므로 만물은 하나이다. 아름답다고 여기는 것을 신기하다고 하고, 싫어하는 것은 썩었다고 하지만, 썩은 것은 다시 신기한 것으로 바뀌고, 신기한 것은 다시 썩은 것으로 바뀐다. 그래서 천하를 통하는 것은 하나의 기운일 뿐이라고 했다. 그러므로 성인은 한 가지 됨을 중시하는 것이다."故萬物一也. 是其所美者爲神奇, 其所惡者爲臭腐, 臭腐復化爲神奇, 神奇復化爲臭腐. 故曰通天下一氣耳. 聖人故貴一.

4 堆豗(퇴회): 피곤하고 지친 모양.

5 答颯(답삽): 게으르고 흐트러진 모양.

6 龍鍾(용종): 몸이 늙어 행동이 더딘 모양.

7 蒙鴻(몽홍): 濛鴻(몽홍) 또는 鴻蒙(홍몽)이라고도 쓴다. 끝없이 광막하여 흐릿한 모양. 『회남자』「정신훈」精神訓에 "옛날 아직 천지가 없을 때 …아득하고 광막하여 그 문을 알지 못하였다."古未有天地之時, …澒蒙鴻洞, 莫知其門.는 말이 있다. 여기서는 취하여 몽롱한 상태.

8 一百八盤(일백팔반): 백여덟 번 굽이지는 길. 세상길의 곡진하고 험난함을 가리킨다. 원래 사천 지방의 고갯길 이름이다.

해설

인생과 세상의 이치를 말한 철리사哲理詞이다. 주로 늙음과 죽음에 관한 사색에서 나온 것으로, 노장 사상이 주조를 이룬다. 상편에선 주로 철리를 논하고 하편에선 노년의 모습과 심경을 말하여 사실적 형상과 철학적 사념이 잘 어울렸으며 일말의 유머 감각까지 갖고 있다. 1189년(50세) 대호에 한거할 때 지었다.

복산자卜算子

— 늙어서 이가 빠지다.齒落

굳센 것은 부러지기 쉬우나
부드러운 것은 꺾기 어렵다.
믿을 수 없거든 입을 열어 보게나
혀는 있는데 이빨이 먼저 빠지지 않았는가.

벌써부터 양쪽 이빨 빠졌는데
다시 중간이 빠져 휑하다.
애들아 이 늙은이 웃지 말아라
너희들 다니라고 개구멍 뚫어 놨다.

剛者不堅牢,[1] 柔底難摧挫. 不信張開口角看, 舌在牙先墮.
已闕兩邊廂,[2] 又豁中間箇. 說與兒曹莫笑翁, 狗竇從君過.[3]

注

1 剛者(강자) 4구:『설원』「경신」敬愼에 나오는 노자老子와 상종常樅의
  대화를 환기한다. 상종이 병이 나자 노자가 문안하러 가서는, 혀는
  남았으되 이가 없는 것을 보고, 혀가 남은 것은 부드럽기 때문이고
  이가 없는 것은 군세기 때문이라고 말했다. ○ 剛者(강자): 굳센 것.
  이를 가리킨다. ○ 柔底(유저): 아래의 부드러운 것. 혀를 가리킨다.
2 兩邊廂(양변상): 양측. 양쪽 옆.

3 狗竇(구두): 개구멍. 서진 때 장현張玄이 8살일 때 이가 빠졌다. 선배가 장현의 재능이 비범함을 알고는 장난삼아 말했다. "네 입 속에 어찌 개구멍이 열렸냐?"君口中何爲開狗竇? 장현이 바로 대답하기를 "바로 당신 같은 사람들이 이리로 들락거리라고 만들었어요."正使君輩從此中出入.라고 했다. 『세설신어』「배조」排調 참조. ○ 從(종): 縱(종)과 같다. 마음대로 하다.

해설

　노년이 되어 생기는 현상인 낙치落齒에서 철리를 생각하고 해학적인 어조로 스스로를 위로하였다. 상편은 노자의 강최유존剛摧柔存의 철리를 말하고, 하편은 광달曠達한 태도로 노소老少의 차이를 바라보았다. 제작 시기는 명확히 알 수 없으나 바로 앞의 「수조가두 ―머리 하얘지고 이가 빠졌으니」에서 이가 빠진다는 말이 있으므로 같은 해로 본다.

최고루最高樓

― 광서로 가는 정회충 교수를 보내며. 이전에 그가 도성으로 간 후 오랫동안 편지가 없었는데, 어떤 이는 다른 사람의 막료가 되었다고 하고 어떤 이는 복건으로 들어갔다고 했다送丁懷忠教授入廣. 渠赴調都下, 久不得書, 或謂從人辟置, 或謂徑歸閩中矣[1]

그리워하는 괴로움은
그대와 내가 같은 마음이라.
물고기가 가라앉고 기러기가 숨듯 편지가 없었지.
정고丁固처럼 소나무 꿈을 꾸고 고관이 되었을까 아니면
정령위丁令威처럼 학이 되어 고향 산으로 돌아갔을까 생각했지.
서풍을 마주하고
줄곧 슬퍼하다가
지금에 이르렀지.

안 마시자니 그대에게 아쉬움이 남을 것 같고
실컷 마시자니 내가 또 병이 들 것 같은데
그대 일어나 춤을 추소
내 다시 술잔을 따르리다.
창오산蒼梧山 구름 밖에서 상비湘妃가 눈물을 흘리고
비정산鼻亭山 아래 자고새가 가지 마라 우짖는다.
일찍 돌아오게나
흐르는 강물 멀리
지음知音이 있다네.

相思苦, 君與我同心. 魚沒雁沉沉.² 是夢他松後追軒冕,³ 是化
爲鶴後去山林?⁴ 對西風, 直悵望, 到如今.

待不飮奈何君有恨; 待痛飮奈何吾又病. 君起舞, 試重斟. 蒼梧
雲外湘妃淚,⁵ 鼻亭山下鷓鴣吟.⁶ 早歸來, 流水外, 有知音.

注

1 丁懷忠(정회충): 정조좌丁朝佐. 자가 회충이다. 복건 소무邵武 사람
   으로 1189년 계양군桂陽軍 군학軍學 교수로 부임했다. ○ 廣(광): 광
   서廣西. 계림을 가리킨다. ○ 渠(거): 그.

2 魚沒雁沉(어몰안침): 물고기는 가라앉고 기러기는 숨다. 편지가 없
   다. 물고기와 기러기는 각각 편지를 의미하며 합칭하여 '어안'魚雁
   이라고 한다. 동한 말기 채옹蔡邕의 「장성 아래 샘에서 말에 물 먹
   이며」飮馬長城窟行에 "먼 곳에서 온 손님이, 나에게 쌍잉어 편지함을
   주어서, 어린 종을 시켜 잉어를 갈랐더니, 뱃속에서 비단 편지 나왔
   지요."客從遠方來, 遣我雙鯉魚. 呼兒烹鯉魚, 中有尺素書.란 구절이 있다.
   또 기러기는 한 무제 때 흉노에 사신으로 가 19년 동안 억류된 소무
   蘇武와 관련이 있다. 소제昭帝 때 통교하면서 흉노가 소무는 이미
   죽었다고 거짓말을 했지만, 한나라 천자가 상림원에서 사냥을 하다
   가 기러기를 잡았는데 발에 비단 조각이 묶여 있어 펴보니 소무가
   어느 소택지에 있다는 편지였다고 말하자 선우는 사실을 인정하고
   소무를 돌려주었다. 『한서』 「소무전」 참조.

3 是夢他(시몽타) 구: 더 높은 공명을 구하다. ○ 夢松(몽송): 소나무
   꿈을 꾸다. 삼국시대 오나라 정고丁固는 처음 상서가 되었을 때 배
   에서 소나무가 자라는 꿈을 꾸었다. 이에 松(송) 자를 파자破字하여
   '十八公'십팔공으로 보고 십팔 년 후에 공公에 봉해질 것이라 추측
   하였다. 『삼국지』『오지』「손호전」孫皓傳 참조. ○ 軒冕(헌면): 수레와

관모. 공명을 가리킨다.

4 是化爲(시화위) 구: 고향으로 돌아가다. 정령위丁令威 고사를 가리킨다. 요동 사람 정령위는 영허산靈虛山에서 도를 닦고 나중에 학이 되었다. 요동으로 돌아가 화표華表 위에 앉아 노래하였다. "새야 새야 정령위야, 집 떠난 지 천 년 만에 이제야 돌아왔네. 성곽은 의구한데 사람은 바뀌었네, 어이해 신선술 아니 배워 무덤만 총총한고!"有鳥有鳥丁令威, 去家千年今來歸. 城郭如古人民非, 何不學仙塚累累. 『수신후기』 권1 참조.

5 蒼梧(창오) 구: 순 임금이 남순南巡 중에 창오산(지금의 구의산)에서 죽자 두 비 아황娥皇과 여영女英이 상강가에서 울다 죽어 상수의 신이 되었다고 한다.

6 鼻亭山(비정산): 호남 도주道州에 소재한 산. 순 임금이 그의 동생 상象을 이곳에 봉封했다고 한다. 산 아래 상묘象廟가 있다. ○ 鷓鴣(자고): 메추리 비슷하면서 몸집은 꿩만큼 큰 새. 추위를 싫어하고 따뜻한 곳을 좋아하여 주로 강남에 살며, 아침과 저녁에는 잘 나타나지 않는다. 중국인은 그 우는 소리를 "씽부더이에 꺼꺼"行不得也哥哥라 들어 "가지 말아요, 형아"로 이해하였으며, 객지로 가는 사람에게 가장 쉽게 시름을 일으키는 새로 알려졌다. 황정견黃庭堅의 시에 "종일토록 형아 가지 말아요 부르니, 자고새는 응당 비정공이리라."終日憂兄行不得, 鷓鴣應是鼻亭公.라는 말이 있어, 동생 상이 자고새로 화하여 형인 순 임금의 죽음을 슬퍼한 것으로 보았다. 신기질은 이를 이용하여 광서로 가는 정회충과의 이별을 아쉬워하였다.

친구 정회충을 보내며 지은 송별사이다. 작품은 만나기 전, 만난 때, 헤어진 후를 순서대로 묘사하였다. 상편은 만나기 전의 그리움을 주로 묘사하여 두 사람의 우의가 깊음을 보였다. 하편은 연석에서의 권주의 갈등 속에 창음하기로 결정하고, 헤어진 후 빨리 돌아오기를 기원하였다. 1189년(50세) 봄 신주信州 대호에서 한거할 때 지었다.

완계사浣溪沙
— 내자의 생일을 축하하며壽內子[1]

축수주를 함께 따르니 한껏 기쁜데
붉은 얼굴이 아직도 흰 수염을 마주하는구나.
두 사람 나이를 합하니 마침 백 살이로다.

자식들이 결혼하면 절하는 손자들 늘어날 것이요
처가가 평안하니 편지 자주 받게 되리라.
해마다 대청 위에 수성도壽星圖를 걸리라.

壽酒同斟喜有餘, 朱顔却對白髭鬚.[2] 兩人百歲恰乘除.[3]
婚嫁剩添兒女拜,[4] 平安頻拆外家書.[5] 年年堂上壽星圖.

注

1 內子(내자): 아내. 처. 고대에는 경대부의 적처嫡妻를 내자라 칭했
  으나, 나중에 통칭이 되어 일반적으로 자신의 처를 가리켰다.
2 髭鬚(자수): 수염. 입술 위의 털을 자髭라 하고, 입술 아래 털을 수
  鬚라 한다.
3 乘除(승제): 곱하기와 나누기. 여기서는 두 사람 나이의 합이 백
  세라는 뜻.
4 剩添(잉첨): 더하다.
5 外家(외가): 처가댁.

아내의 생일을 축하하였다. 현대 학자 등광명鄧廣銘에 의하면, 신기
질은 남도한 다음 해인 1162년(23세) 진강에서 범방언范邦彦의 딸과
혼인하였으며, 두 사람의 나이는 같았다. 또 모두 구남이녀九男二女를
두었다. 때문에 하편 첫 구에서 자녀들의 결혼을 언급하였다. 수식이
없는 소박하고 진지한 언어에 깊은 정이 담겨있다. 1189년(50세) 대호
에 한거할 때 지었다.

수조가두 水調歌頭
—신주 지주 왕계발을 보내며 送信守王桂發[1]

술자리가 끝났다고 잠시 일어나지 마소
백성들이 다시 태수의 수염을 만지려 하니까.
온몸에 온화한 기운이 있는 그대
떠나는 마음 어떠한가.
정이 많은 우리는 말할 것도 없고
밭머리의 어르신들 태수를 칭찬하며
눈물 흘리며 그대를 유독 사랑하더라.
가을 강물에 머리카락까지도 비치니
천 척 깊은 물에 진정 물고기가 없구나.

조정의 궁궐을 바라보니
왼쪽에는 중서문하성이요
오른쪽에는 추밀원이 있더라.
봄바람 부는 도리꽃 핀 길에서
그대 말에서 내려 관직을 받으리라.
나의 여생 얼마나 남았나 손꼽아 보며
병이 많아 통음하지 못하니
이 일이 내 진실로 시름겹다오.
강호에는 돌아가는 기러기 있으니
초당으로 소식 전해주게나.

酒罷且勿起, 重挽使君鬚.[2] 一身都是和氣, 別去意何如. 我輩情
鍾休問,[3] 父老田頭說尹,[4] 涙落獨憐渠. 秋水見毛髮,[5] 千尺定無魚.
　望淸闕, 左黃閣,[6] 右紫樞.[7] 東風桃李陌上, 下馬拜除書.[8] 屈指吾
生餘幾, 多病妨人痛飮, 此事正愁余. 江湖有歸雁, 能寄草堂無?[9]

注

1 信守(신수): 신주 태수. 최고 지방관을 한대에는 태수라 불렀지만
　당시에는 지주라 불렀다. ○ 王桂發(왕계발): 왕병王丙. 자가 계발이
　다. 신주 지주를 지냈지만 시기는 알 수 없다. 그 밖의 사항도 미상.
2 重挽(중만) 구: 지주의 수염을 다시 잡아당기다. 백성들과 친밀함
　을 나타낸다. ○ 使君(사군): 주군州郡의 장관. 왕계발을 가리킨다.
3 我輩(아배) 구: 정감이 풍부함을 가리킨다. 왕융의 아들 만자萬子가
　죽자 산간이 보러갔다. 왕융이 슬픔을 이기지 못하자 산간이 말했
　다. "품안의 자식일 뿐인데 어찌 이처럼 슬퍼하오!" 왕융이 말했다.
　"성인은 감정을 일으키지 않고, 하등의 사람은 감정이 없소. 감정이
　많은 것은 바로 우리와 같은 부류들이오."王戎喪兒萬子, 山簡往省之,
　王悲不自勝. 簡曰: "孩抱中物, 何至於此?" 王曰: "聖人忘情, 最下不及情, 情之
　所鍾, 正在我輩." 『세설신어』「상서」傷逝 참조.
4 父老(부로) 구: 두보杜甫가 엄무嚴武를 칭송하는 방식으로 왕계발의
　선정善政을 칭송하였다. 두보의 시「술을 권하는 늙은 농부를 우연
　히 만나 엄무를 칭송하다」遭田父泥飮美嚴中丞에 다음 구절이 있다.
　"술이 얼큰 하자 새로 부임한 성도 윤을 칭찬하며, 이렇게 좋은 관
　리는 본적이 없다고 한다. …농부의 말이 비록 두서가 없지만, 시종
　칭찬은 입에서 떨어지지 않더라."酒酣誇新尹, 畜眼未見有. …語多雖雜
　亂, 說尹終在口.
5 秋水(추수) 2구: 동방삭의 「답객난」答客難에 나오는 "강물이 지극히

맑으면 물고기가 없고, 사람이 지극히 살피면 무리가 없다."水至淸
則無魚, 人至察則無徒.는 구절을 환기한다.

6 黃閤(황합): 승상이 근무하는 관청. 한대漢代에 승상과 삼공이 정무
를 보는 관청을 황색으로 칠하였기에 황각이라 하였다. 송대에는
중서문하성中書門下省을 가리킨다.

7 紫樞(자추): 추밀원樞密院. 국가의 군사 최고 기관이다.

8 除書(제서): 관직을 수여하는 조령詔令.

9 草堂(초당): 은거하는 곳. 여기서는 신기질이 한거하는 대호帶湖의
거처를 가리킨다.

해설

왕계발을 보내며 쓴 송별사送別詞이다. 상편은 지방관으로서의 왕
계발의 친근함, 선정, 청렴 등의 덕목을 칭송하는데 집중하였다. 하편
은 조정에 들어가 승진하기를 기원하였고, 말미에서 석별의 정을 나타
내었다.

작교선鵲橋仙
—을유년, 산길을 걷다 본 바를 적다乙酉山行書所見¹

소나무 언덕에서 더위를 피하고
띳집 처마 아래 비를 피하며
몇 번이나 이곳을 한가히 오갔던가.
취하여 괴석을 붙잡고 폭포를 바라보니
저번에 술에서 깨어났던 곳이로다.

동쪽 집에서는 새 며느리 맞아들이고
서쪽 집에서는 딸을 시집보내고
등불 켜진 문 앞에는 웃음소리 들린다.
천 이랑 벼꽃 향기 빚어내기 위하여
밤마다 하늘 가득 이슬이 내린다.

松岡避暑, 茆簷避雨, 閑去閑來幾度. 醉扶怪石看飛泉,² 又却是
前回醒處.

東家娶婦, 西家歸女,³ 燈火門前笑語. 釀成千頃稻花香, 夜夜費
一天風露.

注

1 乙酉(을유): 1189년. 순희 16년.

2 怪石(괴석): 신주信州의 박산博山에 있는 우암雨巖을 가리킨다. 신

기질의 「산귀요 —묻노니 어느 해에 이 산은 여기 왔는가?」와 「수룡
음 —관세음보살이 허공을 날아왔으니」 참조.

3 歸女(귀녀): 시집가는 여인. 고대에는 여인이 출가하는 것을 본디
있어야 할 곳으로 돌아간다는 뜻에서 '우귀'于歸라고 하였다.

해설

여름날 교외에서 본 자연 풍광과 이를 배경으로 살아가는 촌민의
모습을 그렸다. 상편은 주로 자신의 산행에 대해 썼다. 홀로 술에 취해
산길을 오가며 잠들고 깨어나는 모습에 얼마간 고독감이 깃들어 있다.
하편은 향촌의 혼사를 풍년이 온 들판을 배경으로 그림으로써 전원생
활의 즐거움을 그렸다. 1189년(50세) 대호에서 한거할 때 지었다.

만강홍滿江紅

— 삼산에 관리로 가는 서형중 무간을 보내며, 당시 마숙회 시랑이 복건 안무사 및 지부로 있었다送徐撫幹衡仲之官三山, 時馬叔會侍郎帥閩[1]

세상에 다시없는 가인佳人
일찍이 한 번 웃음으로도 성城과 나라가 무너졌지.
다시 예전의 거울 속 젊은 얼굴 탄식하지 마오
이제는 백발이 되었으니.
내일이면 복파장군 마원馬援의 대청에 빈객이 되어
"늙을수록 강건하다!"는 말을 들으리라.
젊은 나이에 삼공이 된 등우鄧禹의 비웃음을 산다고
오랫동안 적적해했었지.

시사詩社를 결성하고
강산의 도움을 받아 시가 뛰어나리니
소나무와 국화가 있는 오솔길
안개 속을 거니리라.
술 한 잔에 시 한 수를 읊어도
높은 가락에 지음이 없을까 염려되는구나.
꿈에 학 한 마리 강을 가로질러 떠나는데
지금 일어나니 그대와 헤어지는구나.
기억하오, 만 리에 나가 공을 세우더라도 내 몸이 중요하니
잘 주무시고 잘 드시오.

絶代佳人,[2] 曾一笑傾城傾國. 休更歎舊時靑鏡,[3] 而今華髮. 明日伏波堂上客,[4] "老當益壯"翁應說. 恨苦遭鄧禹笑人來,[5] 長寂寂. 詩酒社, 江山筆.[6] 松菊徑,[7] 雲煙屐. 怕一觴一詠,[8] 風流絃絶. 我夢橫江孤鶴去,[9] 覺來却與君相別. 記功名萬里要吾身, 佳眠食.

1 徐衡仲(서형중): 서안국徐安國. 자는 형중衡仲. 호는 서창西窓. 진사과에 급제하고, 나이 오십이 넘어 악주 학관岳州學官이 되었으며 연산령連山令을 역임했다. 어려서 공씨龔氏에게 자라 자식으로써 공씨 부모에게 극진하게 하였으며, 나중에 조정에 청하여 서씨徐氏로 복귀하였다. 당시 친부모도 상존하고 있어 두 부모를 일락당一樂堂에 모시고 형제들과 효도를 다했다. ○ 撫幹(무간): 안무사속관간판공사安撫司屬官幹辦公事의 약칭. 안무사의 속관이다. ○ 三山(삼산): 지금의 복건 복주시福州市. 성 안에 구선산九仙山, 오석산烏石山, 월왕산越王山 등 세 산이 있기 때문에 이름 붙여졌다. ○ 馬叔會(마숙회): 마대동馬大同. 자가 숙회叔會이다. 엄주嚴州 사람으로 1154년 진사과에 급제. 강개한 사람으로 알려졌으며 내외직을 맡으면서 직무에 충실하여 불공정한 일이 없도록 하였다. 관직은 호부시랑戶部侍郎까지 이르렀다.

2 絶代佳人(절대가인) 2구: 세상에 다시 없이 뛰어난 인재. 서한 이연년李延年이 한 무제에게 자신의 여동생을 추천하며 부른 「노래」歌를 이용하였다. "북방에 사는 가인은, 세상에 다시 없이 오로지 한 사람뿐. 한 번 돌아보면 성이 무너지고, 두 번 돌아보면 나라가 무너진다. 성이 무너지고 나라가 무너질지 어찌 모르랴만, 그래도 이런 미인은 다시 얻기 어렵다네."北方有佳人, 絶世而獨立. 一顧傾人城, 再顧傾人國. 寧不知傾城與傾國, 佳人難再得.

3 靑鏡(청경): 청동으로 만든 거울.

4 明日(명일) 2구: 동한 때 복파장군伏派將軍 마원馬援이 빈객들에게 자주 하던 "장부는 뜻이 있어야 하니 어려울수록 굳세고 늙을수록 강건해야 한다."丈夫爲志, 窮當益堅, 老當益壯.고 한 말을 이용하였다. 『후한서』「마원전」 참조. 마원을 가지고 같은 성씨인 마숙회를 비유했다.

5 恨苦遭(한고조) 2구: 남조 제나라의 왕융王融이 명리에 조급하여 나이 서른 전에 삼공三公과 사보四輔와 같은 자리에 오르고자 하였다. 중서랑中書郎이 되었을 때 책상을 문지르며 "이러한 상황에 만족한다면 등우가 웃겠구만."爲爾寂寂, 鄧禹笑人.이라고 탄식했다. 『남사』「왕융전」 참조. 등우가 광무제 유수 아래 대사도大司徒가 된 것은 24세였다. 『후한서』「등우전」 참조.

6 江山筆(강산필): 뛰어난 풍광으로 인해 좋은 작품을 만듦. 당대 장열張說이 악주로 폄적된 후 그 시가 더욱 처완凄婉해지자 사람들이 '강산의 도움'江山之助을 얻었다고 하였다. 『신당서』「장열전」 참조.

7 松菊徑(송국경): 소나무와 국화가 있는 오솔길. 도연명의 「귀거래사」歸去來辭에 "집안의 세 갈래 작은 길에는 잡초가 무성하지만, 소나무와 국화는 아직도 남아있다."三徑就荒, 松菊猶存.란 말이 있다.

8 一觴一詠(일상일영): 왕희지의 「난정집 서문」蘭亭集序에 나오는 "술 한 잔에 시 한 수를 읊으니, 마음속의 감정을 실컷 드러내기 족했다."一觴一詠, 亦足以暢敍幽情.는 말을 이용하였다.

9 橫江孤鶴(횡강고학): 소식蘇軾의 「후적벽부」에 나오는 "때는 한밤이 되어 사방이 적막한데 마침 학 한 마리가 강을 가로질러 동에서 날아왔다."時將夜半, 四顧寂廖, 適有孤鶴, 橫江東來.라는 이미지를 이용하였다.

해설

　복주로 가는 서형중을 보내며 쓴 송별사이자 응수사應酬詞이다. 서
형중은 오십이 지나 학관을 지낸 후 이제는 육십이 되어 다시 객지로
출임하기에 주로 위로의 뜻을 전하였다. 상편은 '백발'과 '노익장' 등
의 말로 늙을수록 강건해지기를 바랐다. 하편은 복주에서의 생활을
상상하고 석별의 뜻을 나타내었다. 1189년(50세) 대호에서 한거할 때
지었다.

어가행御街行

— 산중에서 성복지 제간에게 떠나는 날을 물으며山中問盛復之提幹行期¹

갑자일 산성山城에 어둑히 비가 내려
문밖은 진흙길 되었네.
두견새는 그저 한가히 울 뿐이니
급히 서둘러 떠나가지 마소.
수양버들 말 없는데
행인이 떠나고 나면
바람 속에 버들개지 날리리라.

꿈속에서도 조회하는 관원들의 행렬에 들고
조신朝臣들의 반열을 좇는 걸 잘 알고 있네.
내가 시름겨워하는 건 그대가 마시지 않아서이지
그대를 붙잡기 위해서가 아니라네.
백발이 된 나를 웃지 말게
이미 해마다 객을 보내 이별에 익숙하니
봄 강 나루터에 뱃사공을 내 부르리라.

山城甲子冥冥雨,² 門外靑泥路. 杜鵑只是等閑啼,³ 莫被他催歸
去. 垂楊不語, 行人去後, 也會風前絮.
　　情知夢裏尋鵷鷺,⁴ 玉殿追班處. 怕君不飮太愁生,⁵ 不是苦留君
住. 白頭笑我, 年年送客, 自喚春江渡.

注

1 盛復之(성복지): 성서盛庶. 자는 복지復之. 여수麗水 사람으로 1178
년 진사과 급제. 신주에서 관직에 있다가 복건 제점형옥사간판공
사福建提點刑獄司幹辦公事로 전임하였다. 나중에 사농시승司農寺僧
이 되었다. ○ 提幹(제간): 제거提擧. 전문적인 사무를 보는 관리.
'제거상평'提擧常平, '제거시박'提擧市舶, '제거학사'提擧學事, '제거수
리'提擧水利 등으로 여러 분야에 각각 속하며, 일반적으로 한직閑職
이다.

2 甲子雨(갑자우): 갑자일에 내리는 비. 장작張鷟의 『조야첨재』朝野
僉載에 "봄의 갑자일에 비가 내리면 천 리에 가뭄이 든다."春雨甲子,
赤地千里.는 말이 있다. 두보의 「비」雨에도 "흐릿하게 내리는 갑자
일의 비, 이미 입춘 때가 지났네."冥冥甲子雨, 已度立春时.란 표현이
있다.

3 杜鵑(두견): 두견새, 소쩍새, 자규子規, 귀촉도歸蜀道, 두우杜宇, 두
혼杜魂, 불여귀不如歸 등 여러 이름이 있다. 전설에 의하면 고대 촉
국의 왕 두우杜宇의 혼이 변한 것이라고 한다. 그 울음소리가 마치
'차라리 돌아가자'라는 뜻의 '부루궤이취'不如歸去라고 하는 듯하여
나그네의 귀향을 종용하는 새로 알려졌다.

4 鵷鷺(원로): 원추새와 해오라기. 원추새는 신화 중의 봉황과 비슷
한 새. 두 새는 모두 질서 있게 다니는 습성이 있어, 조정의 관리들
의 행렬을 비유한다.

5 太愁生(태수생): 아주 시름겹다. 生(생)은 형용사 뒤에 붙은 어조사.

해설

승진되어 떠나는 성복지를 보내며 지은 송별사送別詞이다. 상편은
이별의 아쉬움을 봄날의 풍광으로 나타내었다. 내리는 비와 진흙길과

두견새 울음으로 이별을 만류하면서, 다시 수양버들의 이미지로 겉으로 무심한 듯하지만 사실은 깊은 석별의 정을 나타내었다. 하편은 승진하여 떠나게 된 상대의 다급한 마음을 헤아리면서, 말미에서 떠나는 날이 언제인지 풍광을 빌어 완곡하게 물었다.

어가행御街行

난간 밖 사방은 무수한 산들
멀리 바라보는
아침과 저녁.
비는 때마침 바람을 타고 산을 넘어 와
주렴에 붙은 더위를 모두 씻어냈구나.
박사 휘장은 안개 같고
대자리 무늬는 물과 같아
시원한 기운이 일어난다.

하얀 피부는 분을 바르지 않아도 빛나고
더구나 그윽한
향기가 모여들어라.
바람 앞에서 부르는 노래가 가장 아름다워
흘러가는 구름도 멈출 정도라네.
연꽃이 모두 피고
계화도 피어난 후
봉황을 타고 함께 날아가리.

闌干四面山無數. 供望眼, 朝與暮. 好風催雨過山來, 吹盡一簾
煩暑. 紗廚如霧,¹ 簟紋如水,² 別有生涼處.

冰肌不受鉛華汚.³ 更旎旎,⁴ 眞香聚. 臨風一曲最妖嬌,⁵ 唱得行
雲且住.⁶ 藕花都放, 木樨開後,⁷ 待與乘鸞去.⁸

注

1 紗廚(사주): 紗幬(사주)라고도 쓴다. 실내에 설치하는 박사薄紗 휘장.

2 簟紋(점문): 대자리의 무늬. 주방언周邦彦의「완계사」에 "얇디얇은
박사 휘장, 바라보니 없는 듯하고, 대자리 무늬는 연꽃이 잠긴 물과
같아라."薄薄紗廚望似空, 簟紋如水浸芙蓉.는 구절이 있다.

3 冰肌(빙기): 얼음 같이 하얀 피부. ○ 鉛華(연화): 얼굴에 바르는 분.

4 旎旎(니니): 향기가 짙고 부드러운 모양.

5 妖嬌(요교): 노랫소리가 구성지고 아름다운 모양.

6 唱得(창득) 구: 절묘한 노래에 구름도 멈춘다는 '향알행운'響遏行雲
고사를 가리킨다. "설담薛譚이 진청秦靑에게 노래를 배울 때, 진청
의 기예를 다 익히지 못했으면서도 설담이 스스로 다 알았다고 생
각하고는 마침내 돌아가려 했다. 진청은 붙잡지 않고 교외의 길가
에서 전별하며 박자에 맞추어 노래를 불렀다. 노랫소리는 숲과 나
무를 흔들었고, 그 울림에 흘러가는 구름이 멈추었다."薛譚學謳於秦
靑, 未窮靑之技, 自謂盡之, 遂辭歸. 秦靑弗止, 餞於郊衢, 撫節悲歌, 聲振林木,
響遏行雲. 譚乃謝求反,終身不敢言歸. 『열자』『탕문』湯問 참조.

7 木樨(목서): 계화桂花.

8 乘鸞(승란): 봉황을 타고 하늘을 오르다.

해설

　　여름의 풍광과 미인을 노래하였다. 상편은 여름날의 풍광을 실외에
서 실내로 초점을 옮기면서 묘사하였다. 산을 넘어온 시원한 비가 더
위를 씻어간다. 하편은 이러한 환경 속에 있는 미인을 묘사하였다.

피부와 향기와 노래를 통해 그녀의 모습을 형상화시키고, 여름이 가고
가을이 오면 하늘에 오르리라 상상하였다. 공간과 시간의 이동 속에
자연과 사람이 어울리며, 고아하고 탈속적인 미감을 표현하였다.

복산자卜算子
―봄을 찾으며 짓다尋春作

긴 대나무 앞 비췻빛 비단 소매 차가운데
더디게 떨어지는 해에 강산이 저무는구나.
사람 없는 그윽한 오솔길에 홀로 향기로우니
이 한스러움 아는 자 없구나.

다만 매화와 말을 나누고
느릿느릿 벌레가 토한 유사遊絲를 쫓누나.
애써 봄을 찾지만 아직 향기가 이르지 않았으니
그 향기 찾을 곳 없어라.

修竹翠羅寒,¹ 遲日江山暮. 幽徑無人獨自芳, 此恨知無數.
只共梅花語. 懶逐遊絲去.² 着意尋春不肯香, 香在無尋處.

注

1 修竹(수죽) 구: 두보의 시 「가인」佳人에 나오는 "하늘은 싸늘하고
  비췻빛 소매 얇은데, 해 저무는 대숲에 높은 대나무에 기대있네."天
  寒翠袖薄, 日暮倚修竹.를 환기한다.
2 遊絲(유사): 봄철에 곤충이 토하는 긴 실. 흔히 나무나 꽃가지에
  걸려 바람에 휘날린다. 심약沈約의 「팔영시」八詠詩 가운데 두 번째
  시 「정원에서 만나 봄바람을 쐬며」會圃臨春風에 "유사는 그물처럼

얽히어 어둡고, 떨어지는 꽃잎은 안개처럼 분분하다."遊絲暖如網, 落
花霧似霧.란 구절이 있다.

해설

봄을 기다리는 가인佳人을 노래하였다. 처음부터 2구씩 가인의 복
장, 처지, 성격, 추구를 각각 묘사하였다. 이른 봄 매화가 피고 유사가
나부끼지만 봄의 향기가 무르익기에는 아직 먼 시기, 가인은 다만 매
화로 자신의 고결함을 나타내고 유사를 쫓으며 봄을 기다린다. 그러
나 봄의 '향기를 찾을 길 없는 오솔길에서'香在無尋處 가인은 '홀로 향기
로울 뿐'獨自芳이다. 여기서의 가인은 중국고전시의 전통에서 시인 자
신을 가리킨다. 자신의 '이 한스러움'此恨을 가인을 통해 함축적으로
드러내었다.

복산자卜算子
— 남을 위해 연꽃을 읊다爲人賦荷花

홍분紅粉으로 아리땁게 화장하고
비바람에 비취색 산개傘蓋 낮게 드리웠구나.
유월이라 더운 때 인간 세상 서늘함을 모두 차지한 건
보름달 뜬 물가에 원앙이로다.

뿌리 아래 연근이 길게 이어지고
연꽃 속에 연밥이 쓰구나.
다만 풍류 탓에 시름이 많으니
반비潘妃의 발걸음까지 돋보이게 했어라.

紅粉靚梳粧, 翠蓋低風雨.[1] 占斷人間六月涼, 明月鴛鴦浦.
根底藕絲長, 花裏蓮心苦. 只爲風流有許愁, 更襯佳人步.[2]

注

1 翠蓋(취개): 비취색 산개傘蓋. 연잎을 형용한다.

2 更襯(갱친) 구: 남제南齊의 동혼후東昏侯 소보권蕭寶卷이 금으로 만
   든 연꽃을 땅에 깔아놓고 총비 반옥아潘玉兒가 그 위를 걸어가게
   하고서는 말하기를 "걸음마다 연꽃이 피는구나"步步生蓮花라고 했
   다. 『남사』「폐제동혼후기」廢帝東昏侯紀 참조. 이후 연보蓮步는 미녀
   의 걸음을 나타내는 말이 되었다.

　연꽃을 제재로 하여 지은 영물사詠物詞이다. 강남에 특히 많이 자라는 연은 한대 이래 시인들이 즐겨 다룬 소재이다. 첫 두 구는 연꽃을 미인에 비유하여 곱고 청신한 모습을 그렸다. 제3, 4구는 유월의 더위 속에서도 연으로 인해 서늘한 기운이 감도는 물가의 모습을 그렸다. 제5, 6구는 연근과 연밥을 묘사하면서, 연근의 실이라는 뜻의 '우사'藕絲로 남편에 대한 그리움을 나타내는 '우사'偶思와 해음諧音시키고, 연밥이란 뜻의 '연심'蓮心으로 서로 이어진 마음이란 '연심'連心을 암시하여 민가의 정취도 집어넣었다. 말 두 구에서는 미녀의 걸음을 뜻하는 '연보'蓮步란 말의 유래를 언급하면서, 연의 아름다움을 찬미하였다. 이 사는 1189년 또는 1190년에 지은 것으로 본다.

복산자 卜算子
— 이정지의 부음을 듣고聞李正之茶馬訃音[1]

걷고 싶으면 일어나 걷고
앉고 싶으면 다시 앉는다.
앉고 걷는 것도 싫증날 때는
다시 한가히 책을 베고 눕는다.

병든 건 요즘의 내 몸이요
게으름은 예전의 나로구나.
표천瓢泉의 대숲 그늘 조용히 쓸며
잠시 인연 따라 이렇게 지내리라.

欲行且起行, 欲坐重來坐. 坐坐行行有倦時, 更枕閑書臥.
病是近來身, 懶是從前我. 靜掃瓢泉竹樹陰,[2] 且恁隨緣過.

注

1 李正之(이정지): 이대정李大正. 자는 정지正之. 신기질이 그와 주고
받는 사는 앞에서도 보인다. ○ 茶馬(차마): 관직 이름. 차와 말을
관리한다. 이정지는 사천도대차마관四川都大茶馬官을 역임하였다.
2 瓢泉(표천): 강서 연산현鉛山縣 동쪽 이십오 리에 소재한 우물.

처지에 따라 자족하는 심사를 표현하였다. 이러한 사상은 장자莊子 등이 말한 도가적 처세관일 뿐만 아니라 안빈낙도安貧樂道를 강조한다는 점에서 유가적 처세관이기도 하다. 신기질의 사에서도 "만약 만족한 때를 찾는다면 지금 만족할 것이요, 지금 만족하지 못한다면 언제 만족할 수 있으랴."若要足時今足矣, 以爲未足何時足.라고 했고, "궁달에 대해 말하려고 하니, 의심할 필요 없으리. 예부터 현자는, 나아가도 즐거워하고, 물러나도 즐거워했다네."待說窮與達, 不須疑着. 古來賢者, 進亦樂, 退亦樂.라 했으며, "인연을 따르는 도리는 반드시 깨달아야되고, 과분한 공명은 억지로 구하지 말아야 하리."隨緣道理應須會, 過分功名莫强求.라고 했던 구절에서도 뚜렷이 나타난다. 이 사 역시 부음을 듣고 지은 것으로, 죽음 앞에 놓인 어찌 할 수 없는 인간의 상황을 수긍해야 하는 심리에서 자족과 자적을 말한 것으로 보인다. 1189년 또는 1190년에 지은 것으로 본다.

귀조환歸朝歡

— 삼산 정원영의 소경루에 대해 지어 부침. 소경루 옆에 상우재가 있어, 책을 빌리고자 해도 서재 안에서 읽을 수는 있지만 빌릴 수는 없다寄題三山鄭元英巢經樓. 樓之側有尙友齋, 欲借書者就齋中取讀, 書不借出.[1]

정현鄭玄 같은 그대는 만 리 멀리 서촉으로 가서
약시藥市에서 책을 사 배에 싣고 돌아와 집 가득히 채웠지.
책들의 광채가 때때로 하늘의 별자리까지 쏘는데
그 누가 한간汗簡을 천록각天祿閣에서 교감하는가?
좋아함에 어찌 만족이 있을 것인가
보게나, 훌륭한 상인은 금옥을 잘 보관하는 것을.
기억하게나, 책을 통해 전해지는 문화와 도는
천 년이 지나도 없어지지 않으니
공자의 옛집에서 서적이 나오자 음악이 들렸다네.

묻건대 힘들게 사온 한 묶음의 책이
어찌 삼만 축의 서적과 같겠는가.
예부터 책을 빌려주는 건 어리석다 했으니
친구라도 창가에서 책을 볼 수 있을 뿐 빌려갈 수 없다네.
기억하노니 그대는 맑은 꿈에 들었다가
깨어나서 내가 변소邊韶처럼 배 내놓고 낮잠 잔 걸 웃었지.
높은 장서루藏書樓에 의지하고 있으니
인간 세상에 누가
오경五經을 사라지게 하는 「팔풍곡」八風曲 춤을 출 수 있으랴.

萬里康成西走蜀,² 藥市船歸書滿屋.³ 有時光彩射星躔,⁴ 何人汗
簡讎天祿?⁵ 好之寧有足. 請看良賈藏金玉. 記斯文,⁶ 千年未喪, 四
壁聞絲竹.⁷

試問辛勤携一束,⁸ 何似牙籤三萬軸.⁹ 古來不作借人癡,¹⁰ 有朋
只就雲窓讀. 憶君清夢熟. 覺來笑我便便腹.¹¹ 倚危樓, 人間誰舞,
掃地八風曲.¹²

注

1 寄題(기제): 현지에 가지 않고 멀리서 시를 지어 부치다. ○ 三山(삼
산): 복주福州를 가리킨다. 복주성 안에 월왕산越王山, 구선산九仙山,
오석산烏石山이 있다. ○ 鄭元英(정원영): 신기질의 친구. 복건 문산
文山 사람으로, 1184년 성도에서 관직을 지냈다. 나중에 복주에 소
경루巢經樓를 지어 촉 땅에서 가져온 책들을 소장하였다. ○ 巢經樓
(소경루): 정원영이 복주에 지은 장서루藏書樓. ○ 尚友齋(상우재):
소경루 옆에 있는 서재.

2 康成(강성): 동한의 대학자 정현鄭玄. 그의 자가 강성이었다. 여기
서는 정원영鄭元英을 비유한다.

3 藥市(약시): 성도의 시장. 『성도고금기』成都古今記에 "정월은 등시燈
市, 이월은 화시花市 …구월은 약시藥市, 시월은 주시酒市"라는 구절
이 있다. 남송 시기에는 성도에 출판업이 성행하여, 그곳을 찾은
많은 사람들이 책을 사들고 돌아왔다.

4 星躔(성전): 별자리의 순서. 여기서는 별자리를 가리킨다.

5 汗簡(한간): 죽간竹簡을 만들 때 먼저 대나무를 불에 구워 진을 빼
고 초록색 껍질을 제거하는 일을 말한다. 한청汗青 또는 살청殺青이
라고도 한다. 책을 비유한다. ○ 讎(수): 문자를 교감하다. ○ 天祿
(천록): 천록각天祿閣. 서한 말기 유향劉向이 서적을 교감하였던 곳

으로, 여기서는 장서루를 가리킨다.

6 斯文(사문): 공자가 말한 예약과 교화. 문화. 공자가 위衛나라 광匡에서 그곳 사람들이 그를 양호陽虎란 인물로 오인해서 핍박했을 때 공자는 다음과 같이 말했다. "문왕이 이미 죽었으나 문왕이 만든 문화는 여기에 있지 않은가! 하늘이 문화를 멸망시키고자 한다면 후세의 내가 이 문화에 참여할 수 없다. 그러나 하늘이 이 문화를 멸망시키려 하지 않는데 광 땅 사람이 나를 어떻게 하겠는가!"文王既沒, 文不在茲乎. 天之將喪斯文也, 後死者不得與於斯文也. 天之未喪斯文也, 匡人其如予何?『논어』「자한」子罕 참조.

7 四壁(사벽) 구: 고대의 전적은 장서를 통해 보존되고 전해진다. 한 무제 때 노 공왕魯恭王이 공자의 옛집을 허물어 『상서』, 『춘추』, 『논어』, 『효경』를 얻었다. 이때 당堂에서 금석金石과 사죽絲竹의 소리가 들렸기에 더 이상 허물지 않았다. 『수경주』水經注 '사수'泗水 참조.

8 一束(일속): 한 묶음. 한유韓愈의 「아들에게 보임」示兒에 "예전에 내가 장안에 올 때, 책 한 묶음만 가지고 왔다."昔我來長安, 只携書一束. 는 구절이 있다.

9 牙籤三萬軸(아첨삼만축): 책 삼만 축. 서적이 많음을 형용한다. 한유韓愈의 「수주로 책을 읽으러 가는 제갈각을 보내며」送諸葛覺往隨州讀書에 "업후 이필李泌의 집안에는 책이 많아, 서가에 삼만 축이 꽂혀 있다지."鄴侯家多書, 挿架三萬軸.란 구절이 있다.

10 古來(고래) 구: 책을 빌려주지 말라는 뜻이다. 당대 이광의李匡義 『자가집』資暇集에 다음 구절이 있다. "책 빌리고 빌려주기: 속담에 다음 말이 있다. 빌려주지 않는 데도 빌려달라는 건 첫째 바보요, 돌려주지 않을 줄 알면서 책을 빌려주는 건 둘째 바보요, 책을 돌려달라고 자꾸 찾는 건 셋째 바보요, 돌려달라고 해서 돌려주는 건 넷째 바보다."假借書籍: 俗曰借一癡, 借二癡, 索三癡, 還四癡.

11 便便腹(편편복): 배가 **빵빵**하게 부른 모양. 동한 때 변소邊韶가 한
번은 대낮에 낮잠을 자자 제자들이 비웃으며 말했다. "변효선(변소
를 가르킴), 배 **빵빵**, 책은 안 읽고, 잠만 자네."邊孝先, 腹便便, 懶讀書,
但欲眠. 이에 변소가 엿듣고는 꿈에서 공자와 주공을 만났다고 하였
다. 『후한서』「변소전」참조.

12 掃地八風曲(소지팔풍곡): 오경五經이 모두 사라지다는 뜻. 당대 축
흠명祝欽明은 명경과에 급제하여 동대전의東臺典儀를 맡았다. 나중
에 영재걸출과英才傑出科와 업오육경과業奧六經科에도 급제하였다.
한번은 황제와 군신이 연회를 벌일 때, 축흠명이 팔풍무八風舞를 출
수 있다고 하자 황제가 허락하였다. 축흠명은 몸이 살찌고 추하였
는데, 땅에 앉아 머리를 흔들고 눈을 흘리며 좌우를 돌아보니 황제
가 크게 웃었다. 이에 이부시랑 노장용盧藏用이 탄식하며 "이 모습
을 보니 오경이 다 사라졌구만!"是擧五經掃地矣.이라고 말했다. 『신
당서』「축흠명전」참조.

해설

정원영의 서적을 소장한 소경루의 내력과 장서의 목적과 의의를 서
술하였다. 상편에서는 주로 장서의 경과를 서술하였다. 정원영이 촉
땅에 갔을 때 구입하여 배로 싣고 온 경위를 비롯하여 교감과 정리,
보관과 관리, 문화 보존의 의의를 차례로 언급하였다. 하편에서는 주로
서적의 이용과 가치에 대해 서술하였다. 사람이 사올 수 있는 건 한
묶음에 불과하지만, 장서루를 통해 수많은 책을 소장하여 열람할 수
있으니 그 편리성은 지대하다. 이로부터 경전의 내용이 잘못 전해지는
일이 없게 될 것이다. 신기질이 대호에서 한거하던 1189년에 지었다.

옥루춘玉樓春
— 문산 정원영의 소경루에 대해 지어 부침寄題文山鄭元英巢經樓¹

멀리 문산文山으로 가지 말게나
혹여 고금을 모르면 옷을 입은 소나 말이라고 할 터이니.
멀리서도 아나니 그대는 정현처럼 서대초書帶草 풀가를 거닐고
지금 새그물이 쳐질 만큼 인적 없는 집에서 살리라.

평생 모아 꽂은 책은 한유韓愈의 시구에서 말한 듯 많고
잡목을 모아 만든 맹교孟郊의 장서루만큼 비좁지 않다네.
하늘에 닿을 듯 높아 봉황의 둥지에 비길만하네.
팔풍무八風舞를 추고 구욕무鸜鵒舞를 추는 무리는 내버려 두게나.

悠悠莫向文山去, 要把襟裾牛馬汝.² 遙知書帶草邊行,³ 正在雀
羅門裏住.⁴
　平生揷架昌黎句,⁵ 不似拾柴東野苦.⁶ 侵天且擬鳳凰巢,⁷ 掃地從
他鸜鵒舞.⁸

注

1 文山(문산): 복주福州 후관현侯官縣에 소재한 명승. ○ 鄭元英(정원
  영): 바로 앞의 사 참조. ○ 巢經樓(소경루): 정원영이 만든 장서루.
  바로 앞의 사 참조.
2 襟裾(금거): 옷의 옷깃. 이 구는 한유韓愈가 「성남에서 공부하는 아

들 한부에게」符讀書城南에서 "사람이 고금의 역사문화에 통달하지
않으면, 소와 말이 옷을 입은 것과 같다."人不通古今, 馬牛而襟裾.는
말에서 유래했다.

3 書帶草(서대초): 백합과에 속한 상록 다년생 풀. 이 풀 이름은 정현
鄭玄의 전고에서 나왔다. 동한 말기 정현은 불기성不其城 남산에서
가르쳤는데, 산 아래 염교와 같이 생긴 풀이 한 자 남짓 자랐다.
사람들은 이 풀을 '강성서대초'康成書帶草라 불렀다. 『삼제기략』三齊
記略 참조. 여기서는 정원영을 성씨가 같은 정현에 비유하였다.

4 雀羅門(작라문): 마당에 그물을 쳐 참새를 잡을 수 있을 정도로
사람이 없이 한가하다. 한대 적공翟公이 정위였을 때는 빈객들이
문에 가득했지만, 퇴직하고 나니 한산하여 문밖에 그물을 쳐 참
새를 잡을 수 있을 정도였다. 『사기』「급정열전」汲鄭列傳 참조.

5 平生(평생) 구: 한유韓愈의 「수주로 책을 읽으러 가는 제갈각을 보
내며」送諸葛覺往隨州讀書에 "업후 이필李泌의 집안에는 책이 많아,
서가에 삼만 축이 꽂혀 있다지. 하나하나 상아 표찰이 매달려 있
고, 아직 손을 대지 않은 듯 새것이라지."鄴侯家多書, 挿架三萬軸. 一
一懸牙籤, 新若未觸手.란 구절의 뜻을 환기한다.

6 東野(동야): 당대 시인 맹교孟郊의 자字. 맹교의 「홀연 가난하지 않
으니, 노동이 배에 책을 싣고 낙양에 돌아온 일을 기뻐하며」忽不貧
喜盧仝書船歸洛에 "내 바라건대 남은 잡목을 주워서, 공중에 경전을
보관할 자리를 만드리라."我願拾遺柴, 巢經於空虛.라는 구절이 있다.

7 鳳凰巢(봉황소): 봉황이 깃드는 둥지. 한유의 「남산유고수행」南山
有高樹行에 "남산에 높은 나무 있는데, 꽃과 잎은 어찌 그리 시들었
나. 위에는 봉황의 둥지, 봉황은 어리고 또 깃들어 사네."南山有高樹,
花葉何衰衰. 上有鳳凰巢, 鳳凰乳且棲.란 구절에서 유래했다.

8 掃地(소지): 모두 사라지다. 바로 앞의 작품에 나오는 '掃地八風曲'과

같은 뜻. 당대 축흠명祝欽明이 궁중의 연회에서 팔풍무八風舞를 즉
석에서 춤추자 노장용盧藏用이 탄식하며 "이 모습을 보니 오경이 다
사라졌구만!"是擧五經掃地矣.라고 말했다. 『신당서』「축흠명전」참조.
○ 鸜鵒舞(구욕무): 찌르레기 춤. 동진의 사상謝尚이 승상부 부연府
掾으로 왕도王導를 찾아갔을 때 왕도가 구욕무를 출 줄 안다고 들었
는데 할 수 있느냐고 물었다. 이에 사상이 바로 옷과 두건을 쓰고
춤을 추었다. 『진서』「사상전」참조. 여기서는 임시로 하는 춤이라
서 정통이 아님을 비유한다.

해설

소경루에 대해 노래하였다. 상편에서는 소경루의 주인 정원영에 대
해 묘사하였다. 그는 고금의 역사와 문화에 박식한 탓에, 그가 사는
문산에 가려면 일정한 수준의 지식이 있어야 한다. 그렇지 않다면 옷
을 입은 소나 말에 불과하기 때문이다. 또 학문에 힘쓸 뿐 세속의 명리
에 관여 않고 담백하게 살아간다. 하편에서는 주로 소경루의 의의에
대해 서술하였다. 봉황과 같은 인물을 길러낼 기초로써 장서루는 중요
하며, 또 축흠명祝欽明과 사상謝尚과 같이 경전을 몰라 왜곡하는 일이
일어나지 않도록 해야 할 것이다. 이 작품은 여러 가지 전고를 끌어와
사용했지만 번잡하거나 상충하지 않고, 전체적인 문맥 속에 잘 녹아들
어갔다. 전고의 운용에 뛰어난 신기질 사의 특징을 볼 수 있다. 1189
년에 지었다.

성성만聲聲慢
― 임기가 차서 전직하여 가는 상요 황쉬를 보내며送上饒黃倅職滿赴調[1]

상요는 동남 지역의 경승지
그대와 같은 풍도 높은 인물이 나왔으니
백발이 되어 그대를 만난 것이 한스럽네.
내 바로 알았으니 그대 집안의 황헌黃憲
그대의 도량과 그리 멀지 않다는 것을.
늘 천리마와 같은 방통龐統의 재능을 안타깝게 여겨
별가別駕의 임무를 주면 능력을 발휘할 거라고 말했지.
묻노니
어떻게 다 쓸 수 있으랴
가슴 속 만 권의 지식을.

더구나 높은 직위에 검을 차고 신발을 신고 대전에 오르는 것은
그대 집안의 전통이니
황제의 옆에 일하는 것이 적합하리라.
그대 떠나면 새로 지은 시도 드물어지고
함께 소일할 사람도 없겠구나.
그대를 재삼 잡아도 붙들 수 없으니
수많은 백성이 눈물을 흘리리라.
어찌 좋은 징조를 막을 수 있으랴
눈썹 사이에 벌써 노란 점이 생겼는 걸.

東南形勝, 人物風流, 白頭見君恨晚. 便覺君家叔度,[2] 去人未遠. 長憐士元驥足,[3] 道直須別駕方展.[4] 問箇裏, 待怎生銷殺, 胸中萬卷?

況有星辰劍履,[5] 是傳家, 合在玉皇香案.[6] 零落新詩, 我欠可人消遣. 留君再三不住, 便直饒萬家淚眼. 怎抵得, 這眉間黃色一點?[7]

注

1 黃倅(황쉬): 미상. 倅(쉬)는 부직副職을 의미한다. 여기서는 통판.

2 叔度(숙도): 동한 때의 황헌黃憲. 숙도는 황헌의 자字. 황헌은 도량이 넓기로 유명하였다. 그와 어울렸던 곽림종郭林宗이 "황헌은 드넓은 천 이랑의 물결과 같아, 가라앉혀도 맑아지지 않고 흔들어도 탁해지지 않으니, 그 도량을 잴 수가 없구나."叔度汪汪若千頃波, 澄之不淸, 淆之不濁, 不可量也.라고 말했다. 『후한서』「황헌전」黃憲傳 참조.

3 士元(사원): 삼국시대 방통龐統을 가리킨다. 삼국시대 양양 사람으로 자는 사원士元이다. 유비가 방통을 뇌양 현령耒陽縣令에 임명하였으나 행정을 돌보지 않았기에 면직시켰다. 노숙魯肅이 유비에게 편지를 써서 보내길, "방통은 백리를 다스릴 인재가 아니오니 치중이나 별가의 임무를 주면 비로소 그가 천리마의 발을 내디딜 것입니다."龐士元非百里才也, 使處治中、別駕之任, 始當展其驥足耳.라고 하였다. 제갈량도 이에 동의하였기에 치중종사治中從事를 시켰다. 『삼국지』 중의 『촉서』「방통전」龐統傳 참조. ○ 驥足(기족): 천리마의 발. 뛰어난 인재를 비유한다.

4 別駕(별가): 관직 이름. 한대 주州 자사刺史를 보좌하는 직위. 송대에는 주에 이와 유사한 통판을 설치하였다. 그러므로 송대 통판을 별가라 부르기도 하였다.

5 劍履(검리): 검리상전劍履上殿. 황제가 대신에게 내리는 일종의 특

수한 대우로, 조회 때 검을 차고 신발을 신고 대전에 오를 수 있는
자격을 말한다.

6 玉皇(옥황): 옥황대제. 도교에서 말하는 천제. ○ 香案吏(향안리):
제왕 곁에서 시종하는 관리. 원진元稹의 시「주 관사를 백거이에게
자랑하며」以州宅夸於樂天에 "나는 본디 옥황상제의 향안리香案吏이
니, 인간에 귀양살이 왔어도 오히려 봉래산에서 사네."我是玉皇香案
吏, 謫居猶得住蓬萊.란 구절이 있다.

7 眉間黃色(미간황색): 눈썹 사이에 황색이 있다. 고대인들은 미간에
황색이 있는 것을 좋은 징조로 보았다.

해설

임기를 마친 상요의 황쉬(황 통판)를 보내며 지은 송별사이다. 상편
에서는 주로 황쉬의 출신 지역과 가문의 전통, 그리고 개인의 자질을
칭송하면서 늦게 알게 된 사실을 안타까워하였다. 하편에서는 떠난
이후 자신의 쓸쓸해진 처지를 말하면서 한편으로 상대의 영전을 기원
하였다. 황쉬의 능력과 자질을 다방면에 걸쳐 묘사하면서 그의 인품과
재능을 칭송하였다. 송별에 임하여 지었기 때문에 상당히 미화시킨
것은 어쩔 수 없으리라. 1189년 지은 것으로 본다.

옥루춘玉樓春

— 연석에서 상요 황쉬에게 주며 이별하다. '농종'과 '우암'은 당 이름이다. '통판우'는 당시 민간의 말이다. '관리가 머리를 숙이다' 역시그가 군의 행정을 맡을 때 일이다席上贈別上饒黃倅. 龍嵸、雨巖堂名. 通判雨, 當時民謠. 吏垂頭, 亦渠攝郡時事.[1]

왕년에 농종당龍嵸堂 앞길에서
지나가는 사람들이 때맞춰 내리는 비라며 '통판우'通判雨라 칭송하였지.
작년에는 지팡이 짚고 표천에 가는데
현의 관리들이 머리를 숙인다고 백성들이 감탄했지.

학식은 성인의 경지에 이르고 문장은 고졸한데
청빈하여 궁박해도 풍도는 엄격했지.
술잔 앞에 늙은이 눈물 두서없이 흐르니
내일은 조정으로 떠나는 그대를 보내리라.

往年龍嵸堂前路, 路上人誇通判雨. 去年拄杖過瓢泉,[2] 縣吏垂頭民歎語.
學窺聖處文章古,[3] 淸到窮時風味苦. 尊前老淚不成行, 明日送君天上去.[4]

注

1 黃倅(황쉬): 성이 황씨인 상요 통판. ○ 龍嵸(농종): 산이나 구름이

우뚝 솟은 모양. 여기서는 당堂 이름으로 쓰였다. ○ 雨巖(우암): 신주信州 영풍永豐(지금의 상요시 광풍구) 박산에 있는 거대한 바위. 여기서는 당堂 이름으로 쓰였다.

2 瓢泉(표천): 강서 연산현에 소재한 우물. 나중에 신기질이 이곳으로 이주한다.

3 窺(규): 엿보다. 여기서는 도달하다.

4 天上(천상): 하늘. 여기서는 조정을 비유한다.

해설

   황쉬(황 통판)를 보내며 쓴 송별사이다. 상편은 주로 황쉬의 정치적 업적을 묘사하였다. '통판우'는 통판이 제 때에 내리는 비처럼 백성을 이롭게 한다는 뜻이다. '이수두'는 관리들이 머리를 수그린다는 말로 백성을 위해 낮은 자세로 일한다는 뜻이다. 이렇게 백성들이 평가하는 말을 들어 황쉬의 치적을 칭송하였다. 하편은 학식과 문장, 청렴한 성품을 묘사한 후, 말 두 구에서 이별과 기원의 뜻을 나타내었다. 1189년에 지었다.

수조가두 水調歌頭

— 양민첨을 보내며 送楊民瞻[1]

해와 달은 우주의 맷돌 위를 기어가는 개미와 같고
만물은 생사의 틀을 벗어날 수 없다.
그대 보게나, 처마 밖 강물이
세차게 굽이쳐 동으로 흘러가는 것을.
야반삼경 표천에 비바람치고
봄이 온 설루雪樓에 꽃이 피는데
늙은이 이미 은퇴의 땅 토구菟裘에 있구나.
저무는 인생에 별고 없는지 묻는다면
귤 천 그루를 심었다고 말하리.

집에 돌아갈 꿈 연이어 꾸고
칼자루 두드리며 노래 부르고
누대에 올라 왕찬王粲처럼 「등루부」登樓賦 지었지.
닭을 잡고 백주를 내놓으며
그대 돌아갈 마을은 가을 사일社日이리라.
하늘에 닿는 장검의 기개를 누가 알아주랴
청담에 빠진 왕연王衍의 무리를 비웃노니
서북에는 아직 수복할 땅이 있다네.
이 일을 그대가 맡아 완수한다면
천고의 영웅처럼 일엽편주를 타고 은거해도 좋으리.

日月如磨蟻,² 萬事且浮休.³ 君看簷外江水, 滾滾自東流. 風雨瓢泉夜牛,⁴ 花草雪樓春到,⁵ 老子已菟裘.⁶ 歲晚問無恙, 歸計橘千頭.⁷

夢連環,⁸ 歌彈鋏,⁹ 賦登樓.¹⁰ 黃鷄白酒, 君去村社一番秋.¹¹ 長劍倚天誰問,¹² 夷甫諸人堪笑,¹³ 西北有神州. 此事君自了, 千古一扁舟.¹⁴

注

1 楊民瞻(양민첨): 미상. 당시 상요에서 살면서 범곽지와 함께 신기질에게 배웠다.

2 日月(일월) 구: 해와 달은 맷돌 위의 개미와 같다. 맷돌을 우주에 비유하고 개미를 해와 달에 비유한 후, 맷돌을 왼쪽으로 빠르게 돌리면 개미가 비록 오른쪽으로 기어간다고 하더라도 맷돌에 따라 왼쪽으로 갈 수밖에 없다. 『진서』「천문지」天文志 참조.

3 浮休(부휴): 삶과 죽음. 『장자』「각의편」刻意篇에 "그 삶은 떠있는 것과 같고, 그 죽음은 쉬고 있는 것과 같다."其生若浮, 其死若休. 는 말에서 나왔다.

4 瓢泉(표천): 강서 연산현에 소재한 우물. 신기질이 여기에 새집을 지은 것은 1194년이고, 이주한 것은 1196년이나, 이 작품을 보면 1190년 쯤 이미 표천에 임시 거처를 두고 자주 간 것으로 보인다.

5 雪樓(설루): 신기질의 대호帶湖에 있는 저택의 누대 이름.

6 菟裘(토구): 춘추 시대 노나라 지명. 지금의 산동 태안시泰安市 동남. 노 은공魯隱公은 토구에 집을 세워 은퇴 후에 살려고 했다. 『춘추좌전』'은공 21년'조 참조. 이후 은퇴의 땅으로 비유되었다.

7 橘千頭(귤천두): 귤나무 천 그루. 삼국시대 동오의 단양 태수 이형李衡이 아내 때문에 가산을 모으지 못하자 몰래 사람을 보내 무릉 용양주龍陽洲에 집을 짓고 감귤 천 주를 심게 하였다. 나중에 임종 때 아들에게 말했다. "나의 주州에 목노木奴 천 명이 있으니 너에게

옷과 밥을 달라고 하지도 않을 것이다. 매년 견사 한 필 만들기는
충분할 것이다."吾州里有千頭木奴, 不責汝衣食, 歲上一匹絹, 亦可足用矣.
『양양기』 참조.

8 夢連環(몽련환): 자주 집에 돌아가는 꿈을 꾸다. 環(환)은 還(환)의
해음諧音으로 사용되기에 "돌아가다"는 뜻이 들어있다.

9 歌彈鋏(가탄협): 칼자루를 두드리며 노래하다. 전국시대 제나라의
풍환馮驩이 맹상군孟嘗君의 식객으로 있으면서 대우가 낮을 때마다
칼자루를 두드리며 노래 부르자 맹상군이 그때마다 대우를 높여주
었다. 『전국책』「제책」齊策에 자세하다. 후대에는 처지가 곤궁한 지
경을 슬퍼하거나 남의 도움을 바라는 뜻으로 사용하였다.

10 賦登樓(부등루): 삼국시대 왕찬王粲이 지은 「등루부」登樓賦. 그중에
"비록 진실로 아름답다고 하더라도 나의 고향은 아니니 어찌 오래
머물기 족하리오."雖信美而非吾土兮, 曾何足以少留.라는 말로 고향에
대한 그리움을 나타내었다.

11 村社(촌사): 농촌의 사일社日. 사일은 봄과 가을 한 차례씩 토지신
에게 제사 지내는 날.

12 長劍倚天(장검의천): 장검이 하늘에 세워져 있다. 송옥宋玉의 「대언
부」大言賦에 나오는 "네모진 땅을 수레로 삼고, 둥근 하늘을 차개로
삼으니, 하늘 밖에 세워진 장검이 번쩍인다."方地爲車, 圓天爲蓋, 長劍
耿耿倚天外.는 말을 활용하였다. 걸출한 군사적 재능과 영웅적인 기
개를 비유한다.

13 夷甫諸人(이보제인): 왕연王衍와 같이 공담空談만 일삼아 나라를
잃은 권력자들. 환온桓溫이 강릉에서 북벌하여 회수와 사수를 지나
북방의 경계를 넘어갈 때, 배를 타고 중원을 바라보며 탄식하여 말
하였다. "마침내 중원이 함락되어 백년간 폐허가 되었으니, 왕연의
무리가 그 책임을 지지 않으면 안 되리라."遂使神州陸沉, 百年丘墟, 王

夷甫諸人不得不任其責. 『진서』「환온전」 참조.

14 千古(천고) 구: 춘추시대 월越의 대부 범려范蠡가 월왕 구천을 도와 오나라를 격파한 후 서시를 배에 태우고 함께 강호를 떠돈 일을 가리킨다. 『사기』「월왕구천세가」 참조.

해설

고향으로 돌아가는 양민첨을 보내며 지은 송별사이다. 비록 송별사이지만 우주의 운행과 분주한 인생을 통찰하고, 실현해야 할 이상을 상기하고 다짐한다는 점에서 강렬한 정념이 결합된 독특한 경계를 보여준다. 상편은 세월의 빠름과 자신의 노년을 대비하여 묘사하였다. 하편은 양민첨의 객지에서의 실의와 고향 생각, 그리고 고향으로 돌아간 다음의 즐거운 정경을 상상한 후, 영웅적인 기개로 고토 수복의 임무를 완수해줄 것을 당부하였다. 1189년 또는 1190년에 지은 것으로 본다.

수조가두 水調歌頭

갠 대낮에 비녀와 신발이 다투어 들어오고
늘어선 창날이 하늘 높이 꽂혀있구나.
붉은 연꽃 천막 아래 바람도 멈추고
향기와 안개도 나부끼지 않는구나.
소라 머리 매화 화장의 미녀들이 둥그렇게 늘어서고
생황과 비파가 섞어들며
가는 허리의 무희가 휘도는 눈발처럼 춤을 추는구나.
술잔에 술은 차가운 옥이 흔들리는 듯하고
하얀 뺨이 술을 강물처럼 마셔 붉어지는구나.

높은 공을 기리고
늙지 않음을 축하하며
백성의 칭송이 자자하다.
새벽 정원에 매화 꽃술이 막 터졌으니
분명 재상 임명 소식이 전해오리라.
곤룡포를 입은 황제도 마침 원로대신을 생각하여
엎어둔 황금 주발 속에 그대의 이름을 넣었으니
보게나, 붉은 인주 찍힌 황제의 조서가 내려오리라.
다시 한번 하늘을 메우는 능력을 보이며
담비 꼬리를 높이 꽂은 시중侍中의 초미관貂尾冠을 쓰리라.

簪履競晴晝,[1] 畫戟揷層霄. 紅蓮幕底風定,[2] 香霧不成飄. 螺髻梅粧環列,[3] 鳳管檀槽交奏,[4] 回雪舞纖腰. 觴酒蕩寒玉,[5] 冰頰醉江潮.

頌豐功, 祝難老, 沸民謠. 曉庭梅蕊初綻, 定報鼎羹調.[6] 龍袞方思勳舊, 已覆金甌名姓,[7] 行看紫泥褒.[8] 重試補天手,[9] 高揷侍中貂.[10]

注

1 簪履(잠리): 비녀와 신발. 귀인의 의관衣冠을 뜻한다.

2 紅蓮幕(홍련막): 붉은 연꽃의 막부. 왕검王儉의 막부가 연화지蓮花池에 있으므로 이름 붙여졌다. 남조의 송제宋齊 때 유고지庾杲之가 왕검의 막부에 장사長史로 초빙되자 안륙후安陸侯 소면蕭緬이 왕검에게 편지를 써서 유고지가 부용과 같다면서 칭송하였다. 『남사』 「유고지전」 참조.

3 螺髻梅粧(라계매장): 소라 모양의 상투와 매화 모양의 화장. 미녀를 가리킨다.

4 鳳管(봉관): 봉황 울음소리가 나는 관악기. 생황을 가리킨다. ○ 檀槽(단조): 박달나무로 만든 비파의 몸체.

5 寒玉(한옥): 차가운 옥. 차가운 사물을 가리킨다.

6 鼎羹調(정갱조): 솥의 국 맛을 조절하다. 재상의 직위를 가리킨다. 상나라 부열傳說이 재상이 되었을 때 무정武丁이 국을 만들 때 간을 맞추기 위해 쓰는 소금과 매실로 부열을 비유하였다. 『상서』 「열명」 說命 참조.

7 已覆(이복) 구: 재상으로 선정되었음을 비유한다. 현종이 매번 재상을 임명할 때마다 먼저 그 이름을 써두었다. 하루는 최림崔琳의 이름을 쓰고 황금 주발로 덮어 두었다. 마침 태자가 들어오자 현종이 재상의 이름이 무엇인지 맞춰보라고 했다. 태자는 "최림崔琳이나

노종원盧從願이 아닐까요?"라고 하자 현종이 "맞다"고 하였다. 『신
당서』「최림전」 참조.

8 紫泥(자니): 군주가 편지를 봉할 때 쓰는 도장 인주. 무도武都(감숙
  무도현)에서 나는 점성이 있는 자주색 진흙을 원료로 쓴다.

9 補天(보천): 여와女媧가 무너진 하늘을 메운 신화를 가리킨다. "여
  와씨 말년에 제후 가운데 공공씨가 있었다. 공공씨가 축융과 싸우
  다가 이기지 못하자 화가 나 머리로 부주산을 들이받자 산이 무너
  지고 하늘을 받치는 기둥이 부러졌고 땅줄기가 끊어졌다. 이에 여
  와가 오색석을 구워 하늘을 메웠다."女媧氏末年, 諸侯有共工氏, 與祝融
  戰, 不勝而怒, 乃頭觸不周山崩, 天柱折, 地維絶. 女媧乃煉五色石以補天. 사
  마정司馬貞의 『삼황본기』三皇本紀 참조.

10 侍中(시중): 문하성의 주관主官으로 좌상左相에 해당한다. 2명이 편
   제되며 품계는 정2품. 남송 때는 폐지되었다. ○ 貂(초): 초미貂尾.
   담비 꼬리. 관의 장식으로, 시중은 왼쪽에 꽂고 상시는 오른쪽에
   꽂았다.

[해설]

  장수를 기원하는 축수사祝壽詞이다. 그 대상은 명확하지 않다. 사의
내용으로 볼 때 퇴직한 고위 관료로 보인다. 상편에선 여러 현달한
고관들이 모여들고, 장중한 분위기 속에 가무가 펼쳐지며 호음豪飮하
는 잔치의 상황을 묘사하였다. 주체가 되는 사람은 보이지 않지만 그
의 신분과 세력을 연희의 규모와 모습을 통해 짐작할 수 있다. 하편에
선 주인공의 공훈을 시작으로 장차 재상으로 징초될 것을 축원하였다.

심방초尋芳草
― 아내를 그리는 진신수를 조소하며調陳莘叟憶內[1]

있는 것이라곤 많은 눈물뿐
더구나 수많은 원앙 이불을 물리치고 왔다지.
베개 놓는 자리도 모두 아내가 놓은 자리 아니니
어찌 예전과 같이 잠들겠는가.

더구나 편지도 없으니
기러기의 조롱을 어찌 견디랴.
기러기는 편지를 보내온 건 아니지만 오히려 편지의 뜻을 보여
몇 개의 '人人'자를 벌려 보이는 것을.

有得許多淚,[2] 更閑却許多鴛被. 枕頭兒放處都不是, 舊家時怎
生睡.[3]
更也沒書來, 那堪被雁兒調戲. 道無書却有書中意, 排幾箇人人字.[4]

注

1 調(조): 조소하다. 비웃다. ○陳莘叟(진신수): 미상. ○內(내): 내
　자. 아내.
2 有得(유득) 2구: 눈물은 가족을 떠나 있다는 표시이며, 원앙 이불은
　아내를 연상시킨다. 중당 시기 유주에 기반을 둔 군벌 주도朱滔가
　병사를 모집하면서 사족士族들까지 징병하였다. 주도는 어떤 사인

土人이 아내가 있다는 말을 듣고 「아내에게 부침」寄內이란 시를 짓게 하였다. 그 시에 이러했다. "따뜻한 원앙 이불에 익숙해 있다가, 추운 안문으로 가려니 겁에 질려 떠나오. 말라붙어 허리띠는 느슨해지고, 내내 우느라 베개가 젖었오."慣從鴛被暖, 怯向雁門寒. 瘦盡寬衣帶, 啼多漬枕檀. 시를 읽은 주도는 그를 방면하였다.

3 舊家時(구가시): 예전. 종전.

4 人人字(인인자): 기러기 떼. 기러기 무리가 날면서 나타내는 '人'자 모양의 형상을 가리킨다.

해설

아내를 그리는 마음이 깊어 병이 될 지경에 있는 진신수를 조롱하며 쓴 시이다. 고향을 떠나 객지에서 지내며 눈물을 흘리고, 아내의 손에 모든 것을 맡겨온 탓에 베개 놓을 자리도 정하지 못하고 안절부절 하는 사내의 모습을 경쾌하고 유머 있게 묘사하였다. 하편에선 기러기가 '人'자 모양으로 날아가는 모습으로부터 '內人'(내인) 즉 아내를 연상하는 데서 진신수의 안타까움은 극에 달한다. 때문에 왕국유王國維가 말했듯이 이 작품은 시인의 유희적인 필치와 진신수의 진지함이 결합하여誨諧與嚴重二性質 독특한 정서를 자아내었다.

유초청柳梢靑

— 범선지가 연석에서 지은 '모란'에 화답하며和范先之席上賦牡丹¹

요황姚黃과 위자魏紫는 모란 중의 명품

해마다 사람들의 사랑을 독차지하여

비가 오면 안타까워하고 바람 불면 근심하게 만들지.

모란은 봄날의 시름을 풀어주니

모름지기 많은 돈을 써야 하고

또 주령酒令에 따라 시를 지어야 하리라.

홍분紅粉을 바른 옥 같은 살결은 부드럽고

게다가 무한한 천상의 향기에 물들었구나.

오늘밤 꽃을 꺾어 비녀삼아 꽂으면

다음 해 첫째로 뽑혀

궁전의 동쪽에 서게 되리라.

姚魏名流,² 年年攬斷,³ 雨恨風愁. 解釋春光,⁴ 剩須破費, 酒令詩籌.

玉肌紅粉溫柔, 更染盡天香未休.⁵ 今夜簪花, 他年第一, 玉殿東頭.

注

1 范先之(범선지): 범곽지范廓之라고도 썼다. 범개范開. 신기질을 따르며 사詞를 배웠다. 1188년 『가헌사 갑집』稼軒詞甲集을 편집하고

서문을 썼다. 그 밖의 사적은 미상.

2 姚魏(요위): 요황姚黃과 위자魏紫. 모란의 가장 진귀한 두 가지 품종.
"사람들은 모란을 화왕이라 하는데, 지금 요황이 진실로 왕이라 할
수 있고, 위화가 왕후라 할 수 있다."人謂牡丹爲花王, 今姚黃眞可爲王,
而魏花乃后也. "요황이란 천엽황화 모란으로 민간의 요씨 집안에서
나왔고,"姚黃者千葉黃花, 出於民姚氏家. 위자는 곧 위가화로, "위가화는
천엽 육홍색 모란으로 재상 위인부 집안에서 나왔다."魏家花者, 千葉
肉紅花, 出於魏相仁溥家. 구양수歐陽修의 「낙양모란기」洛陽牡丹記 참조.

3 攬斷(람단): 모두 차지하다.

4 解釋春光(해석춘광): 봄빛을 풀어내다. 이백의 「청평조사」淸平調詞
제3수에 나오는 구절을 이용하였다. "모란과 경국지색이 서로 즐거
워 하니, 언제나 군왕께서 웃으며 바라보시네. 봄바람에 실어 무한
한 시름을 풀어 날리니, 침향전 북쪽 난간에 기대어 있구나."名花傾
國兩相歡, 常得君王帶笑看. 解釋春風無限恨, 沉香亭北倚闌干.

5 天香(천향): 모란을 가리킨다. 이정봉李正封의 「모란」에 "나라에 제
일가는 미색이 아침부터 술에 취했고, 천상의 향기가 밤에 옷을 물
들였네."國色朝酣酒, 天香夜染衣.란 구절이 있다.

해설

모란을 노래한 영물사詠物詞이다. 신기질이 모란을 노래한 사는 모
두 11수로 주로 모란을 빌려 사람의 일을 비유한 특징이 있다. 이 사
역시 모란의 뛰어남을 빌어 범선지를 칭찬하였다. 사의 말미에서 오늘
머리에 꽂는 모란으로 다음해 진사과에 장원하기를 기원하였다. 홀연
모란을 그리다가 홀연 사람(범선지)을 그림으로써 서로의 이미지가 겹
쳐지면서 혼연일체가 되는 묘미를 보였다. 1190년(51세) 경에 지었다.

알금문謁金文
— 범곽지의 '오월 설루의 작은 모임'에 화답하며和廓之五月雪樓小集韻[1]

구름이 하얀 달을 가리고
번개가 구름 밖으로 금빛 뱀처럼 명멸한다.
나무를 뒤집고 까마귀가 우짖으며 바람소리 그치지 않는데
빗소리는 잎을 두드려 떨어뜨린다.

촛불을 줄지어 들고 있어 점차 더워지는데
시원하게 먹을 옥 팔뚝 같은 연근은 누가 씻어주나?
「유수」流水와 「고산」高山을 연주하던 현도 끊어지고
드세게 들려오는 개구리 울음소리.

遮素月, 雲外金蛇明滅.[2] 翻樹啼鴉聲未徹, 雨聲驚落葉.

寶炬成行嫌熱, 玉腕藕絲誰雪?[3] 流水高山絃斷絶,[4] 怒蛙聲自咽.[5]

注

1 廓之(곽지): 범곽지. 곧 범개范開. 앞의 사 참조. ○ 雪樓(설루): 신
  기질의 대호帶湖 저택에 있는 누대 이름.

2 金蛇(금사): 금빛 뱀. 여기서는 번개를 비유한다.

3 玉腕(옥완) 구: 두보의 「여러 귀공자를 모시고 장팔구에서 기녀를
  데리고 더위를 식히다 저녁 무렵 비를 만나」陪諸貴公子丈八溝携妓納
  凉晚際遇雨에 나오는 "귀공자들은 빙수를 만들고, 미인들은 연실을

씻는다."公子調冰水, 佳人雪藕絲.는 구절을 이용하였다.

4 流水高山(류수고산): 거문고 곡 「유수」流水와 「고산」高山. 여기서는 거문고를 잘 타는 백아伯牙와 음악을 잘 듣는 종자기鍾子期의 고사를 이용하였다. 『열자』「탕문」湯問 및 『여씨춘추』「본미」本味 참조. 범곽지는 거문고를 잘 연주했다.

5 怒蛙(노와): '월왕식노와'越王式怒蛙 고사를 가리킨다. 춘추시대 월왕 구천이 오나라를 공격할 생각에 병사들이 죽음을 무릅쓰고 싸우기를 바랐다. 한 번은 외출했다가 수레 앞에서 개구리 한 마리가 불끈 힘을 쓰는 것을 보고 수레의 가로대를 짚고 경의를 표하였다. 마부가 "왜 가로대를 잡고 경의를 표합니까?" 라고 물으니, 월왕은 "개구리에 이와 같은 기세가 있으니 가로대를 짚고 경의를 표해야 하지 않겠는가?"라고 말했다. 왕이 개구리의 용기를 보고도 경의를 표하자 병사들도 목숨을 바쳐 싸우겠다는 자들이 속출했다. 『한비자』「내저설」內儲說 참조.

해설

음력 오월 밤에 설루에서 이루어진 모임의 정경을 그렸다. 상편은 주로 비바람 치는 날씨를 묘사하였다. 검은 구름에 달도 보이지 않는 밤, 거센 바람에 나뭇잎이 뒤집히고 까마귀 울며, 빗방울에 물든 나뭇잎이 떨어진다. 하편은 주로 설루 안의 모습을 그렸다. 갑짝스런 비바람에 촛불을 켜 후덥지근해진 실내에서 연근을 씻어주는 사람도 없고, 연주도 끊긴 순간 갑자기 의식되는 개구리 울음소리가 선명하다. 주로 사경寫景을 통해 특정한 상황을 인상 깊게 묘사하였다. 1190년에 지었다.

알금문謁金文

산은 달을 토하고
화촉은 바람 따라 꺼졌다.
거문고 한 곡 다 듣고
파초 술잔에 두세 잔 따라 마신다.

소나기로 잠시 서늘해졌다가 다시 더워지니
옥가루가 춤추고 눈발이 노래하는 모습이 없어 아쉬워라.
요즘 취향醉鄕의 소식이 끊겨서
때로 맑은 눈물로 흐느낀다.

山吐月,¹ 畵燭從敎風滅. 一曲瑤琴才聽徹, 金蕉三兩葉.²
驟雨微涼還熱, 似欠舞瓊歌雪. 近日醉鄕音問絶, 有時淸淚咽.

注

1 山吐月(산토월): 산이 달을 토하다. 월출의 모습을 형상적으로 묘
사하였다. 원래 두보의 「달」月에 나오는 "사경에 산은 달을 토하고,
새벽에 물은 누대를 환하게 비춘다."四更山吐月, 殘夜水明樓.는 이미
지를 이용히였다.

2 金蕉(금초): 금빛 파초 잎. 술잔을 가리킨다. ○ 三兩葉(삼량엽): 두
세 잔.

한적한 생활의 정취를 노래했다. 표천에 한거하는 초기 신기질은 병으로 술을 끊었다. 그러나 친구들이 술을 가지고 온다든지 등 여러 가지 이유로 술을 하게 되었다. 그렇지만 예전과 달리 두세 잔을 마시는 정도에서 그치는 때가 많았다. 이 작품은 그러한 때의 고적감과 내면의 표정을 드러내 보였다. 상편은 달 밝은 밤 거문고 소리를 들으며 술을 마시는 정경을 그렸다. 하편은 밤비가 그치고 겨울의 눈발을 연상하면서 잠시 취할 수 없는 시간의 적막감을 나타냈다.

정풍파定風波
― 연석에서 건강으로 놀러가는 범곽지를 보내며席上送范廓之游建康[1]

술잔 앞에서 취해 부르는 내 노래 들어보게
사람이 살면서 이별은 어쩔 수 없는 것.
다만 정이 두터우면 천 리도 가깝다는 걸
믿게 되니
정이 없으면 마주 보아도 산과 강처럼 멀다네.

석두성 아래 강물에 내 말 전해주게
거사居士는
지금 풍파를 조금도 두려워하지 않는다고.
비록 갈매기와 벗이 되진 못하였지만
익숙해졌으니
도롱이 입은 어부를 배우고 있다고.

聽我尊前醉後歌, 人生無奈別離何. 但使情親千里近; 須信: 無
情對面是山河.
寄語石頭城下水:[2] 居士,[3] 而今渾不怕風波.[4] 借使未成鷗鳥伴;[5]
經慣,[6] 也應學得老漁蓑.[7]

注

1 范廓之(범곽지): 범개范開. ○ 建康(건강): 지금의 남경.

2 石頭城(석두성): 지금의 강소성 남경시 청량산 소재. 전국시대 초나라가 월나라를 멸하자 초 위왕楚威王이 이곳에 금릉읍을 설치하고 산 위에 성을 세웠다. 진시황이 초나라를 멸하고 말릉현秣陵縣이라 개명하였다. 삼국시대 오나라가 건업이라 개명하고 석두성을 세웠다.

3 居士(거사): 벼슬을 하지 않고 집에서 거처하는 사람. 신기질은 자신을 '가헌거사'稼軒居士라 불렀다.

4 渾(혼): 온통. 완전히. ○ 風波(풍파): 풍파. 여기서는 정치적인 난관.

5 借使(차사): 비록. ○ 鷗鳥伴(구조반): 갈매기와 함께 지내다. 『열자』「황제」黃帝에 나오는 '해객압구'海客狎鷗 이야기를 가리킨다. 갈매기와 친하게 놀던 사람이 어느 날 갈매기를 잡으려는 기심機心(욕심)을 가지고 다가가니 갈매기들이 더 이상 가까이 오지 않았다. 갈매기와 함께 지낸다는 말은 은거하며 세속의 명예와 이익에 관여하지 않고 순진무구한 심성을 살아간다는 뜻이다.

6 經慣(경관): 수양을 거쳐 이미 은거생활에 익숙해지다.

7 漁蓑(어사): 어부의 도롱이. 여기서는 어부.

해설

남경으로 떠나는 범곽지를 보내며 지은 송별사이다. 이를 통해 신기질 자신의 은거에 대해 신념을 다시 확인하고 있다. 이러한 구성은 당대 왕창령王昌齡이 「부용루에서 신점을 보내며」芙蓉樓送辛漸에서 낙양의 친구들에게 "한 조각 얼음 같은 마음 옥항아리에 있다네"一片冰心在玉壺라고 전해달라고 말하는 방식과 유사하다. 이 사에서도 상편에서는 이별의 정을 말하고 하편에서는 자신의 은거에 대한 지향을 석두성의 사람들에게 전해달라는 방식으로 서술했다. 범곽지가 남경으로 놀러간다지만 수도 임안臨安으로 과거시험 보러간다는 뜻이 들어있다. 1190년(51세)에 대호에서 한거할 때 지었다.

취옹조醉翁操

―최근에 내가 범곽지의 가보를 보니 조상들이 고관을 연이어 지냈고 대대로 공훈과 덕을 세운 집안이었다. 범곽지는 아주 문아하고 학문을 좋아하니 끝없이 성장할 것이다. 지금 천자가 즉위하여 국내외로 크게 경사를 베푸시고, 나라의 공신 자손 가운데 벼슬 없는 자들에게 관직을 내리신다. 그리고 이보다 먼저 조정에서는 원우 당적 집안의 자제들을 심사하여 채용하고 있다. 이 두 가지를 함께 볼 때 범곽지는 응당 벼슬길에 오를 것이다. 조정에 보고하러 수일 내에 떠나려 하면서 나에게 시를 청하였다. 범곽지는 나에게 당부하기를 비방을 피하고 힘써 경계하라고 했지만 그의 말대로 할 수 없었다. 또 범곽지가 나를 따라 8년을 지내면서 날마다 시를 쓰고 술을 마시며 서로 마음이 무척 즐거웠던 것을 생각하니 어찌 홀로 담담할 수 있겠는가. 범곽지는 '초사체'楚辭體를 잘 짓고 거문고에 뛰어나니, 「취옹조」를 본떠서 사를 지어 이별의 마음을 나타내고자 한다. 나중에 범곽지가 벼슬에 올라 동에서 돌아오면, 나는 응당 양고기와 술을 사오고 범곽지는 거문고를 한두 곡 뜯을 터이니, 이는 산중의 성대한 일이 될 것이다頃予從廓之求觀家譜,[1] 見其冠冕蟬聯,[2] 世載勳德. 廓之甚文而好修, 意其昌未艾也.[3] 今天子卽位,[4] 覃慶中外,[5] 命國朝勳臣子孫之無見仕者官之; 先是, 朝廷屢詔甄錄元祐黨籍家:[6] 合是二者, 廓之應仕矣. 將告諸朝, 行有日, 請予作詩以贈. 屬予避謗, 持此戒甚力, 不得如廓之請. 又念廓之與予遊八年,[7] 日從事詩酒間, 意相得歡甚, 於其別也, 何獨能恝然.[8] 顧廓之長於楚詞而妙於琴, 輒擬醉翁操, 爲之詞以敘別. 異時廓之縮組東歸,[9] 僕當買羊沽酒, 廓之爲鼓一再行,[10] 以爲山中盛事云.

큰 소나무

아래 부는 바람.

그대는

기꺼이 나를 따라

산중에서 지냈지.

나와 마음이 같은 자 누구인가?

출렁이며 천 리를 흐르는 강

강가의 단풍나무

아! 그대를 동으로 보내니

군주가 계시는 구중궁궐의 궁문을 바라보리라.

여인은 자기를 사랑하는 사람이 없다면

누구를 위해 치장하랴?

손 안 트는 약으로

하루아침에 작위를 받으리라.

예전에 나와 노닐던 자 모두 젊은이였는데

이제 나만 홀로 곤궁해져 노인이 되었구나.

하나는 물고기이고 다른 하나는 용이니

근심스러운 가슴 쿵쿵거리네.

아! 운명과 때의 만남이여

그대는 만 종萬鍾의 식록食祿을 받게나.

長松,[11] 之風. 如公, 肯余從, 山中. 人心與吾兮誰同? 湛湛千里之
江,[12] 上有楓. 噫送子于東, 望君之門兮九重. 女無悅己,[13] 誰適爲容?[14]

不龜手藥,[15] 或一朝兮取封. 昔與遊兮皆童, 我獨窮兮今翁. 一

魚兮一龍, 勞心兮忡忡.[16] 噫命與時逢. 子取之食兮萬鍾.[17]

注

1 廓之(곽지): 범곽지. 범개范開. 바로 앞의 사 참조.

2 冠冕(관면): 문관들이 쓰는 예관. 여기서는 관직에 나아가다. ○ 蟬聯(선련): 계속하여 이어지다.

3 未艾(미애): 멈추지 않다. 시들지 않다.

4 今天子卽位(금천자즉위): 1189년 2월 2일 광종光宗 조돈趙惇의 즉위를 가리킨다. 『송사』「효종기」孝宗紀 참조.

5 覃慶(담경): 크게 경사를 베풀다.

6 甄錄(견록): 심사하여 채용하다. ○ 元祐黨籍(원우당적): 변법에 반대한 구법당의 사람들. 이에 대응하여 왕안석王安石이 실시한 변법의 지지 세력을 원풍 당인元豐黨人이라 하였다. 1085년 신종이 죽고 9살의 철종이 즉위하자 선인 태후가 집정하면서, 사마광司馬光을 재상으로 임명하고 9년에 걸쳐 왕안석의 변법을 전면적으로 폐지하고 구법을 회복하였다. 이 시기가 원우 연간(1086~1094)이므로 구당 세력을 원우 당적 또는 원우 당인元祐黨人이라 불렀다. 그러나 1093년 철종이 친정하여 다시 한 번 변법을 실시하여 원우 당인을 타격하였고, 나아가 1102년 휘종은 사마광과 문원박 등 원우 당인 120명을 '사당'邪黨이라 규정하고 이를 천하에 반포하였다. 남송에 이르러 고종은 원우 당인들에 은사를 베풀어 그들의 지위를 회복시켰다.

7 八年(팔년): 범곽지는 1182년 신기질로부터 배우기 시작하였으므로 이날까지 8년이 된다.

8 恝然(괄연): 담담하게 처하다.

9 綰組(관조): 관수綰綬. 인끈을 매다. 관인을 매달다. 관직에 나가다는 뜻.

10 爲鼓一再行(위고일재행): 거문고로 한두 곡 연주하다.

11 長松(장송) 2구: 큰 소나무 아래의 바람. 『세설신어』「언어」言語에 관련 전고가 있다. "유담劉惔이 말했다. '사람들은 왕휘王徽의 이름을 듣고 그가 뛰어나다고 생각하는데, 이는 큰 소나무 아래에는 응당 맑은 바람이 있다고 생각하게 되오.'"劉尹云: 人想王荊産佳, 此想長松下當有淸風耳.

12 湛湛(담담) 2구: 굴원屈原의 『초사』「초혼」招魂에 "출렁이며 흐르는 장강이여 강변에는 단풍이요, 천리 멀리 바라보니 춘심春心이 슬프니, 혼이여 돌아오라! 강남 땅은 슬퍼라."湛湛江水兮上有楓, 目極千里兮傷春心, 魂兮歸來哀江南.란 말이 있다. 왕일王逸은 이에 대해 단풍은 바로 옆에 강물이 있어 무성하지만, 자신은 군주의 은덕을 입지 못해 추방되었기에 단풍만 못하다는 비유로 해석하였다.

13 女無悅己(여무열기): 여인은 자기를 좋아하는 사람이 없다. 『사기』「자객열전」刺客列傳에 "남자는 자기를 알아주는 이를 위해 죽고, 여인은 자기를 좋아하는 이를 위해 화장한다."士爲知己者死, 女爲悅己者容.는 말이 있다.

14 誰適爲容(수적위용): 누구를 기쁘게 하기 위해 꾸미겠는가. 『시경』「백혜」伯兮의 "그대 동으로 떠나간 뒤로, 머리는 날리는 쑥대 같아요. 어찌 기름 바르고 머리 감지 못하랴만, 누구를 기쁘게하기 위해 곱게 꾸미겠어요?"自伯之東, 首如飛蓬. 豈無膏沐, 誰適爲容?에서 근거했다.

15 不龜手藥(불귀수약): 손 안트는 약. 『장자』「소요유」逍遙遊에 관련 전고가 있다. 송나라에 손 안트는 약을 잘 만드는 사람이 있었는데 객이 일백 금으로 사갔다. 객은 이를 가지고 오왕에게 가서 설득하였고, 오나라는 겨울에 월나라와 싸우면서 이 약 때문에 병사들 손이 트지 않아 크게 이겼다. 이에 객은 봉토를 받았다. 같은 약이라

해도 사람에 따라 쓰임새의 크기가 다르다. 여기서는 범곽지가 때를 만나 그 재능을 발휘할 것임을 비유하였다.

16 忡忡(충충): 쿵쿵. 걱정이나 근심으로 심장이 뛰는 소리.

17 萬鍾(만종): 높은 봉록을 가리킨다. 원래 鍾은 부피를 재는 도량형 기기로 만 종은 많은 양식을 의미한다.

해설

도성으로 가는 범곽지를 위해 지은 송별사이다. 비교적 긴 서문을 통해 범곽지의 출신과 사람됨과 재능을 언급하고, 두 사람 사이의 팔 년 동안의 교유를 회상하고, 또 조정에 나가 관직을 얻기를 기원했다. 상편과 하편 모두 젊은 범곽지와 노년이 된 자신을 대비하는 방식으로 상대를 격려하였다. 「취옹조」는 소식蘇軾 이래 신기질만이 지은 것으로, 특히 이 작품은 이별하는 심경의 진지함과 친밀감, 그리고 해학의 어조도 함께 우러났다. 1190년(51세)에 지었다.

답사행踏莎行

— 경술년 중추절 이틀 후 저녁, 대호 전강에서 조촐하게 마시며
庚戌中秋後二夕, 帶湖篆岡小酌[1]

밤 되어 누대에 달 떠오르고
가을 향기 정원에 가득한데
사람들은 웃으며 오간다.
그 누가 가을이 오면 처량해지나?
예전에 송옥宋玉의 슬픔이 이러했을까?

마음대로 술 마시고 안주 먹고
한가히 가무를 즐기는데
묻노니 무슨 슬퍼할 만한 게 있는가?
생각해보면 오히려 슬퍼할 때라고는
중양절이 가까운데 비바람이 많은 것이라네.

夜月樓臺, 秋香院宇, 笑吟吟地人來去.[2] 是誰秋到便淒涼? 當年
宋玉悲如許.[3]
　隨分杯盤,[4] 等閑歌舞,[5] 問他有甚堪悲處? 思量却也有悲時: 重
陽節近多風雨.[6]

注

1 庚戌(경술): 1190년. 남송 광종 소희紹熙 원년. ○ 篆岡(전강): 지명.

대호 근처로 보인다. ○ 小酌(소작): 간단히 마심.

2 笑吟吟(소음음): 웃는 모양. 미소 짓는 모양.

3 宋玉(송옥): 전국시대 초나라의 문인으로, 굴원의 제자. 생졸년은
  BC. 301~BC. 240년. 그는 「구변」九辯에서 "슬퍼라, 가을이 다가옴
  은. 쓸쓸하여라, 초목이 떨어져 시들어감이."悲哉! 秋之爲氣也, 蕭瑟兮
  草木搖落而變衰.라 하여 가을의 조락을 빌려 자신의 처지를 비유하였
  다. ○ 如許(여허): 이와 같다.

4 隨分(수분): 수의隨意. 마음대로.

5 等閑(등한): 등한히. 가볍게. 한가하게.

6 重陽節(중양절): 음력 구월 구일. 구월 구일은 달과 날이 양수 가운
  데 가장 높은 수인 '아홉'이 겹치므로 '중양'重陽이라고 하였다. 남북
  조 이래로 이날 산에 올라 빨간 수유 열매의 가지를 머리에 꽂고
  국화주를 마시는 풍습이 있었다. 송대 반빈潘邠의 시에 "온 성에
  비바람 치는데 중양절이 가까워라"滿城風雨近重陽라는 구가 있다.

해설

중추절이 지난 때 가을을 슬퍼하는 정서를 나타내었다. 명절의 즐
거운 분위기에서 홀로 처량해지는 심정을 느끼고선 그 근원을 음미해
보았다. 이러한 행위가 비록 사소해 보이지만, 흔들리는 정감의 깊이
를 완곡하게 드러냈다는 점에서 상당히 뛰어난 작품으로 볼 수 있다.
사람들은 중추가절의 분위기 속에서 웃으며 지내지만 자신은 처량해
져서 그것이 송옥이 그러한 것과 같은지 묻고 있다. 그러나 그것은
송옥의 것과 다른 것이었다. 송옥은 자신의 처지에 대한 것이었지만,
신기질은 좀 더 깊은 것이었다. 그래서 술 마시고 노래하고 춤도 추면
서 어디에 그러한 슬픔이 있냐고 털어보지만 여전히 마음속에 사라지
지 않고 남아 있다. 시인은 그것을 다가오는 중양절에 치는 비바람

때문일까 말하며 넘겨버린다. 겉으로 언명하지 않는 말 속에 시인은
어느 사이 그것이 무엇인지 알게 되었다. 그것은 나라와 시국에서
오는 사회적인 것일 수 있고, 또 어느 사이 생활과 정서 전체를 적시
는 계절과 같은 것일 수도 있다. 1190년(51세)에 지었다.

답사행踏莎行
— 목서를 읊다賦木樨[1]

난간에 그림자 던지고
바위 계곡에 향기를 토하며
가지마다 점점이 황금빛 좁쌀을 뿌렸구나.
꽃가루를 모아 향로에 넣을 수 없어
다만 창 앞에서 『이소』를 읽는다.

해바라기를 노비로 삼고
노란 국화를 아이로 삼는구나.
가을 내내 바람과 이슬로 실컷 시원했다네.
옆에 없는 것이라곤 항아뿐
지금 분명 월궁에 있으리라.

弄影闌干, 吹香嵓谷.[2] 枝枝點點黃金粟.[3] 未堪收拾付薰爐, 窓
前且把離騷讀.[4]

奴僕葵花,[5] 兒曹金菊. 一秋風露淸涼足. 傍邊只欠箇姮娥,[6] 分
明身在蟾宮宿.

注

1 木樨(목서): 계수나무 꽃. 계화桂花.
2 嵓谷(암곡): 바위가 많은 계곡.

3 黃金粟(황금속): 황금빛 좁쌀. 계수나무 꽃의 형상을 형용하였다.

4 離騷(이소): 전국시대 초나라 굴원이 지은 작품. 초나라의 정치적 모순을 배경으로 우국충정을 호소하는 내용이다. 위진 시대 이래 『이소』를 읽는 것은 고아함을 나타내는 표지였다.

5 奴僕葵花(노복규화): 해바라기를 노비로 삼다. 두목杜牧의 「이하집 서문」李賀集序에 '『이소』를 노비로 삼다'는 말이 있다. "이하의 시는 작시의 일반적인 법칙을 멀리 벗어났지만, 안타깝게도 스물일곱의 나이로 죽었다. 만약 이하가 좀 더 살면서 문리를 약간 더 높였다면 『이소』를 노비로 삼았을 것이다."賀詩遠去筆墨畦徑, 惜年二十七死矣. 使賀少加以理, 雖奴僕命騷可也.

6 姮娥(항아): 항아. 嫦娥(항아)라고도 쓴다. 달에 산다는 선녀. 『회남자』「남명훈」覽冥訓에 "예羿가 서왕모로부터 불사의 약을 구했는데, 항아가 이를 훔쳐 달아났다."羿請不死藥於西王母, 嫦娥竊以奔之.고 하였다.

해설

계화를 노래한 영물사詠物詞이다. 상편에서는 계화의 향기와 형상을 언급하고 창가에서 고아한 모습을 보이는 상황을 그렸다. 『이소』를 읽는다는 것은 창밖에서 서재의 창문으로 시인이 읽는 이소를 엿본다고 해석할 수도 있다. 『이소』에는 향초와 향기에 대해 많이 언급되니 그 내용과 계화가 서로 상응하며, 또 이 계화는 굴원과 마찬가지로 높은 품격을 가지고 있으면서도 방축되었다는 암시가 깃들어 있다. 하편에서는 해바라기와 황국에 비교되지 않을 정도로 높은 풍운風韻을 강조하면서 월궁에서 떠나온 처지를 읊었다. 이는 곧 상편에서 언급한 『이소』의 굴원과 호응한다고 할 수 있다. 계화에 인격의 요소를 부여했을 뿐만 아니라 시인의 자화상도 함께 표현하였다.

청평악清平樂
―목서를 읊은 사賦木樨詞

달 밝은 가을 새벽
비췻빛 산개傘蓋처럼 나뭇잎 둥글구나.
황금을 부수어 이렇게 잘게 뿌렸지만
모두 잎사귀에 가려졌구나.

꺾어와 보니 작년과 같지 않은데
작은 창 아래 두니 절로 자리를 잡는구나.
많은 향기를 둘 데가 없으니
다만 꽃가지 두셋이면 충분하구나.

月明秋曉, 翠蓋團團好. 碎剪黃金敎恁小,¹ 都着葉兒遮了.
折來休似年時,² 小窗能有高低. 無頓許多香處,³ 只消三兩枝兒.

注

1 碎剪黃金(쇄전황금): 황금을 잘게 부수다. 작고 노란 계화의 형상
   을 형용하였다. ○ 恁(임): 이처럼. 이와 같이.
2 年時(연시): 작년.
3 頓(돈): 안돈시키다. 배치하다.

　계화를 노래한 영물사이다. 신기질은 계화를 좋아하여 여러 편의
사를 지었다. 꽃가지를 꺾어와 창문 아래 꽂아두는 절지折枝를 제재로
취하였다. 상편에서는 잎사귀와 꽃을 묘사하였고, 하편에서는 주로 향
기를 묘사하였다. 말미의 두 구에서 두세 가지만 있으면 된다는 말은
향기의 농밀함을 말하는 것이다. 이는 곧 시인의 고아하고 탈속적인
성품을 비유했다고 볼 수 있다.

청평악淸平樂

— 다시 짓다再賦

동쪽 정원에 새벽이 밝아올 때
한바탕 맑은 서풍이 불어와
선녀 금소소金小小를 부르니
비취 깃으로 영롱하게 치장하고 나타나는구나.

꽃가지 하나 베갯머리에서 피어날 때
비단 휘장과 비취 장막을 아래까지 쳐 두었지.
이처럼 단단히 감싸고 있는데도
벌써부터 창문을 두드리는 꿀벌들.

東園向曉, 陣陣西風好. 喚起仙人金小小,¹ 翠羽玲瓏裝了.
一枝枕畔開時, 羅幃翠幙垂低. 恁地十分遮護,² 打窓早有蜂兒.

注

1 金小小(금소소): 신선의 이름. 계수나무가 피운 작고 노란 꽃을 비
유한다.

2 恁地(임지): 이렇게. 이와 같이.

해설

계화꽃을 읊은 영물사이다. 상편은 이른 새벽 피어나는 계화를 초

록 치마를 입은 선녀 금소소의 등장으로 비유하였다. 이는 푸른 잎사귀 사이에 피어나는 금빛 꽃을 의미한다. 하편은 계화의 향기를 형상화하였다. 실내에서 피어나는 이 꽃은 피어나면서 농밀한 향기를 뿜어내기에 아무리 휘장과 장막으로 둘러싸도 막을 수 없다. 이를 벌이 벌써부터 나타나 붕붕거리는 것으로 반친反襯하였다. 시인은 계화에 고결하고 청신하면서도 탈속적인 모습을 부여하였다.

자고천鷓鴣天

― 정후경 지주의 연석에서 여백산에게 감사하며, 그의 운을 쓰다

鄭守厚卿席上謝余伯山, 用其韻[1]

입궐의 꿈도 끊어지고 벼슬살이도 싫증 나
지금은 풀잎조차 나를 대신해 근심하는구나.
이별의 「양관삼첩」 노래 부르지 말게
이곳 월 땅의 여인이 나를 붙들 테니까.

빼어난 풍도
절로 명류이니
백거이 같이 청색 옷 입은 사마司馬가 강주江州에 있는 격이라.
그대 집안의 형제는 진실로 부러워
하나하나 모두가 문필로 오봉루五鳳樓 짓는 솜씨라네.

夢斷京華故倦遊,[2] 只今芳草替人愁. 陽關莫作三疊唱,[3] 越女應
須爲我留.
看逸韻,[4] 自名流. 靑衫司馬且江州.[5] 君家兄弟眞堪笑,[6] 箇箇能
修五鳳樓.

注

1 鄭守厚卿(정수후경): 정후경鄭厚卿. 즉 정여숭鄭如崈. 신기질의 친
  구. 조산랑朝散郎을 지냈으며 1188년 4월에 형주衡州 지주로 부임하

였다. ○ 余伯山(여백산): 여우적余禹績. 상요上饒 사람. 1175년 진사, 1194년 강주江州 주학州學 교수. 관직은 태부승太府丞까지 올랐다.

2 故倦遊(고권유): 노는데 싫증나다. 환유宦遊에 싫증나다. 즉 벼슬살이로 떠도는 일에 싫증나다.

3 陽關三疊(양관삼첩): 왕유王維가 지은 칠언절구「안서에 사신으로 가는 원이를 보내며」送元二使安西를 가사로 하는「양관곡」陽關曲을 가리킨다. 악공이 세 번 반복하므로「양관삼첩」陽關三疊이라고도 한다. 이별의 자리에서 노래한다.

4 逸韻(일운): 빼어난 풍도風度.

5 靑衫(청삼) 구: 백거이白居易가 강주 사마江州司馬로 좌천되었을 때, 한번은 손님을 전송하러 분포의 어구湓浦口로 갔다가 배 안에서 장안의 상녀商女가 밤에 비파를 뜯는 것을 듣게 되었다. 이에「비파행」琵琶行을 지었는데, 시의 말미에 "좌중에 앉은 사람 그 누가 제일 많이 우는가? 강주 사마 청색 옷자락이 가장 많이 젖었어라."座中泣下誰最多? 江州司馬靑衫濕.는 구절이 있다.

6 君家(군가) 2구:『양문공담원』楊文公談苑에 관련 전고가 있다. 북송 초기 한포韓浦와 한계韓洎는 고문을 잘 지었는데, 한계가 곧잘 한포를 무시하며 다른 사람들에게 말했다. "형 한포의 문장은 초가집을 묶는 새끼줄과 같아 비바람을 막아주는데 불과하지만, 저의 문장은 오봉루를 세우는 솜씨이외다." 한포가 그 말을 듣고 마침 남에게서 촉전蜀箋을 받았기에 시를 지어서 한계에게 주었다. "열 가지 종이가 익주에서 나오는데, 완계에서 새로이 보내왔구나. 형은 이를 얻어도 전혀 쓸모없으니, 자네가 오봉루 짓는데 덧보태기 바라네."十樣蠻箋出益州, 寄來新自浣溪頭. 老兄得此全無用, 助爾添修五鳳樓. ○ 堪笑(감소): 웃을 만하다. 여기서는 부러워하다. ○ 能修五鳳樓(능수오봉루): 오봉루를 세울 수 있다. 여기서는 글을 잘 짓는 뛰어난 솜씨

를 비유한다. ○ 五鳳樓(오봉루): 지금의 하남성 낙양에 소재했던
누각.

　일종의 증답사贈答詞이다. 내용으로 보아 먼저 형주 지주의 임기가
만료된 정후경을 위해 차린 연석에서, 신기질을 임용하는 말이 나왔기
에 여백산이 이를 격려하였던 것으로 보인다. 그러기에 제3, 4구로
벼슬을 하기 위해 상요를 떠나지 않고 월 땅에 남겠다는 뜻을 완곡하
게 전하고 있다. 그러나 제1, 2구와 함께 본다면 출사의 뜻이 없는
것은 아님을 알 수 있다. 하편은 여백산의 풍도와 재능과 필력을 크게
칭송하였다. 1191년(52세)에 지었다.

자고천鷓鴣天

— 남의 작품에 화운하며, 증사를 받고和人韻, 有所贈

봄바람을 좇아 자유롭게 노닐고
그녀가 이별의 노래를 부른 후 슬퍼하던 모습 보았다네.
좋았던 일들은 방초처럼 봄이 오면 늘 생각나건만
사람은 뜬구름처럼 떠나가선 그림자도 없구나.

수심으로 눈썹을 찌푸리던 여인
물결 같은 정겨운 눈길을 보내던 여인들
십 년 양주楊州의 꿈을 깨어보니 박정한 사람이 되었구나.
내일 아침도 가벼운 차림으로 작은 배를 타고 떠나가리니
꿈은 계남溪南의 그림같은 누각에 남아있구나

趁得東風汗漫游,¹ 見他歌後怎生愁. 事如芳草春長在, 人似浮
雲影不留.
　眉黛斂, 眼波流, 十年薄倖護揚州.² 明朝短棹輕衫夢,³ 只在溪
南罨畵樓.⁴

注

1 汗漫(한만): 멀리 자유롭게 노닐다.
2 十年(십년) 구: 두목杜牧의 「회포를 풀다」遣懷에 나오는 "십 년만에
　문득 양주의 꿈을 깨고 보니, 청루의 박정한 사내라는 이름만 얻었

구나."十年一覺揚州夢, 贏得靑樓薄幸名.란 뜻을 가리킨다.

3 短棹(단도): 짧은 노. 작은 배를 비유한다.

4 罨畵樓(엄화루): 그림과 같은 누각.

해설

  남의 사에 대한 화운사和韻詞이다. 방랑객과 가녀歌女 사이의 만남
과 이별을 제재로 하였다. 상편에서는 두 남녀의 만남과 헤어짐을 묘
사하였다. 두 사람의 만남을 봄풀에 비유하여 그 가벼움과 한때의 일
이었음을 나타내었다. 하편에서는 헤어진 후 가녀의 고통과 방랑객의
행적을 대조적으로 그렸다. 가녀는 눈물 속에서 지새는데 방랑객은
내일도 누각에서 노닐 꿈을 꾼다. 세속의 모습을 그린 풍속사風俗詞로
일정한 풍자의 의미가 깃들어 있다.

보살만菩薩蠻
— 대궐로 가는 정후경 지주를 보내며送鄭守厚卿赴闕[1]

금란전金鑾殿에 바로 올라갈 그대를 보내니
얼마 있지 않아 분명 다시 만나리라.
하루가 가을 석 달보다 더 기니
시름에 마음 편하지 않아라.

구중궁궐 천자가 한번 웃으시니
분명 궁중에 남게 되리라.
백발의 나는 이곳에서 잠시 지내니
지금의 시름을 어찌할거나!

送君直上金鑾殿,[2] 情知不久須相見.[3] 一日甚三秋,[4] 愁來不自由.
九重天一笑, 定是留中了.[5] 白髮少經過, 此時愁奈何!

注

1 鄭守厚卿(정수후경): 정후경鄭厚卿. 형주 지주知州를 지냈기에 '수
  守'라고 하였다.
2 金鑾殿(금란전): 당대 궁전 이름. 문인 학사를 부르는 곳. 이후 황
  궁의 정전을 가리킨다.
3 情知(정지): 깊이 알다. 명확히 알다.
4 一日(일일) 구: 일일여삼추一日如三秋. 하루가 가을 석 달과 같이

길다. 『시경』「채갈」采葛에 나오는 "하루를 보지 못하니, 가을 석 달
처럼 길다."一日不見, 如三秋兮.는 말에서 유래했다.

5 留中(유중): 군주가 신하의 주장奏章을 궁중에 둔 채 비답하거나 의
논하지 않음. 여기서는 친구 정후경이 도성에 머물면서 중용되는
것을 비유한다.

해설

　궁으로 들어가는 정후경을 보내며 쓴 송별사이다. 정후경은 1188년
4월에 형주 지주로 부임했다가 1189년 12월에 궁중으로 돌아갔다. 임
직하는 동안 군량을 조달하는 명을 어기거나 민간에 돌려줄 돈을 탐리
貪利로 거부하는 등의 행위를 했다는 기록으로 보아 행정상의 치적은
그리 없었던 것으로 보인다. 나중에 형문군荊門軍 지휘관으로 임명되
었으나 중풍으로 부임하지 못하였다. 신기질이 그에 관해 쓴 여러 편
의 사를 보면 두 사람은 상당히 친밀하였고, 이 사 역시 이별을 슬퍼하
며 그의 승진을 기원하였다. 상편에서는 정후경의 입경과 자신의 이별
을 대비하였고, 하편에서는 정후경의 등용과 자신의 한거閑居를 대비
시켰다. 이러한 교차식 서술로 이별의 슬픔을 강조하고 상대의 성공을
기원하였다.

보살만菩薩蠻
— 별장으로 가는 조군을 보내며送曹君之莊所¹

인간 세상 세월이 당당히 흘러가니
그대에게 권하노니 청운의 길 곧장 오르게나.
성인의 지경에서 진리를 찾고
형설지공으로 공부하게나.

국麴 선생은 풍미가 나빠
아내와의 약속을 저버리게 한다네.
모래 물가에 돛폭을 펼쳐 배 떠나가는데
기러기 날지 않아도 편지 부쳐 주게나.

人間歲月堂堂去,² 勸君快上青雲路. 聖處一燈傳,³ 工夫螢雪邊.⁴
麴生風味惡,⁵ 辜負西窓約.⁶ 沙岸片帆開, 寄書無雁來.

注

1 曹君(조군): 미상.
2 人間(인간) 구: 설능薛能의 「봄날 사부에서 감회를 부치다」春日使府
  寓懷에서 "청춘은 나를 버리고 당당히 떠나고, 백발은 사람을 속이
  며 자꾸만 생겨나네."青春背我堂堂去, 白髮欺人故故生.란 구절이 있다.
3 聖處(성처): 성인의 영역. 성인의 경지. ○ 一燈傳(일등전): 불법을
  전하다. 불교에서는 등불을 불법으로 비유하였기에, 의발을 전하는

것을 전등傳燈이라 하였다.

4 螢雪(형설): 형설지공. 동진의 차윤車胤은 어려서 집안이 가난하자 여름밤에 반디를 모아 책을 읽었다. 『진서』「차윤전」참조. 동진의 손강孫康은 집안이 가난하여 기름이 없자 겨울밤에 눈의 빛에 비춰 책을 읽었다. 『상우록』尚友錄 참조.

5 麴生(국생): 국 선생. 술을 가리킨다. 당대 정계鄭綮가 전설을 수집 하여 편찬한 『개천전신기』開天傳信記에 관련 기록이 있다. 도사 섭 법선葉法善은 부록符籙의 술수에 정통하였다. 일찍이 조정의 관리 수십 명이 찾아와 요대를 풀고 지냈는데, 모두들 술을 생각하였다. 홀연 어떤 사람이 문을 두드리는데 국 수재麴秀才라 하면서 무척 오만하게 들어왔다. 나이는 스물 남짓이었으며 살결이 아주 희었 다. 여러 사람들에게 웃으며 인사하고 말석에 앉아 고인을 인용하 며 소리 높여 담론하였다. …섭법선이 몰래 검으로 찌르자 금방 죽 었는데, 계단 아래로 떨어지면서 술병으로 변하였다. 좌중의 사람 들이 모두 놀라 당황하였다. 그 자리를 보니 병에 좋은 술醲醞이 가득 차 있었다. 모두 크게 웃으며 마시니 그 맛이 아주 뛰어났다. 좌객들이 취하여 그 병을 향해 읍을 하고 말했다. "국생! 국생! 풍미 를 잊을 수 없구료."麴生麴生, 風味不可忘也.

6 西窗(서창약): 서창. 아내의 방. 이상은李商隱의 「비 오는 밤에 북쪽 에 부침」夜雨寄北에서 유래했다. "내 돌아갈 날 그대 묻지만 아직 기약할 수 없어, 파산의 비 오는 밤에 가을 못물 불어난다. 그 어느 날 서창의 방에서 함께 촛불 심지 자를 때, 돌이켜 파산의 밤비 내 리는 지금을 이야기 하리."君問歸期未有期, 巴山夜雨漲秋池. 何當共剪西 窗燭, 却話巴山夜雨時.

　떠나가는 조군을 보내며 지은 송별사이다. 조군은 아마도 젊은 사람인 것으로 보이며, 그가 가는 '별장'莊所은 공부하는 곳일 것이다. 상편에선 열심히 공부하여 청운의 길에 오르기를 권하였고, 하편에선 술을 경계하여 아내의 기대를 저버리지 말 것을 당부하였다. 후진에 대한 애정이 넘친다.

보살만菩薩蠻
— 쌍운으로 완함을 제목으로 하여 지음雙韻賦摘阮[1]

비단 끈 비스듬히 늘어뜨린 완금阮琴
처음으로 섬섬옥수 비파 솜씨 시험해보네.
오동잎에 떨어지는 마른 빗소리
옥반에 진주 굴러 떨어지는 소리.

숙사熟絲의 조현調絃이 아직 익숙하지 않지만
어여쁘게 웃으며 봄바람과 함께하네.
이별의 곡조는 연주하지 말고
오로지 쌍 봉황의 화음을 들려다주오.

阮琴斜掛香羅綏,[2] 玉纖初試琵琶手. 桐葉雨聲乾, 眞珠落玉盤.[3]
朱絃調未慣,[4] 笑倩春風伴. 莫作別離聲, 且聽雙鳳鳴.[5]

注

1 雙韻(쌍운): 두 개의 운을 사용하여 지음. 쌍운 안에서도 여러 가지
  상황이 있지만 여기서는 평성운平聲韻과 측성운仄聲韻을 2구씩 번갈
  아 압운하는 '진퇴격'進退格을 사용하였다. ○ 摘阮(적완): 완함阮咸
  을 연주하다. 완함은 비파와 비슷한 악기 이름으로, 동진의 완함이
  만들었기에 그의 이름을 따 명명하였다.
2 阮琴(완금): 완금. 완함을 가리킨다. ○ 綏(수): 끈.

3 眞珠(진주) 구: 진주가 옥반에 떨어지다. 연주하는 소리를 형용하
였다. 백거이白居易의 「비파행」琵琶行에 "둔중하고 경쾌함을 섞어서
타니, 큰 구슬 작은 구슬 옥 소반에 떨어지네."嘈嘈切切錯雜彈, 大珠小
珠落玉盤.란 구절이 있다.

4 朱絃(주현): 숙사熟絲(삶은 명주)로 만든 소리가 둔한 거문고 줄. 『예
기』「악기」樂記에 "「청묘」의 시를 노래하며 연주하는 거문고는, 숙사
로 만들어 소리를 둔하게 하고 밑바닥에 구멍을 뚫어 음의 진동을
느리게 한다."淸廟之瑟, 朱絃而疏越.는 말이 있다.

5 雙鳳鳴(쌍봉명): 한 쌍의 봉황(또는 봉과 황)이 화음하며 울다.

해설

완함의 연주를 묘사한 음악사音樂詞이다. 상편에서 먼저 비파와 연
주자를 소개하고 곡조를 형용하였다. 하편에서는 음악의 효과와 함께
시인의 요청을 제시하였다. 음악의 효과는 봄바람과 함께 하는 듯 온
유하고 우아하다. 그러니 이별의 슬픈 음을 내지 말고 기쁘고 조화로
운 소리를 내줄 것을 당부하였다. 짧은 편폭 속에 위진시대 음악부音
樂賦에 나타나는 기본 구성을 모두 갖추어 뛰어난 완함 연주의 장면을
그려내었다.

보살만菩薩蠻
— 장 의원에게 도복을 주고 헤어지며, 또 하돈을 선물하라고 시키다
贈張醫道服爲別, 且令餽河豚¹

만금을 주어도 고명한 의술과는 바꾸지 않으니
최고의 의원은 원래 나라를 고치는 의원이라네.
밤늦도록 다정한 말 나누고
가난한 범수范雎에게 두꺼운 비단을 주노라.

강가의 버들 길
그대 말 타고 봄바람 밟으며 떠나리라.
얼른 두세 잔 마시게나
하돈이 강을 거슬러 오를 때라네.

萬金不換囊中術,² 上醫元自能醫國.³ 軟語到更闌,⁴ 綈袍范叔寒.⁵
江頭楊柳路, 馬踏春風去. 快趁兩三杯, 河豚欲上來.⁶

注

1 張醫(장의): 장씨 성을 가진 의원. 미상. ○ 餽(궤): 주다. ○ 河豚(하
  돈): 복어.
2 囊中術(낭중술): 주머니 속의 계책. 여기서는 의술을 가리킨다.
3 上醫(상의): 상급의 의사. 뛰어난 의사. 『국어』「진어」晉語에 "상급
  의 의사는 나라를 고치고, 다음 등급의 의사는 사람을 고친다."上醫

醫國, 其次醫人.는 말이 있다.

4 軟語(연어): 부드럽고 다정한 말. 두보의 「촉승 여구 사형께 드림」
贈蜀僧閭丘師兄에 "밤 깊도록 다정한 말 이어지는데, 떨어지는 달은
황금 대야 같구나."夜闌接軟語, 落月如金盆.라는 구절이 있다.

5 綈袍(제포): 두터운 비단 도포. 전국시대 범수范雎는 원래 위나라
중대부 수고須賈의 문객이었는데, 박해를 받아 진나라로 달아났다
가 이름을 바꾸고 살며 그곳에서 재상이 되었다. 나중에 수고가 진
나라에 사신으로 갔을 때 범수가 걸인으로 변장하여 수고를 만나러
갔다. 수고는 범수를 보고 불쌍히 여겨 제포綈袍를 주며 말했다.
"범숙께서 가난하기가 이 지경에 이르렀단 말인가."范叔一寒至此哉.
『사기』「범수채택열전」 참조. 여기서는 장의에게 도복을 증여한 일
을 가리킨다. ○ 范叔(범숙): 범수范雎.

6 河豚(하돈): 복어. 봄철이 되어 강물이 불면, 하돈이 강을 거슬러
올라간다. 소식蘇軾의 「혜숭의 '봄 강 저녁 풍경'에 쓰다」題惠崇春江
晚景에 "물쑥은 가득하고 갈대 새싹 짧은데, 바로 지금 복어가 상류
로 오르는 때라네."蔞蒿滿地蘆芽短, 正是河豚欲上時.라는 구절이 있다.

해설

장 의원을 보내며 쓴 송별사이다. 부제에서 명시한 바와 같이 그에
게 도복을 한 벌 주면서 또 하돈을 잡아 보내주라고 시켰다. 상편에
서는 장 의원이 비록 가난하지만 의술이 고명하고 국정에 대한 식견
도 뛰어남을 말하였다. 때문에 시인은 그와 밤늦도록 이야기를 나누
고 도복도 주었다. 하편에서는 헤어지는 장면과 함께 빨리 하돈을
잡아 선물하도록 했다. 허물없는 정의와 함께 얼마간의 해학미도 깃
들어 있다.

우미인虞美人
—도미꽃을 읊다賦荼蘼¹

꽃들이 모두 울어 아침 이슬로 맺히어
봄이 돌아간다고 다투어 원망하네.
어느 사이 뜰 아래 도미꽃이 피었으니
몰래 완연한 봄빛을 훔쳐 와서는 봄이 알까 무서워하네.

담담한 가운데 운치가 있고 맑은 가운데 고귀해
버들개지든 시든 꽃이든 견줄 수 없구나.
이슬 맺힌 꽃은 향기 어린 옥색 피부 같아
마치 양귀비가 막 난화蘭花 욕탕에서 나온 것과 같구나.

群花泣盡朝來露, 爭怨春歸去. 不知庭下有荼蘼, 偸得十分春色
怕春知.
淡中有味淸中貴, 飛絮殘紅避. 露華微浸玉肌香, 恰似楊妃初試
出蘭湯.²

注

1 荼蘼(도미): 도미꽃. 키가 작은 관목으로 늦봄에서 초여름에 흰 꽃
  이 핀다.

2 楊妃(양비): 양귀비. 아명은 양옥환楊玉環. 735년(17세) 수왕壽王(현
  종의 아들)의 비로 책봉되었다. 740년(22세) 현종이 그녀를 여도사로

입적시켜 법명을 태진太眞이라 하고 태진궁에 거주케 한 후 745년
(27세) 환속시켜 귀비로 삼았다. 안사의 난이 일어나 장안이 함락되
자 756년(38세) 현종을 따라 도주하던 중 마외馬嵬에서 사사賜死받
았다. ○ 蘭湯(난탕): 난초 등 향초를 넣어 데운 물.

해설

도미꽃을 노래한 영물사이다. 상편에서는 봄꽃들이 지는 늦봄에 피
어나는 도미의 특징을 노래하였다. 하편에서는 도미의 품격을 "담담한
가운데 운치가 있고 맑은 가운데 고귀하다"淡中有味淸中貴고 요약하였
고, 때문에 어떤 꽃보다 뛰어나다고 말하고 있다. 말미에서는 하얀
도미꽃을 목욕하고 나온 양귀비의 살결에 비유하여 그 청초함과 처연
함을 형용하였다.

정풍파定風波
— 추밀사 시성여의 연석에서 짓다施樞密聖與席上賦[1]

봄이 온 봉래산은 특히나 맑은데
신선의 무리 속에 '상공'인 그대가 있구나.
'취옥'翠玉이 다가와 아명을 부르지만
기억해야 하리
웃으며 머리에 꽃을 꽂은 여인은 '비경'飛瓊인 것을.

모두가 경국지색으로 한자리에 모이니
누가 질투하는가?
누가 춤과 노래를 정원의 정자로 가져왔는가?
버들가지는 가는 허리를 질투하고 꽃은 예쁜 얼굴을 질투하네
들어보게
꾀꼬리 소리는 바로 노랫소리를 질투하는 것이라네.

春到蓬壺特地晴,[2] 神仙隊裏相公行. 翠玉相挨呼小字,[3] 須記:
笑簪花底是飛瓊.[4]
　總是傾城來一處, 誰妬? 誰携歌舞到園亭? 柳妬腰肢花妬艶, 聽
看: 流鶯直是妬歌聲.

1 施樞密聖與(시추밀성여): 추밀사 시성여施聖與. 상요上饒 사람.
  1187년에 추밀원사樞密院事가 되었고, 1190년 임안臨安 동소궁洞霄
  宮의 제거提擧가 되었다. 1191년 융흥부隆興府 주지 및 강서안무사
  江西安撫使가 되었다.
2 蓬壺(봉호): 봉래산. 동해 바다에 신선이 산다는 전설상의 섬. 여기
  서는 시성여의 정원을 가리킨다.
3 小字(소자): 아명.
4 飛瓊(비경): 전설 중의 선녀 이름. 서왕모의 시녀.

연회의 광경을 노래한 연회사宴會詞이다. 주로 시성여의 원정園亭에
서 춤추고 노래하는 시녀들을 묘사하여 흥을 돋우었다. 상편에서는
먼저 선녀들 사이에 시성여를 등장시키지만 곧 시녀들에게로 시선이
옮겨간다. 활발한 '취옥'이 있지만 우아한 '비경'도 있음을 환기하였다.
하편에서는 춤추고 노래하는 시녀들의 기예를 비교의 방식으로 강조
하였다.

염노교念奴嬌

— 표천에서 술을 거나하게 마시고 주흥이 일어 소동파에 화운하다瓢
泉酒酣, 和東坡韻[1]

우연히 찾아오는 높은 벼슬은
묻노니 결국
고금의 인간 세상에서 어떠한 물건인가?
지난날 근심의 성城은 만 리나 되었더니
지금은 풍월風月이 견고한 성벽이 되었구나.
인재를 발탁하여 공명을 세우고자 했건만
사마상여처럼 술청에 나가앉은 신세
안타깝게도 머리는 흰 눈을 뒤집어썼구나.
호탕한 노래 한 곡
좌중의 세 호걸과 불러보노라.

노란 국화 시들어 떨어진다고 탄식하지 말게
빼어난 모습으로 응당
매화가 다투어 피어나리라.
취중에 다시금 눈을 비벼 서쪽을 바라보니
다만 기러기 한 마리 가물거리는구나.
세상만사는 내버려둘 것이라
오고가는 뜬구름 같으니
노발충관怒髮衝冠은 헛된 것이네.

옛 친구는 어디 있는가?

장경성長庚星만 새벽달과 짝하고 있구나.

倘來軒冕,² 問還是, 今古人間何物? 舊日重城愁萬里, 風月而今堅壁.³ 藥籠功名,⁴ 酒壚身世,⁵ 可惜蒙頭雪. 浩歌一曲, 坐中人物三傑.⁶

休歎黃菊凋零, 孤標應也,⁷ 有梅花爭發. 醉裏重揩西望眼,⁸ 惟有孤鴻明滅. 萬事從敎,⁹ 浮雲來去, 枉了衝冠髮.¹⁰ 故人何在? 長庚應伴殘月.¹¹

注

1 和東坡韻(화동파운): 소식蘇軾의 「염노교 —적벽 회고」念奴嬌 —赤壁懷古에 화운하다. 동파는 소식의 호.

2 倘來(당래): 우연히 오다. 의외로 찾아오다. ○ 軒冕(헌면): 수레와 관모. 공명 또는 벼슬을 가리킨다. 『장자』「선성」繕性에 "높은 벼슬이 자신에게 있어도 자기의 본성이나 운명은 아니다. 외물이 우연히 와서 잠시 깃든 것이다."軒冕在身, 非性命也. 物之倘來, 寄者也.라는 말이 있다.

3 堅壁(견벽): 견고한 벽을 지키다. 여기서는 숨는다는 뜻.

4 藥籠功名(약롱공명): 공명은 약상자 속에 있다. 당대 초기 적인걸狄仁傑은 자신이 발탁한 인물들을 약상자의 약들과 같다고 하였다. 『구당서』「원행충전」元行沖傳 참조.

5 酒壚身世(주로신세): 술청을 지키는 처지. 한대 사마상여司馬相如가 탁문군卓文君을 꾀어 도망간 후 함께 주점을 열어, 탁문군은 술청에서 술을 팔고 자신은 그릇을 씻었다. 『한서』「사마상여전」 참조. 여기서는 신기질의 출신이 북방이므로 조정의 시기를 받는 입

장을 비유하였다.

6 三傑(삼걸): 세 사람의 호걸. 한 고조 유방은 장량, 한신, 소하를 가리켜 '인걸'人傑이라 하였고, 후세 사람들이 '삼걸'이라 칭하였다. 여기서는 세 친구. 구체적으로 누구를 지칭하는지는 명확하지 않다.

7 孤標(고표): 높이 솟은 가지. 사람의 품행이 특출 나고 청고함을 형용한다.

8 揩(개): 닦다. 비비다.

9 從敎(종교): 내버려두다. 방임하다.

10 衝冠髮(충관발): 노발충관怒髮衝冠. 화가 나서 머리카락이 쭈빗 서자 그 힘으로 관이 들어 올려지다. 극도의 분노를 형용한다.

11 長庚(장경): 금성. 태백성 또는 계명성이라고도 한다. 고대에는 태백성은 병상兵象이라 하여 전쟁의 징조로 보았다. 즉 태백성을 통해 전쟁의 길흉과 승부를 판단하였다.

해설

남송의 시국에서 자신의 뜻을 이루지 못한 슬픔을 비장한 어조로 표현하였다. 상편은 자신의 처지에 대해 서술하였다. 공명에 대한 근본적인 물음을 던지는 것으로 시작하여, 공명을 이루지 못하며 늙어버린 자신을 탄식하였다. 그러나 자신은 비록 국화처럼 시들었지만 좌중에 있는 세 호걸은 매화처럼 그 책무를 이어줄 것을 기대하면서 상편과 하편이 자연스럽게 이어진다. 하편은 고토 수복의 간절한 기대를 직접적으로 드러내었다. 그가 바라보는 '서쪽'은 곧 금나라의 강역이며, 기러기 한 마리는 자신의 동지에 비유하였다. 그러한 동지는 말미에서 말한 친구이며, 지금 좌중의 세 호걸에게 공감해줄 것을 바라고 격려하고 있다. 소식의 「염노교 —적벽 회고」는 적벽에서 광대한 풍광을 배경으로 삼국시대를 회고하며 역사와 현실을 오가며 영웅을 추모하는 감개가 어려 있다. 이 사는 소식 작품의 운을 따라 쓴 것으로 그 기저에는 역시 역사와 현실을 바라보는 점이 있지만, 보다 현실적인 문제와 진정한 공업에 대해 집중하고 있다. 때문에 활달하고 유장한 면이 적은 대신 침중하고 비장한 편이다. 신기질의 정신적인 자화상이 잘 그려진 작품이다.

염노교念奴嬌

― 앞의 운을 다시 사용하여, 홍신지 통판의 '단계사'에 화운하다再用
前韻, 和洪莘之通判丹桂詞[1]

도인道人은 원래
도가道家의 풍모가 있어
연하煙霞 속의 단계丹桂가 되었구나.
물소 가죽을 잘라 비취색 휘장을 쳐도 막지 못하니
유벽거油壁車에서 영롱하게 붉은 빛 비쳐 나오는구나.
봄의 조화造化 솜씨를 빌리고
가을 이슬을 적시더니
강가의 매화처럼 향기롭게 피어났구나.
화보花譜에 그려진 꽃들 가운데
응당 이 단계를 최고로 평해야 하리.

지금은 초췌하여 향기로운 꽃가지는 어디에도 없지만
십랑十郎이 손수 심고 가꾸었으니
내년에는 피어나는 꽃을 보리라.
하늘의 향기와 색의 세계를 차지하여
서풍이 불어도 두려워 않는다.
별가別駕인 그대는 풍류가 있고
다감하여 단계꽃을 더욱 좋아하니
항아의 머리에 단계꽃을 가득 꽂아주리라.

힘들이지 않고 쉽게 계수 나뭇가지를 꺾고
달 속에 있는 궁전을 옥도끼로 수리하리라.

道人元是,² 道家風,³ 來作煙霞中物. 翠幰裁犀遮不定,⁴ 紅透玲
瓏油壁.⁵ 借得春工, 惹將秋露, 薰做江梅雪. 我評花譜, 便應推此
爲傑.
  憔悴何處芳枝, 十郎手種,⁶ 看明年花發. 坐斷虛空香色界,⁷ 不怕
西風起滅. 別駕風流,⁸ 多情更要, 簪滿常娥髮. 等閑折盡,⁹ 玉斧重
倩修月.¹⁰

注

1 洪莘之(홍신지): 홍신洪樗. 홍매洪邁의 큰아들. 당시 신주 통판信州
  通判이었다. ○ 丹桂(단계): 계수나무 가운데 꽃이 붉은 일종. 향기
  가 짙어 구리향九里香이라고도 한다.
2 道人(도인): 득도한 사람 또는 도술을 부리는 사람. 여기서는 선인
  仙人의 뜻으로 사용하였다.
3 道家(도가): 도가 사상. 여기서는 선가仙家의 뜻.
4 翠幰(취헌): 비취색 휘장. ○ 犀(서): 물소 가죽. 휘장이나 수레의
  장식으로 사용된다.
5 油壁(유벽): 유벽거油壁車. 수레의 벽을 기름으로 칠하여 장식하였
  기에 이름 붙여졌다. 일반적으로 여인이 탄다.
6 十郎(십랑): 미상未詳.
7 坐斷(좌단): 점거하다. 차지하다. 잡다.
8 別駕(별가): 관직 이름. 한대 주州 자사刺史를 보좌하는 직위. 자사
  가 순시하러 나가면 별도의 수레를 타므로 이름 붙여졌다. 송대에
  는 통판이 이에 해당한다. 여기서는 홍신지를 가리킨다.

9 折盡(절진): 계수 나뭇가지를 모두 꺾다. 과거 급제를 비유한다.

10 玉斧(옥부) 구: 옥도끼로 달을 깎다. 왕안석王安石의 「부채에 쓰다」
題扇에 "옥도끼로 달을 둥글게 파내니, 달 옆에는 아직도 난새 탄
선녀가 있구나."玉斧修成寶月圓, 月邊仍有女乘鸞.라는 구절이 있다. 옥
도끼로 달을 깎는다는 말은 재능을 발휘함을 비유. 조정의 문란함
과 실정失政을 바로잡다.

해설

붉은 계화를 노래한 영물사이다. 상편은 단계꽃을 노래하였다. 도
인과 도가라는 말로 그 유래가 천상에서 왔음을 말하여 탈속적인 아름
다움을 말하였다. 이는 하편에서 "하늘의 향기와 색의 세계를 차지하
여"坐斷虛空香色界라는 구와 호응한다. 붉은빛의 강렬함, 봄가을의 경
력 등으로 꽃 가운데 가장 뛰어난 꽃으로 평한다. 하편은 내년의 개화
를 기다리고 그 향기를 상상하며 상대에 대한 축원으로 마무리하였다.
이 사 역시 바로 앞의 작품과 마찬가지로 소식의 「염노교 —적벽 회
고」에 화운하여 썼다. 1191년에 지었다.

염노교念奴嬌

동정호의 봄날 저녁 무렵
예부터 전해오기를
그것은 아마도 인간 세상의 지극히 아름다운 '미인'이라 하네.
요지瑤池에서 데려온 경국지색傾國之色이
붉은 난간 한쪽에 있구나.
용연향이 방문 안으로 풍겨 들어오고
주렴 밖에서 들려오는 꾀꼬리 소리
살결은 눈과 같이 하얀 걸 알겠노라.
달의 요정만이 지니는 진정한 자태이니
그 누가 적인걸狄仁傑을 피하라고 가르쳐주었나?

술을 마시고 돌아와 차가운 창문을 마주하니
어젯밤이 기억나는데
응당 매화가 피었으리라.
선녀를 잊지 못하여 「고당부」를 짓고 또 생각하니
등불이 가물거리는 것도 모르겠네.
한 번 얼핏 보고 다시 만날 수 없어
다감한 사람이라 더욱 마음 아프고
시름에 머리가 세어 반백이 되었구나.
마치 들보를 감돌며 울리는 노래와 같아
그녀 때문에 석 달간 고기 맛을 모르겠구나.

洞庭春晚, □舊傳, 恐是人間尤物.[1] 收拾瑤池傾國艷,[2] 來向朱欄一瞥. 透戶龍香,[3] 隔簾鶯語, 料得肌如雪. 月妖眞態,[4] 是誰教避人傑?[5]

酒罷歸對寒窓, 相留昨夜, 應是梅花發. 賦了高唐猶想像,[6] 不管孤燈明滅. 半面難期,[7] 多情易感, 愁點星星髮.[8] 繞梁聲在,[9] 爲伊忘味三月.[10]

注

1 尤物(우물): 뛰어난 물건. 또는 절세미녀를 가리킨다.

2 瑤池(요지): 신화 속에 나오는 서왕모가 사는 곳.

3 龍香(용향): 용연향龍涎香.

4 月妖(월요) 2구: 당대 원교袁郊의 전기傳奇 소설집 『감택요』甘澤謠 중의 「소아」素娥 이야기. 소아는 무삼사武三思의 기녀이다. 상주相州 봉양문 손씨 할멈의 딸인데 오현금에 뛰어났다. 무삼사가 비단 삼백 단을 주고 데려왔다. 무삼사는 공경대부를 초청하여 성대한 연회를 베풀었는데 적인걸狄仁傑만이 칭병하고 오지 않았다. 다음날 적인걸은 무삼사를 찾아가 병으로 오지 못했으나 다음 연회 때는 먼저 오겠다고 했다. 다음 연회날 과연 적인걸이 먼저 왔기에 무삼사가 소아를 소개하려고 찾았으나 찾지 못하였다. 무삼사가 직접 찾는 중 사향 향기가 나 귀를 기울여 보니 소아가 실처럼 가느다란 소리로 말하였다. "저는 화월花月의 요정으로 상제께서 보내셨는데, 많은 말로써 공의 마음을 흔들고 이씨를 흥성시킬 겁니다. 지금 양공(즉 적인걸)은 이 시대의 바른 사람이므로 저는 감히 볼 수 없나이다."乃花月之妖. 上帝遣來, 亦以多言蕩公之心, 將興李氏. 今梁公乃時之正人, 某固不敢見.

5 人傑(인걸): 적인걸狄仁傑을 가리킨다.

6 賦了高唐(부료고당): 「고당부」를 짓다. 「고당부」高唐賦는 전국시대 송옥宋玉의 작품으로, 초 회왕과 선녀 사이의 운우지사를 소재로 하였다.

7 半面(반면): 잠시 얼핏 봄. ○ 難期(난기): 기약하기 어렵다. 이루기 어렵다.

8 星星髮(성성발): 반백의 머리.

9 繞梁聲(요량성): 여음요량餘音繞梁을 가리킨다. 들보를 감돌며 울리는 메아리. 전국시대 한국韓國의 가인 한아韓娥는 제나라 임치에 갔는데 노자가 떨어져 옹문雍門에서 노래를 불러 음식을 구하였다. 그녀의 노래는 아름답고 감동적이었다. 그녀가 떠난 뒤 노래의 여운이 사흘 동안 계속 보를 울려 마치 그 노래가 계속 들리는 것 같았다. 『열자』「탕문」湯問 참조.

10 忘味三月(망미삼월): 석 달 동안 고기 맛을 모르다. 공자가 제나라에서 종묘의 음악인 '소'를 듣고는 석 달 동안 고기 맛을 알지 못하였다. 子在齊聞韶, 三月不知肉味. 『논어』「술이」述而 참조. 음악의 아름다움을 극도로 강조한 말이다.

해설

매화를 노래한 영물사이다. 상편만 보아서는 노래하는 대상이 무엇인지 알 수 없다. '미인'尤物, 경국지색, 눈처럼 하얀 살결, 달의 요정 등등 절세 미녀의 이미지들이다. 그러다가 하편 제3구에서 매화임을 밝힌다. 하편은 잠시 본 매화를 지극히 그리워하는 마음을 노래했다. 꿈속에서 만난 선녀와 같고, 머리가 하얗게 세어질 정도이고, 들보를 감돌며 울리는 노랫소리와 같고, 석 달간 고기 맛을 모를 정도이다. 사람에 비기는 의인법에 지극한 연모와 추구를 강조하여, 어느 사이 매화와 시인이 하나가 된 경지를 그렸다.

서학선瑞鶴仙

—상요 별가 홍신지의 생일을 축하하며, 그는 당시 군의 일을 맡았으며, 또 장차 조거에 응시하러 갈 예정이다壽上饒倅洪莘之, 時攝郡事, 且將赴漕擧[1]

황금이 북두성까지 쌓였다 해도
어찌 장수長壽에 비하랴
화려한 대청에서 술을 권하네.
아미 그린 미녀들 맑고 아름다우니
침향 연기 속에서
붉은 소매 여인들 두 줄로 늘어섰구나.
생황 불고 노래하는 기녀들은 온순하고 상냥한데
다투어 말하길 내년에는
항아가 정을 베풀어
계수 나뭇가지 하나를 준다고 하네.

아는가
풍도가 있는 별가別駕를
요즘엔 사람들이 말하길
'문장 태수'라 부르지.
하늘과 땅처럼
한 해 한 해 갈수록
부친께서 오래 사시길 바라노라.

예부터 사람들이 말하기를

재상 가문에 재상 난다고 하니

금인金印이 주렁주렁 매달리리라.

다만 주공周公이 앞에서 절하고

노공魯公이 뒤에서 절하듯 부업父業을 잇기 바라노라.

黃金堆到斗. 怎得似長年, 畫堂勸酒. 蛾眉最明秀. 向水沉煙
裏,² 兩行紅袖. 笙歌攦就.³ 爭說道明年時候. 被姮娥做了慇懃, 仙
桂一枝入手.⁴

知否: 風流別駕, 近日人呼, 文章太守.⁵ 天長地久. 歲歲上, 酒翁
壽.⁶ 記從來人道, 相門出相,⁷ 金印纍纍儘有.⁸ 但直須周公拜前,⁹
魯公拜後.

注

1 倅(쉬): 부직副職을 의미한다. 지주 아래에 있는 통판을 가리킨다.
   ○ 洪莘之(홍신지): 홍매洪邁의 큰아들. 당시 신주 통판信州通判이었
   다. ○ 漕擧(조거): 주에서 시행하는 과거 시험.

2 水沉(수침): 침향沉香. 유명한 향료이다.

3 攦就(연취): 옮기다. 양보하다. 타협하다. 여기서는 마음 쓰다.

4 仙桂一枝入手(선계일지입수): 계수 가지 하나를 손에 넣다. 과거
   급제를 비유한다. 진 무제晉武帝는 극선郤詵이 옹주 자사로 떠날 때
   동당에서 환송하며 "경은 자신을 어떻게 생각하오?"라고 물었다.
   이에 극선이 대답하였다. "신은 현량 대책에서 천하에 제일이지만,
   그래도 계수나무 숲의 가지 하나에 불과하며 곤산의 한 조각 옥에
   불과합니다." 이를 듣고 무제가 웃었다. 累遷雍州刺史. 武帝於東堂會送,
   問詵曰: "卿自以爲何如?" 詵對曰: "臣擧賢良對策, 爲天下第一, 猶桂林之一枝,

崑山之片玉." 帝笑. 『진서』「극선전」 참조.

5 文章太守(문장태수): 문장을 잘 쓰는 태수. 구양수歐陽修의 「조중
조」朝中措에 "문장 태수는 붓을 휘저으면 글자 만 자를 쓰고, 술을
마시면 천 잔을 마신다."文章太守, 揮毫萬字, 一飮千鍾.는 구절이 있다.

6 酒翁(내옹): 이 노옹. 홍신지의 부친 홍매洪邁를 가리킨다. 번역에
선 이를 반영하여 '부친'이라 하였다.

7 相門出相(상문출상): 재상 가문에서 재상이 나온다. 홍신지의 백부
홍적洪適은 재상을 지냈다.

8 金印(금인) 구: 한대 「뇌량 석현 노래」牢石歌를 가리킨다. 석현石顯
은 중서복야 뇌량牢梁, 소부 오록충종五鹿充宗과 함께 결당하여 권
세를 부렸다. 이에 백성들이 노래를 지어 불렀다. "뇌량의 문객인
가, 석현의 문객인가? 아니면 오록충종의 문객인가? 관인官印이 어
찌 그리 주렁주렁하고, 인끈이 어찌 그리 길디긴가?"牢邪, 石邪, 五鹿
客邪? 印何纍纍, 綬若若邪? 『한서』「영행전」佞幸傳 참조.

9 周公(주공) 2구: 『춘추』 '문공 13년'조에 나오는 '세실옥괴'世室屋壞
를 가리킨다. 『공양전』의 같은 조목에선 다음과 같이 기록했다. "세
실: 세실과 같은 것으로 세세로 허물지 않는다는 뜻이다. 주공은
어찌하여 노나라에서 대묘라 칭하였나? 노공으로 봉한 것은 주공을
위해서였기 때문이다. 주공이 앞에서 절하고 노공이 뒤에서 절하며
말하기를 '살아서는 주공을 봉양하고, 죽어서는 주공을 주인으로 삼
으라'고 하였다. …세실의 옥이 무너졌다는 것은 왜 기록했는가? 풍
자한 것이다. 왜 풍자했는가? 오랫동안 수리하지 않았기 때문이다."
世室, 猶世室也, 世世不毀也. 周公何以稱大廟於魯? 封魯公以爲周公也. 周公
拜乎前, 魯公拜乎後, 曰: 生以養周公, 死以爲周公主. …世室屋壞何以書? 譏.
何譏爾? 久不脩也. 주공이 앞에서 절하고 노공이 뒤에서 절한다는 것
은 종묘에 대한 경건함을 강조한 것으로, 이와 대비하여 노 문공魯

文公은 종묘를 수리하지도 않는 등 가장 등한시하였음을 비판하기 위해서이다. 여기서는 홍신지가 부친의 사업을 허물지 말고 적극적으로 이어받아 성장시키기를 권면하는 뜻으로 말하였다.

해설

홍신지의 생일을 축하하는 축수사祝壽詞이다. 상편은 귀공자의 생활을 그리면서 내년에 응시하는 조거漕擧에 급제하기를 기원하였다. 하편은 홍신지의 재능을 칭찬하면서 부업을 이어가기를 말하였다. 중간에 홍신지가 아니라 그의 부친의 장수를 기원하는 것은, 손윗사람인 신기질이 손아래사람에게 장수를 기원하는 것이 적절하지 않기 때문이거니와, 그 부친의 장수를 기원함으로써 상대의 생일을 축하하는 뜻을 말할 수 있기 때문이다.

수조가두 水調歌頭

— 강서 안무사로 부임하는 추밀사 시성여를 보내며. 신주에 전해오는 참언에 "물이 오귀산의 돌을 때리면, 이 지방 사람이 크게 된다"고 하는데, '이 지방 사람'을 뜻하는 '방인야方人也'를 합치면 '시施' 자가 된다送施樞密聖與帥江西. 信之識云: "水打烏龜石, 方人也大奇." '方人也'實'施'字[1]

상공相公은 정무에 싫증이 나서
적송자赤松子와 짝하여 노닐고 싶어 했지.
깃발을 높이 들고 천 리 멀리 동으로 부임하러 내려가니
피리와 북 소리 울리며 용맹한 병사가 만 명이라.
묻건대 동산의 풍광이 어떠하고
또 중년에 사죽絲竹 소리를 울리니
그대를 머물게 할 수 있을런지?
그러나 남창南昌은 서치徐穉의 집이 물가에 있고
강물에 비친 구름 그림자가 절로 한가한 곳이라네.

옛말을 점쳐보니
'方人也'방인야는 곧 '施'시 자가 되어 그대를 가리키므로
바로 그대가 흑두공黑頭公일세.
하늘 위로 거북바위가 우뚝 솟아
옥계의 물이 천 길 바위를 치는구나.
재상이 되어 금인을 차고 사제沙堤를 걷는 때나

남창에서 채색 두공에 구름이 날고 주렴에 비 내리는 때나
한바탕 취하면 일찌감치 은퇴하게나.
천한 내가 몸소 두 번 절하니
서북에는 신주神州가 있음을 잊지 마소서.

相公倦台鼎,² 要伴赤松遊.³ 高牙千里東下,⁴ 笳鼓萬貔貅.⁵ 試問東
山風月,⁶ 更著中年絲竹,⁷ 留得謝公不?⁸ 孺子宅邊水,⁹ 雲影自悠悠.
占古語, 方人也, 正黑頭.¹⁰ 穹龜突兀, 千丈石打玉溪流.¹¹ 金印
沙堤時節,¹² 畫棟珠簾雲雨,¹³ 一醉早歸休. 賤子親再拜,¹⁴ 西北有
神州.

注

1 施樞密聖與(시추밀성여): 추밀사 시성여. 1187년 추밀원사가 되었
   고, 1188년 천주泉州 지부가 되었다. 1191년 융흥隆興 지부 겸 강서
   안무사가 되었다. ○ 識(참): 참언. 길흉화복을 나타낸 문자. ○ 烏龜
   石(오귀석): 오귀산烏龜山의 바위. 오귀산은 상요上饒 서남 5리 지점
   에 있으며, 오계산五桂山이라고도 부른다. 속담에 "물이 오귀산의
   돌을 치면, 신주에서 장원이 난다."水打烏龜石, 信州出壯元.는 말이 있
   다. 『광신부지』廣信府志 참조.

2 台鼎(태정): 삼공三公을 가리킨다. 태사, 태부, 태보. 별자리 중에
   삼태三台가 있고, 정鼎에 발이 세 개 있는 것과 같다는 뜻을 취했다.

3 赤松(적송): 적송자. 고대의 신선. 적송자와 짝하여 노닌다는 말은
   은거한다는 뜻이다. 서한 초기 장량張良은 공업을 이룬 후 "인간
   세상의 일을 버리고 적송자를 따라가 놀 따름이다."願棄人間事, 欲從
   赤松子遊耳.고 하였다. 『사기』「유후세가」留侯世家 참조.

4 高牙(고아): 높고 큰 아기牙旗. 고관의 의장. 시성여는 자정전대학

사資政殿大學士에서 천주泉州 지주로 출임하였다.

5 貔貅(비휴): 호랑이와 비슷한 짐승. 용맹한 군사를 비유한다.

6 東山(동산): 동진東晉의 사안謝安이 관직을 버리고 회계會稽의 동산 東山에 은거한 이래, 동산은 은거지를 의미하였다.

7 中年絲竹(중년사죽): 동진 때 사안謝安이 왕희지王羲之에게 말했다. "중년이 되면 슬픔이나 기쁨에 마음을 크게 다치는데, 친지나 친구와 헤어질 때는 여러 날 동안 힘들다네." 이에 왕희지가 말했다. "사람이 만년이 되면 자연스럽게 그리 됩니다. 그러니 음악으로 마음을 즐겁게 하여 마음속의 우울함을 쏟아내야 합니다."謝太傅語王 右軍曰: "中年傷於哀樂, 與親友別, 輒作數日惡." 王曰: "年在桑榆, 自然至此. 正賴絲竹陶寫." 『세설신어』「언어」言語 참조.

8 謝公(사공): 사안謝安. 여기서는 시성여를 가리킨다.

9 孺子(유자): 동한 서치徐穉의 자字. 서치는 남창南昌 사람으로 청빈하게 은거하며 출사하지 않았다.

10 黑頭(흑두): 흑두공. 젊은 나이에 공경의 지위에 오른 사람. 동진 때 제갈회諸葛恢가 강남으로 내려가 스스로 도명道明이라 하였는데, 이름이 왕도王導와 유량庾亮 아래였다. 먼저 임기령臨沂令이 되었는데, 승상 왕도가 말하기를 "그대는 응당 흑두공이 될 것이오."明府當 爲黑頭公.라고 말했다. 『세설신어』「식감」識鑑 참조.

11 玉溪(옥계): 신주에 있는 신강信江. 회옥산懷玉山에서 흘러나오기에 이름 붙여졌다.

12 金印(금인): 상국과 승상은 금인에 자주색 인끈을 쓴다. 『한서』「백관공경표」 참조. 고관을 비유한다. ○ 沙堤(사제): 모래 길. 당대에 재상이 처음 되었을 때 관저에서 성의 동가東街까지 모래를 깔아놓는데 이를 사제라 한다. 『당국사보』唐國史補 권하卷下 참조.

13 畫棟珠簾(화동주렴): 채색 두공과 주렴. 신기질이 자주 사용하는

이미지이다. 왕발王勃의 「등왕각」에 "아침이면 남포의 구름이 채색 두공에 날아들고, 저녁이면 서산의 비가 주렴에 걷히어라."畵棟朝飛 南浦雲, 珠簾暮卷西山雨라는 구절이 있다.

14 賤子(천자): 천한 사람. 시인 자신을 가리킨다.

해설

강서 안무사로 부임하러 가는 시성여를 보내며 쓴 송별사이다. 상 편에선 시성여가 도성에서 추밀사로 있다가 지방으로 내려오는 위세 를 묘사하였고, 하편에선 신주의 속담과 결부시켜 시성여의 재능을 칭송하고 그에게 고토 회복에 힘써 줄 것을 기대하였다. 1191년에 지 었다.

청평악清平樂
— 신주 지주 왕도부의 생일을 축하하며壽信守王道夫[1]

몸이 오래도록 건강하고
원하는 공명도 이루어지기를.
나는 평생 삼만 권의 책을 헛되이 읽었지만
금 술잔에 술 가득 따르고 권하는 내 말 들어보게.

남아가 옥대 두르고 금어金魚를 차려면
얼마나 많은 책을 읽어야 하는가?
생각하니 오늘 밤은 마음껏 취해야 하리
양편에서 붉은 소매의 여인들이 다투어 부축할 것이니.

此身長健, 還却功名願. 枉讀平生三萬卷, 滿酌金杯聽勸.
男兒玉帶金魚,[2] 能消幾許詩書? 料得今宵醉也, 兩行紅袖爭扶.[3]

注

1 王道夫(왕도부): 왕자중王自中. 1191년 신주 지주信州知州가 되었다.
2 玉帶金魚(옥대금어): 옥으로 장식한 요대와 금 장식 물고기. 당송
  시기에 3품 이상의 관원이 하던 차림이다.
3 紅袖(홍수): 붉은 소매. 여인 또는 시녀를 가리킨다.

해설

신주 지주의 생일을 축하하며 쓴 축수사祝壽詞이다. 상편은 공명보다도 건강이 중요하다고 말하였다. "평생 삼만 권의 책을 헛되이 읽었다"枉讀平生三萬卷는 말은 관리가 되고 출세하기 위해 읽었을 뿐이라는 자책과 함께, 책이 현실을 타개하는데 아무런 도움을 주지 못한다는 울분이 함께 들어있다. 하편은 어리석은 독서는 그만두고 술을 마시고 즐기기를 권하였다. 1191년에 지었다.

일엽색 一葉索

— 신주 지주 왕도부의 연석에서, 조달부의 '금빛 능금'의 운을 사용하여 짓다 信守王道夫席上, 用趙達夫賦金林檎韻[1]

비단 휘장은 구름처럼 높거니와
몇 겹인지 알 수 없구나.
밤 깊어 은촛대 촛불이 녹아내릴 때까지
흉금의 정을 그대에게 털어놓네.

제비가 날아와 진흙으로 집을 짓는 봄까지 기다리지 말게
지금의 꽃에게 묻고 지금의 꽃에 호소하면 될 뿐.
꽃에 정이 있는지 없는지 알 수 없지만
꽃이 새로 지은 그대 사詞를 질투하는 듯하네.

錦帳如雲處高, 不知重數. 夜深銀燭淚成行, 算都把心期付.[2]
莫待燕飛泥汚. 問花花訴. 不知花定有情無,[3] 似却怕新詞妬.

> **注**
>
> 1 信守(신수): 신주 지주. ○ 王道夫(왕도부): 바로 앞의 사 참조. ○ 趙達夫(조달부): 조충부趙充夫. 외삼촌을 따라 신주의 연산鉛山에서 살았다. 송 황실의 종친으로 호주湖州 통판, 임정臨汀과 가흥嘉興 지주, 회동淮東 상평차염 제거, 복건 전운판관 등을 역임하였다. ○ 林檎(림금): 능금. 사과.

2 心期(심기): 마음속의 기대. 바람.

3 定(정): 결국. 도대체.

　연회석상의 장면을 즉흥적으로 묘사하였다. 신주 지주 왕도부가 차린 연석에서 조달부의 작품에 맞추어 썼다. 상편은 연석의 상황을 묘사하였다. 휘장의 높고 많음으로 연회의 호화로움을 그리고, 밤늦도록 서로 간의 흉금을 털어놓는 장면을 서술하였다. 하편은 연석에서의 사 짓는 일을 서술하였다. 내년 봄까지 기다리지 말고 지금의 꽃을 지금 즐기라는 말과 함께 그러한 꽃이 조달부의 시를 질투하는 듯하다고 말하였다. 아마도 하편은 조달부가 지은 사의 내용을 끌어와 말하는 듯하며, 꽃들이 시기할 정도로 조달부의 사가 뛰어남을 강조하였다. 1191년에 지었다.

호사근好事近

── 중추절 연석에서 왕 노검에 화답하며中秋席上和王路鈐[1]

명월은 오늘 밤에 이르러
사람과 약속을 지키지 않네.
짐작하건대 광한궁에서
항아는 구름으로 머리빗고 바람으로 다듬고 있으리라.

밤이 깊었으니 가기歌妓를 불러오지 마소
처마 끝에 빗소리가 드세기도 하구나.
그대가 소산사小山詞와 같은 좋은 사詞를 읊지 않았다면
이 연석이 무척이나 쓸쓸했으리.

明月到今宵, 長是不如人約. 想見廣寒宮殿,[2] 正雲梳風掠.
夜深休更喚笙歌, 簾頭雨聲惡. 不是小山詞就,[3] 這一場寥索.[4]

注

1 王路鈐(왕로검): 미상. 노검路鈐 직책에 있는 왕씨. 노검은 '노'路의
   병마검할兵馬鈐割을 말한다.
2 廣寒宮(광한궁): 신화에서 달 속에 있다는 궁전.
3 小山詞(소산사): 북송 안기도晏幾道의 사집詞集.
4 寥索(요색): 활기가 없다. 쓸쓸하다. 스산하다. 처량하다.

중추절을 노래한 절서사節序詞이다. 그러나 일반적인 중추절과 달리 비가 내려 전혀 다른 정감을 나타내었다. 상편은 밤이 되어 달이 떠오르지 않는 경물을 그렸다. 항아가 "구름으로 머리빗고 바람으로 다듬는다"雲梳風掠는 말에서 이날 저녁 날씨가 구름 끼고 바람이 불고 있음을 알 수 있다. 하편은 빗소리를 듣는 심정을 그렸다. 무료한 가운데 그나마 왕 노검의 사詞가 있어 위안을 받았다.

호사근好事近

— 복주 이치일을 보내며, 연석에서 화운하다送李復州致一席上和韻[1]

눈물 머금고 「양관곡」을 부르니
여전히 노랫소리 부드럽고 아름답구나.
고개 돌려 바라보면 장안은 어디쯤인가?
길가는 사람이 늦게 돌아올까 걱정하리라.

버들가지 모두 꺾여서 까마귀만 남아 울어
이별의 시름을 자아내네.
오히려 웃나니 먼 산이 무수히 많아도
구름에 가려져 보이지 않기에.

和淚唱陽關,[2] 依舊字嬌聲穩.[3] 回首長安何處,[4] 怕行人歸晩.
垂楊折盡只啼鴉,[5] 把離愁勾引. 却笑遠山無數, 被行雲低損.

注

1 李復州致一(이복주치일): 복주復州의 이치일李致一. 미상. 복주는
　형호북로荊湖北路에 속한 주로, 치소는 지금의 호북성 면양沔陽이다.
2 陽關(양관): 왕유가 지은 양관곡陽關曲. 이별의 자리에서 노래한다.
3 嬌聲(교성): 부드럽고 아리따운 소리. 「양관곡」의 노랫소리를 가리
　킨다.
4 長安(장안): 서한과 당대의 도성. 여기서는 남송의 도성 임안臨安을

가리킨다.

5 垂楊折盡(수양절진): 수양버들 가지를 다 꺾다. 이별할 때 버들가
   지를 꺾어 주는 풍속이 있었다.

해설

　도성으로 떠나는 이치일을 보내며 쓴 송별사이다. 상편의 처음 두
구에서 헤어질 때의 장면을 묘사한 후 나머지 6구에서 이별 후의 장면
을 그렸다. 하편의 말미 두 구에서는 사실은 먼 산이 많아 길이 먼데,
구름에 가려 보이지 않기에 멀지 않다고 여기며 웃는 모습이 천진하
다. 두 사람 사이의 관계는 언급하지 않고 이별의 장면과 이별 후의
심사를 주로 그렸다.

호사근 好事近

— 성중의 여러 친구에 화운하며 和城中諸友韻

운기雲氣가 숲가지 끝으로 올라가니
숲이 있는 듯 없는 듯 희미하구나.
풍경은 사람을 따라가지 않으니
지금도 머물러 있구나.

늘그막에 시흥詩興이 없으니
시채詩債를 독촉할까봐 걱정이네.
도리어 웃나니 요즘은 숲 아래
시 짓는 사람이 여럿인 것을.

雲氣上林梢, 畢竟非空非色.¹ 風景不隨人去, 到而今留得.
老無情味到篇章,² 詩債怕人索.³ 却笑近來林下,⁴ 有許多詞客.⁵

注

1 非空非色(비공비색): 공도 아니고 색도 아니다. 불교에서는 형상이
  있는 만물을 색이라 하고, 또 만물은 인연에 의해 생기므로 진실로
  존재하는 것이 아니라고 보았다. 『심경』心經 참조.
2 情味(정미): 정취情趣. 흥취興趣.
3 詩債(시채): 시의 빚. 친구가 시를 써달라는 요청을 받거나 화답시
  를 요청을 받았지만 아직 답시 등 시를 써주지 않은 상태를 말한다.

4 林下(림하): 숲 아래. 은거하는 산속을 가리킨다.
5 詞客(사객): 사詞 짓는 사람. 시인詩人.

　성안에 있는 여러 친구들에 화답한 증답사贈答詞이다. 상편은 일종
의 의론議論으로 '공'도 아니고 '색'도 아닌 풍경에 대해 논하고 있다.
친구들에게 이런 말을 하는 것은 진정한 은거는 '공'과 '색'을 넘어서는
가치 있는 것임을 말하는 듯하다. 하편은 그동안 진 시 빚도 갚을 겸
이 시를 쓰는 뜻을 드러내었다. 다만 시를 짓더라도 진정으로 짓기보
다는 형식적으로 짓는 사람이 많음을 은근히 풍자하였다.

동파인東坡引
― 규중의 원망閨怨

섬섬옥수로 옛 원망을 연주하고
또 자수 병풍을 노래에 맞춰 두드리네.
맑은 노래 부르며 서풍 속 기러기를 눈으로 보내니
바람 불어 줄지어 날던 기러기들 흩어지네
바람 불어 줄지어 날던 기러기들 흩어지네.

밤 깊어 보름달에 절하러
격자창 서쪽에 나섰더니
달빛만 공연히 섬돌에 가득해라.
비췻빛 휘장 쳐진 방엔 보고싶은 사람이 없어
비단옷은 반이나 헐거워졌네
비단옷은 반이나 헐거워졌네.

玉纖彈舊怨,[1] 還敲繡屛面, 淸歌目送西風雁. 雁行吹字斷,[2] 雁行吹字斷.

夜深拜月,[3] 瑣窓西畔. 但桂影空階滿. 翠幃自掩無人見. 羅衣寬一半, 羅衣寬一半.

注

1 玉纖(옥섬): 섬섬옥수. 미인의 손가락.

2 字斷(자단): 글자가 끊어지다. 기러기가 날면서 '人'(인) 자를 그리
는데, 바람이 불면 글자가 망가져 버린다. 동시에 한대 이릉李陵과
소무蘇武 사이의 고사에서 기러기 발에 편지를 매어 보낸 안서雁書
가 곧 편지를 의미하므로, 여기에서는 편지가 끊어진다는 뜻도 중
의적으로 나타내고 있다.
3 拜月(배월): 달에 절하다. 보름달처럼 가족과 친척이 모이기를 기
원한다.

해설

규중에 사는 여인의 원망을 그린 규원사閨怨詞이다. 규원閨怨 제재
의 전통은 오래되었는데, 이 사 역시 그러한 전통을 잇고 있다. 규중
여인의 생활을 낮부터 밤까지 시간 순으로 묘사하면서, 연주와 노래와
배월拜月 등 구체적인 장면 속에서 규중의 적막과 원망과 고뇌를 묘사
하였다.

동파인東坡引

임은 들보 위의 제비
소첩은 손에 쥔 부채
둥근 달, 밝은 달빛, 쌍쌍의 제비.
가을이 오니 애간장 끊어지네
가을이 오니 애간장 끊어지네.

황혼에 눈물 어린 눈으로
강 건너 푸른 산 바라보네.
지척이건만 하늘처럼 멀기만 하네.
병들어 고맙게도 사람들이 권하기에
용화회龍華會에 가서 세 가지 소원 비네요
용화회에 가서 세 가지 소원 비네요.

君如梁上燕,¹ 妾如手中扇,² 團團淸影雙雙伴.³ 秋來腸欲斷, 秋
來腸欲斷.

黃昏淚眼, 靑山隔岸. 但咫尺如天遠. 病來只謝傍人勸. 龍華三
曾願,⁴ 龍華三曾願.

注

1 梁上燕(양상연): 들보 위의 제비. 자유롭게 오가는 상황을 비유한다.
2 手中扇(수중선): 손 안의 부채. 가을이 되면 버려지는 여성의 신세

를 비유한다. 한대 반첩여班婕妤가 지었다고 전해지는 「원가행」怨歌行의 이미지에서 나왔다. "언제나 두려운 건 가을이 되어, 찬바람에 더위가 사라지면, 부채는 바구니에 버려지고, 은정도 중도에서 끊어지는 일."常恐秋節至, 涼飇奪炎熱. 棄捐篋笥中, 恩情中道絕.

3 團團(단단): 둥글둥글. 둥근 모양을 형용한 말.

4 龍華(용화): 용화회龍華會. 묘회廟會의 일종으로, 사월 초파일에 절에서 재齋를 올리고 오향수五香水로 부처를 씻기며 미륵이 하생하기를 기원하는 행사이다. 『형초세시기』荊楚歲時記 참조. ○ 三願(삼원): 세 가지 소원. 남당의 재상 풍연사馮延巳가 지은 악부 「장명녀」長命女에 다음과 같은 내용이 있다. "봄날의 연회에서, 녹주 한 잔으로 노래 한 번 부르네. 다시 절하고 세 가지 소원을 올리네. 하나는 낭군이 천년만년 살게 하시고, 둘은 소첩의 몸이 언제나 건강하게 해주시고, 셋은 들보 위의 제비처럼, 해마다 오래오래 함께 살게 하소서."春日宴, 綠酒一杯歌一遍. 再拜陳三願: 一願郎君千歲, 二願妾身常健, 三願如同梁上燕, 歲歲長相見.

해설

규원사閨怨詞이다. 규중 여인이 버림받은 후의 슬픔을 그렸다. 상편에선 반첩여班婕妤의 부채 이미지와 전통 시가의 제비 이미지를 사용하여 남녀 사이의 만남과 헤어짐을 그렸다. 하편에선 그리움이 병이 되어 용화회에 가서 소원을 비는 모습을 그렸다. 소원 속에는 "세번째 소원은 들보 위의 제비처럼, 해마다 오래오래 함께 살게 하소서"三願如同梁上燕, 歲歲長相見.가 있으므로 첫머리의 이미지와 합치된다. 여인의 입장에서는 언제나 쌍으로 다니는 제비의 이미지가 이 작품에선 남자의 입장에서 자유롭게 다니는 제비의 이미지로 바뀌어졌다.

동파인東坡引

꽃가지에 붉은빛 아직 설핏한데
가지는 잎이 틔어 신록이 돋아나네.
겹겹이 발이 드리워진 난간 한 귀퉁이
누군가 봄잠이 깊이 들었네
누군가 봄잠이 깊이 들었네.

새소리에 꿈이 깨니
구름 같은 머릿단 기울고 눈썹이 찌푸려졌네.
일어나니 향기롭고 홍옥 같은 뺨은 색이 바랬네.
꽃 필 때는 사랑과 근심이 이어지니
비단 치마폭 반이나 줄었네
비단 치마폭 반이나 줄었네.

花梢紅未足, 條破驚新綠, 重簾下徧闌干曲. 有人春睡熟, 有人
春睡熟.
　鳴禽破夢, 雲偏目蹙.[1] 起來香腮褪紅玉. 花時愛與愁相續. 羅裙
過半幅, 羅裙過半幅.

1 雲偏(운편): 구름 같은 머릿단이 기울다. 머리가 흐트러진 모양. ○
　目蹙(목축): 눈썹을 찌푸리다. 근심하는 모양.

봄날을 맞이하는 여인의 무료한 일상과 심리를 그렸다. 상편은 꽃
이 피고 신록이 나기 시작하는 초봄에 주렴을 겹겹이 늘어뜨리고 봄잠
에 취한 사람을 그렸다. 그 여인이 누구인지는 하편의 제2구에서야
알 수 있다. "구름 같은 머릿단 기울고 눈썹은 찌푸린"雲偏目鬢 젊은
아가씨이다. 그녀의 구체적인 춘심이 어떤지 알 수 없지만 근심에 비
단 치마가 반이나 커지도록 말랐다. 풍경과 상황을 통해 규중 여인의
정서를 함축적으로 묘사하였다.

취화음醉花陰

― 생신을 축하하며 爲人壽

노란 국화가 해마다 좋다고 빈말을 하지 말게
그 역시 가을빛에 시들어 간다네.
검은 살쩍은 가을이 와도 세어지지 않고
술통 앞에서 꽃과 우열을 다투니
사람이 꽃보다 젊어 웃을 만하네.

반도 복숭아는 얼마나 많이 맺혔나
집은 동해 삼신산에 있다네.
어느 날에야 돌아가는 난새 타고
푸른 바다가 육지가 되어 먼지 날릴 때까지 살며
인간 세상의 인연을 마칠까.

黃花漫說年年好,[1] 也趁秋光老. 綠鬢不驚秋, 若鬪尊前, 人好花
堪笑.
　蟠桃結子知多少,[2] 家住三山島.[3] 何日跨歸鸞, 滄海飛塵,[4] 人世
因緣了.

注

1 漫說(만설): 헛되이 말하다. 부질없이 말하다.
2 蟠桃(반도): 신선이 사는 곳에 있다는 복숭아. 『십주기』十洲記에

"동해에 산이 있는데 이름이 도삭산度索山이다. 꼭대기에는 큰 복숭아나무가 있는데 삼천 리에 걸쳐 굽이굽이 서려 있어 이를 반도라 한다."東海有山, 名度索山. 上有大桃樹, 蟠屈三千里, 曰蟠桃.는 기록이 있다. 『한 무제 이야기』漢武故事에선 서왕모西王母가 한 무제漢武帝를 찾아가 장생불사할 수 있는 반도蟠桃를 주며, 반도의 연회를 연다.

3 三山島(삼산도): 동해 바다에 신선이 살고 있다는 봉래蓬萊, 방장方丈, 영주瀛洲 세 개의 섬. 『사기』「봉선서」封禪書 참조.

4 滄海飛塵(창해비진): 바다가 육지가 되어 먼지가 날리다. 갈홍葛洪의 『신선전』神仙傳에 나오는 전고에서 유래했다. 선녀 마고麻姑가 신선 왕방평王方平에게 말했다. "곁에서 모신 이래로 동해가 세 번 뽕나무밭으로 바뀌는 걸 보았는데, 봉래산으로 가는 중 바닷물이 얕아져 예전의 반밖에 되지 않았습니다. 다시 언덕이 될까요?" 왕방평이 말했다. "동해에 다시 흙먼지가 날릴 것이오."麻姑謂王方平曰: "自接待以來, 見東海三變爲桑田, 向到蓬萊, 水乃淺於往者略半也. 豈復爲陵乎?" 王方平曰: "東海行復揚塵耳."

해설

생일에 장수를 기원하는 축수사祝壽詞이다. 상편에선 상대의 건강함을 칭송하고, 하편에선 신선처럼 장수하기를 기원하였다. 제3구에 "검은 살쩍이 가을이 되어도 세어지지 않아"綠鬢不驚秋라 한 것을 보면 상대가 아직 노년이 되지 않은 것으로 보인다. 또 하편 제1구에서 "반도 복숭아는 얼마나 많이 맺혔나"蟠桃結子知多少를 보면 장수를 기원하면서 동시에 자손이 번성하길 기원하는 뜻도 중의적으로 들어있다.

취태평醉太平
─ 늦봄春晚

농염한 자태에 그윽한 표정
눈썹을 찡그리다 살며시 미소 짓네.
몸에 끼는 얇은 비단옷 버들개지 바람에 하늘거려
구름 같은 머릿단 비취 귀걸이를 덮었네.

남쪽 정원 꽃나무에 봄빛은 따뜻하고
붉은 꽃 오솔길엔 느릅나무 잎 가득하네.
그네를 타려다가 피곤할까 멈추는데
돌아가 쉬려다가 봄이 갈까 두려워하네.

態濃意遠,¹ 眉顰笑淺. 薄羅衣窄絮風軟,² 鬢雲欺翠捲.
南園花樹春光暖, 紅香徑裏楡錢滿.³ 欲上鞦韆又驚懶, 且歸休
怕晚.

注

1 態濃意遠(태농의원): 자태가 농염하고 마음이 느긋하다. 두보의
「여인행」麗人行에 "농염한 자태에 그윽한 표정 한아하고 천진해, 살
결은 부드럽고 윤기 있는데 몸매도 마침 잘 잡혔어라."態濃意遠淑且
眞, 肌理細膩骨肉勻.라는 구절이 있다.
2 絮風(서풍): 버들개지 날릴 때 부는 바람.

3 香徑(향경): 꽃길. ○ 楡錢(유전): 느릅나무 잎 또는 열매. 느릅나무
　는 잎 가운데 열매가 들어 있어 그 모양이 엽전과 닮았다고 하여
　유전楡錢 또는 유협전楡莢錢이라 하였다.

　늦봄을 보내는 미인의 모습과 심리를 그렸다. 상편은 미인의 의태,
얼굴, 복장, 머리 장식 등을 차례로 묘사하였다. 그 모습은 두보杜甫의
「여인행」麗人行에서 그린 것처럼 우아하고 아름다우며 한가하고 표일
하다. 하편은 미인의 심리를 표현하였다. 그네를 타려하다가 피로 때
문에 그만 두려했지만, 늦봄마저 지나가면 좋은 시절은 다시 오기 어
려우므로 결국 그네를 탄다. 가는 봄을 아쉬워하고 청춘의 시간을 아
까워하는 뜻을 말하였다.

오야제烏夜啼

저녁 꽃, 이슬 맺힌 잎, 바람에 흔들리는 가지
제비는 높이 하늘을 난다.
긴 회랑의 서쪽 작고 붉은 다리 지난다.

가녀는 다시 노래 부르고
무희는 다시 춤추니
비로소 술이 깨는구나.
다시금 한 잔 술을 앵두와 함께 권하는구나.

晚花露葉風條, 燕飛高. 行過長廊西畔小紅橋.
歌再唱, 人再舞, 酒才消. 更把一杯重勸摘櫻桃.

해설

밤잔치를 그린 작품이다. 상편은 연회하는 곳의 주위 환경과 장소
를 묘사하였다. 꽃이 피고 이슬이 맺힌 청신한 봄밤, 그것도 긴 회랑
끝 다리 옆이다. 하편은 밤잔치의 즐거운 모습을 그렸다. 연회가 한참
지난 후 다시 한번 노래하고 춤추며 술이 깨어나는 때, 그것도 미진하
여 또 다시 술을 마시고 앵두를 먹는다. 연회의 즐거운 분위기가 시구
사이로 넘쳐난다.

여몽령如夢令

—들보의 제비를 읊다賦梁燕

제비가 언제 돌아간 적이 있었던가?
다만 취암翠巖의 깊은 곳에 있었을 뿐이지.
이제 화려한 들보 사이로 돌아왔으니
취암의 둥지에는 누가 와 깃들어 사나?
깊은 곳
깊은 곳
봉황이 와서 산다고 들었다.

燕子幾曾歸去?¹ 只在翠巖深處. 重到畵梁間, 誰與舊巢爲主? 深
許,² 深許, 聞道鳳凰來住.

注

1 幾曾(기증): 하증何曾. 언제 그런 적이 있나?
2 許(허): 곳.

해설

　제비를 노래한 영물사이다. 제비는 매년 가을이면 남으로 갔다가
봄이 되면 돌아오지만, 사실은 남으로 간 것이 아니라 녹색 바위 깊은
곳에 살다 올 뿐이다. 그렇다면 지금 봄이 되어 제비가 다시 돌아왔다
면 그 녹색 바위 깊은 곳엔 누가 살고 있을까? 들리는 말에 봉황이

살고 있다고 한다. 이 작품에 일정한 우의愚意가 있을 것이다. 만약 봉황을 초점으로 두고 본다면 제비의 거처에 들어가 살므로 자신의 격을 낮추는 것이지만, 제비를 주제로 하여 본다면 봉황과 같이 높은 품격을 지닌 셈이 된다. 후자로 본다면 세속에 부화뇌동하지 않는 고결한 정신을 나타낸 것으로 해석할 수 있다.

억왕손憶王孫

— 가을 강에서 보내며, 집구체로 쓰다秋江送別, 集古句

산에 올라 강물을 바라보며 돌아가는 나그네 전송하니
슬픈 일 가운데 생이별보다 더 슬픈 일 없어라.
높은 곳에 올라 떨어지는 석양을 원망할 필요 없으니
옛사람은 없고
오로지 해마다 가을 기러기만 날고있구나.

登山臨水送將歸.¹ 悲莫悲兮生別離.² 不用登臨怨落暉.³ 昔人
非.⁴ 惟有年年秋雁飛.⁵

注

1 登山(등산) 구: 송옥宋玉의 『초사』「구변」九辯에 나오는 "먼 길을 가는
  듯 슬프고 떨리나니, 산에 올라 강물을 바라보며 돌아가는 나그네를
  전송하네."憭慄兮若在遠行, 登山臨水兮送將歸.라는 구절에서 뽑았다.

2 悲莫(비막) 구: 굴원의 『구가』「소사명」少司命에 나오는 "슬픈 일 가
  운데 생이별보다 더 슬픈 일 없고, 기쁜 일 중에 새로운 사귐보다
  더 기쁜 일 없네."悲莫悲兮生別離, 樂莫樂兮新相知.란 구절에서 뽑았다.

3 不用(불용) 구: 두목杜牧의 「중양절 제산에 높이 올라」九日齊山登高
  에 나오는 "다만 흠뻑 취하여 명절에 맞추고자 하노니, 높은 곳에
  올라 떨어지는 석양을 원망할 필요 없으리."但將酩酊酬佳節, 不用登臨
  怨落暉.란 구절에서 뽑았다.

4 昔人非(석인비): 소식蘇軾의 「길가의 꽃」陌上花에 나오는 "길가에
   꽃 피고 나비가 나는데, 강산은 예와 같건만 사람은 옛 사람이 아니
   구나."陌上花開蝴蝶飛, 江山猶是昔人非.란 구절에서 뽑았다.
5 惟有(유유): 이교李嶠의 「분음행」汾陰行에 나오는 "보지 못하는가,
   지금도 분수 강가에선, 오로지 해마다 가을 기러기만 나는 것을."不
   見只今汾水上, 惟有年年秋雁飛.이란 구절에서 뽑았다.

해설

집구체集句體로 쓴 사이다. 집구체는 전인의 시구나 경전 등에서 구
절을 뽑아 만든 작품이다. 여기서는 송옥, 굴원, 두목, 소식, 이교李嶠
의 시구를 뽑아 한 편을 만들었다. 시인은 이들을 모아 하나의 통일성
을 갖춘 새로운 작품을 만드는 것이 관건이다. 그 내용은 이별을 마주
한 시인이 순환하는 영원한 자연에 대해 인간사의 짧음을 대비하여
이별의 속성을 파악하여 서로를 위로하는 것으로 되어 있다. 이로써
짧은 편폭에 이별의 아픔 속에 우정을 드러내고, 생명의 취약성 속에
강렬한 추구를 드러냈다.

금국대부용金菊對芙蓉
— 중양절重陽

먼 강물이 햇빛에 반짝이고
먼 산이 비췻빛으로 솟아있는데
비 갠 후 안개 속에 벽오동이 잠겼구나.
마침 이슬이 함빡 내리고
서풍이 부드럽게 불어온다.
동편 울타리의 국화는 노란 꽃을 토하고
물에 비친 연꽃은 무리지어 있구나.
중양절의 좋은 정취
이 광경을 어찌 그냥 보낼 수 있으랴
술맛은 깊고 꽃향기는 짙어라.

경물의 무궁함을 돌이켜 생각하니
젊은 때의 흉금은
특히나 영웅스러웠지.
노란 꽃과 붉은 꽃을 손에 들었으니
어떤 것이 이와 같을까?
허리에는 금인金印을 차지 않았지만
좌중에는 꽃 같은 여인들이 있네.
지금이야말로 비로소 내 마음에 맞으니
한 번에 천 잔을 마시고자 하노라.

遠水生光, 遙山聳翠, 霽煙深鎖梧桐. 正零瀼玉露,¹ 淡蕩金風.²
東籬菊有黃花吐, 對映水幾簇芙蓉. 重陽佳致, 可堪此景, 酒釅
花濃.³

追念景物無窮. 歎少年胸襟, 忒煞英雄.⁴ 把黃英紅蕚, 甚物堪
同. 除非腰佩黃金印,⁵ 座中擁紅粉嬌容. 此時方稱情懷, 盡抃一飮
千鍾.⁶

注

1 零瀼(영양): 이슬이 흠뻑 떨어지다. 『시경』「정풍」鄭風의 「야유만초」
野有蔓草에 있는 "들녘에 덩굴 풀, 떨어진 이슬이 흠뻑하구나."野有
蔓草, 零露瀼瀼.라는 구절에서 유래했다.

2 淡蕩(담탕): 물이 휘돌아 천천히 흐르는 모양. 막히지 않고 풀리는
모양. 시원하고 편안한 모양. ○ 金風(금풍): 가을에 부는 서풍. 오
행에 따르면 금金은 서방과 가을에 대응된다.

3 酒釅花濃(주엄화농): 술맛이 깊고 꽃향기가 짙다. 아름다운 시간을
비유한다.

4 忒煞(특살): 너무. 지나치다.

5 黃金印(황금인): 황금 관인官印. 공적이 현저함을 비유한다. 동진
초기 왕돈王敦이 무창에서 반란을 일으켰을 때 주의周顗가 "올해 도
적들을 모두 죽이고 됫박만한 금인金印을 팔꿈치에 매달고 다녀야
지."今年殺諸賊奴, 取金印如斗大繫肘.라고 말하였다. 『세설신어』「우회」
尤悔 참조.

6 抃(변): 어떠한 것도 돌보지 않고 ~하다. 필사적으로 ~하다. ○ 千
鍾(천종): 천 잔. 구양수歐陽修의 「조중조」朝中措에 "문장 태수는 붓
을 휘저으면 글자 만 자를 쓰고, 술을 마시면 천 잔을 마신다."文章
太守, 揮毫萬字, 一飮千鍾.는 구절이 있다.

중양절의 풍광을 바라보며 자신의 호방한 정회를 토로하였다. 상편
은 중양절에 등고登高하여 바라본 풍광에서 시작하여 특히 국화와 연
꽃을 노래하였다. 하편은 젊었을 때의 흉금을 회상하며 부귀공명을
바라지 않는 호방한 뜻을 드러내었다. 말미에서 천 잔을 마시는 호음
豪飮으로 자신의 웅대한 마음을 표시하였다.

수조가두水調歌頭

— 영풍현 양소유 제점의 일지당에 쓰다題永豊楊少游提點一枝堂[1]

인간 만사 언제 만족할까?
해와 달이 절로 동쪽에서 서쪽으로 뜨고 지네.
우주는 무궁한데
사람은 큰 창고 안에 한 톨 좁쌀과 같아라.
베옷 하나와 가죽옷 하나로 한 해를 보내고
바리때 하나와 물병 하나로 하루를 지내는 것은
이 늙은이의 오랜 가풍이다.
게다가 한 잔 술에 취해 자다가
괴안국槐安國 궁궐 꿈 깨어났지.

당시 일들을 생각하니
썩은 쥐를 붙들고 있는 올빼미를 꾸짖고
화살이 닿지 않도록 높이 날아가는 기러기를 부러워했지.
의관을 신무문神武門 밖에 걸어두고 떠나
몇몇 아이들 놀라게 했지.
수미산이 겨자씨 속에 들어있다는 말 하지 말고
곤붕鯤鵬의 비행과 메추리의 비행을 보아야 하니
크고 작음이란 어찌 구별 없이 같은 것이랴?
그대가 만물이 같다는 '제물'齊物을 논하려 한다면
마땅히 양소유楊少游의 '일지옹'一枝翁을 방문해야 하리라.

萬事幾時足, 日月自西東. 無窮宇宙, 人是一粟太倉中.[2] 一葛一裘經歲,[3] 一鉢一瓶終日,[4] 老子舊家風. 更着一杯酒, 夢覺大槐宮.[5] 記當年, 嚇腐鼠,[6] 歎冥鴻.[7] 衣冠神武門外,[8] 驚倒幾兒童. 休說須彌芥子,[9] 看取鷦鵬斥鷃,[10] 小大若爲同? 君欲論齊物,[11] 須訪一枝翁.[12]

1 永豐(영풍): 영풍현. 강남서로江南西路 신주信州의 속현. ○ 楊少游 (양소유): 미상. ○ 提點(제점): 송대 설치된 관직. 제거提擧와 점검 點檢의 뜻을 가져왔다. 주로 사법, 형옥, 하거河渠 등의 일을 관장한 다. ○ 一枝堂(일지당): 당호 이름. 『장자』「소요유」에 나오는 "뱁새 가 깊은 숲 속에 둥지를 틀어도 나무 한 가지만 있으면 된다."鷦鷯巢 於深林, 不過一枝.는 말에서 채용하였다.

2 一粟太倉中(일속태창중): 『장자』「추수」秋水에 "나라가 사해 안에 있는 것을 헤아려본다면 싸라기 하나가 큰 창고 안에 있는 것과 같지 않은가?"計中國之在海內, 不似稊米之在大倉乎?라는 말이 있다.

3 一葛一裘(일갈일구): 베옷 한 벌과 가죽옷 한 벌. 한유韓愈의 「석 처사를 보내며 서문」送石處士序에 "겨울에 가죽옷 한 벌, 여름에 베 옷 한 벌."冬一裘, 夏一葛.이란 말이 있다.

4 一鉢一瓶(일발일병): 바리때 하나와 병 하나. 『전등록』傳燈錄에 다 음과 같은 기록이 있다. "어느 스님이 승려의 가풍은 어떠하냐고 묻자 수청 선사守淸禪師가 말하기를 '병 하나에 바리때 하나를 겸하 면 도처가 생애라오.'라고 말했다."有僧問如何是和尙家風. 曰'一瓶兼一鉢, 到處是生涯.'

5 大槐宮(대괴궁): 대괴안국大槐安國의 궁. 당대 이공좌李公佐의 「남 가태수전」南柯太守傳 내용을 가리킨다. 순우분淳于棼이 괴안국에 가

서 부마가 되고 남가 태수로 나갔다. 꿈에서 깨어나 찾아보니 오래
된 홰나무에 개미구멍이 하나있고, 남쪽으로 뻗은 가지가 있을 뿐
이었다.

6 嚇腐鼠(혁부서): 썩은 쥐를 붙들고 꽥 외치다. 『장자』「추수」秋水에
나오는 전고이다. 장자가 위魏의 재상 혜시惠施를 찾아갔을 때, 혜시
가 자신의 자리를 빼앗으러 오는 줄 알고 사흘 밤낮으로 장자를 찾
았다. 장자가 스스로 나타나 남방에 있는 원추鵷鶵(봉황의 일종)를 빌
어 자신의 뜻을 말하였다. "원추는 남해에서 출발하여 북해로 날아
가는데, 벽오동나무가 아니면 깃들지 않고, 대나무 열매가 아니면
먹지 않고, 예천醴泉의 물이 아니면 마시지 않는다. 그런데 올빼미가
썩은 쥐를 움켜쥐고 있다가 원추가 지나가자 올려다보며 '꽥!' 소리
질렀다고 한다. 지금 그대는 위나라 때문에 나에게 '꽥!' 소리를 지
른 것인가?"夫鵷鶵, 發於南海而飛於北海, 非梧桐不止, 非練實不食, 非醴泉不
飮. 於是鴟得腐鼠, 鵷鶵過之, 仰而視之曰: "嚇!" 今子欲以子之梁國而嚇我邪?

7 冥鴻(명홍): 하늘 위로 높이 나는 기러기. 양웅揚雄의 『법언』「문
명」問明에 "태평하면 나타나고 혼란하면 숨는다. 홍곡이 높은 하늘
에 날아가니 주살을 쏘는 사람이 어찌 잡을 수 있나?"治則見, 亂則隱.
鴻飛冥冥, 弋人何篡焉?라는 말이 있다.

8 衣冠(의관) 구: 관복을 신무문 밖에 걸어두고 떠나다. 남조 때 도홍
경陶弘景이 제 고제齊高帝의 재상이 되어 여러 왕의 시독侍讀을 하였
는데, 현령縣令을 바랐으나 되지 않자 관복을 벗어 신무문神武門에
걸어두고 떠났다. 『남사』南史「일민전」逸民傳 참조.

9 須彌(수미): 수미산. 불교 전설에 나오는 산 이름. 거대함을 비유한
다. ○ 芥子(개자): 겨자. 작음을 비유한다. 『유마힐경』維摩詰經에
"거대한 수미산을 겨자씨 속에 들여도 크기가 늘거나 줄지 않는다."
以須彌之高廣, 內芥子中, 無所增減.는 말이 있다.

10 看取(간취) 구: 『장자』「소요유」에 나오는 우화를 가리킨다. 곤鯤이
   붕鵬으로 변하여 날개를 구만 리로 펼치며 날아가지만, 메추리는
   이를 비웃으며 쑥대밭을 날아다닌다. 장자의 사상은 제물의 관점에
   서 본다면 곤붕의 거대한 비행과 메추리의 담장을 넘나드는 비행
   모두 각자 자족적인 행위라고 볼 수 있지만, 시인은 여기에 일정한
   차이가 있다고 보았다.
11 齊物(제물): 사물 사이의 상대적인 차이를 없애고 존재의 의의에서
   만 모두 같은 가치로 봄. 『장자』에 「제물론」齊物論이 있다.
12 一枝翁(일지옹): 나무 한 가지에도 만족하며 사는 노옹. 양소유를
   가리킨다.

해설

  일지당一枝堂이란 당호에 있는 '일지'一枝라는 말에서 시상을 전개하
여 크고 작은 차이가 없음을 논하였다. 장자莊子의 제물론에 근거하여
철학적인 논의보다는 인생에 대한 감개를 나타내는데 중점을 두었다.
시인 자신의 삶에서 본다면 "썩은 쥐를 움켜쥐고 있는 올빼미"嚇腐鼠와
이를 꾸짖는 원추鵷鶵는 분명 다른 것이고, "화살이 닿지 않도록 높이
날아가는 기러기"歎冥鴻와 낮게 나는 보통 새는 분명 구분되는 것이다.
때문에 "수미산이 겨자씨 속에 들어있다"須彌芥子는 것은 인식의 문제
라 본다면, "곤붕의 비행과 메추리의 비행"鵾鵬斥鷃은 가치의 문제이므
로 다른 것이라 해야 한다. 이러한 생각에 전제하여 "뱁새가 깊은 숲
속에 둥지를 트는데 나무 한 가지만 있으면 된다"鷦鷯巢於深林, 不過一
枝.는 말에서 따온 일지당一枝堂은 과연 적절한가에 어느 정도 회의하
는 태도를 보였다. 때문에 말미에서 일지당의 주인인 일지옹 양소유를
찾아가 토론하고자 하였다. 신기질의 인생 경력과 설리說理가 어울려
진 독특한 이취理趣가 있는 작품이다.

완계사浣溪沙

— 연석에서 조경산 제간이 읊은 '계대'에 화운하며席上趙景山提幹賦
溪臺, 和韻[1]

누대는 흠 없는 옥 같은 높은 벼랑에 기대어 있는데
청산은 오히려 가슴을 안고 찡그리는 미인의 눈썹 같구나.
먼 숲 사이 연기 떠오르는 몇 채의 농가.

맑은 강을 끌어와 고기가 살고
넓은 공간 펼치니 학이 울 수 있구나.
그 언제 높은 곳에 들어선 층층의 누각을 보게 될까?

臺倚崩崖玉滅瘢,[2] 靑山却作捧心顰.[3] 遠林煙火幾家村.
引入滄浪魚得計, 展成寥闊鶴能言. 幾時高處見層軒?[4]

注

1 趙景山(조경산): 미상. ○ 提幹(제간): 간관幹官. 제점갱야사간판공
   사提點坑冶司幹辦公事의 약칭. ○ 溪臺(계대): 미상. 글자로 봐서는
   계곡에 지어진 누대로 보인다.
2 崩崖(붕애): 높은 벼랑. ○ 玉滅瘢(옥멸반): 옥은 흠을 없앨 수 있
   다. 왕망王莽이 병에 들자 공휴孔休가 시중들었다. 왕망이 은의를
   이유로 오구검을 주어 잘 지내려 하였으나 공휴가 받으려 하지 않
   았다. 이에 왕망이 말하였다. "진실로 그대 얼굴에 상처가 있는 걸

바라보니 좋은 옥은 상처를 없앨 수 있다기에 옥고리를 드릴 뿐입니다."莽疾, 孔休候之, 莽緣恩義, 進其玉具寶劍, 欲以爲好, 休不肯受. 莽因曰: "誠見君面有瘢, 美玉可以滅瘢, 欲獻其瓅耳."『한서』「왕망전」참조. 여기서는 벼랑이 흠 없는 옥과 같다는 뜻으로 쓰였다.

3 捧心顰(봉심빈): 가슴을 안고 눈썹을 찡그리다. 『장자』「천운」天運에 나오는 동시효빈東施效顰 전고를 가리킨다. 서시가 속병이 있어 눈썹을 찡그리자 마을의 추녀가 이를 예쁘다고 생각하고 자신도 가슴을 안고 눈썹을 찡그리고 다녔다. 여기서는 청산이 눈썹 같다는 뜻을 채용하였다.

4 層軒(층헌): 높은 누대.

해설

'계대'溪臺를 노래하였다. 계대는 계곡의 매끈한 옥과 같은 높은 벼랑 위에 서 있다. 거기에 올라 둘러보면 먼 산들이 미인의 눈썹 같이 펼쳐져 있고, 먼 촌락의 인가에서 몇 점의 연기가 떠오르는 걸 볼 수 있다. 이러한 계대는 맑은 시내가 가까이 흐르고 넓고 높은 곳이라 학이 날아오기도 좋다. 만약 이곳에 높은 누대를 짓는다면 더욱 좋으리라. 조경산이 먼저 노래하자 신기질이 이에 화답하여 지었다.

완계사浣溪沙

그대의 절묘한 솜씨는 도끼의 흔적을 남기지 않았으니
나는 뛰어난 부분은 충분히 음미하며 동시東施처럼 흉내내기도 하니
마치 봄날 두보의 완화촌에 들어간 듯해라.

오늘밤 지은 가사는 빛나고도 아름다워
관현管絃은 이로부터 조용히 말을 잃었네.
주인도 연석에서 두 눈썹을 높이 치켜뜨며 기뻐하는구나.

妙手都無斧鑿瘢,¹ 飽參佳處却成顰.² 恰如春入浣花村.³
筆墨今宵光有艶, 管絃從此悄無言. 主人席次兩眉軒.⁴

注

1 無斧鑿瘢(무부착반): 도끼로 깎아낸 흔적이 없다.
2 飽參(포참): 사리를 충분히 깨닫다. 소식蘇軾이 이지의李之儀의 작
   품을 읽고 난 뒤 쓴 시에 있는 "잠시 좋은 시를 가져와 긴 밤을
   보내나니, 매번 좋은 시구 만나면 곧 참선에 들곤 하네."暫借好詩消
   永夜, 每逢佳處輒參禪.란 구절을 이용하였다.
3 浣花村(완화촌): 성도 서쪽 교외의 시내 옆 두보가 초당을 엮어 살
   던 곳. 여기서는 두보 시의 경지를 비유한다.
4 兩眉軒(양미헌): 두 눈썹을 치켜뜨다. 의기양양한 모습.

　　바로 앞의 사에 이어서 조경산의 '계대'溪臺에 화답한 창화사이다.
조경산趙景山의 작품을 극력 칭찬하였다. 제2구는 뛰어난 구절을 만
날 때마다 음미하고 감상하며 자신도 흉내내 보지만, 마치 동시가
서시를 흉내내듯 자신의 작품은 못 하다고 말하였다. 제3구는 조경
산의 사가 두보의 경지에 들어섰다고 칭송하였다. 하편에선 사의
뛰어남에 관현의 연주조차 빛을 잃을 정도여서, 때문에 연석의 주인
도 지극히 만족하는 표정을 그렸다. 조경산의 작품은 현존하지 않아
서 확인할 수 없지만, 이를 보면 상당히 뛰어났던 것으로 보인다.

어가오漁家傲

― 여백희 찰원의 생일을 축하하며 짓다. 신주에 전해오는 참언에 "물
이 오귀산의 돌을 때리면, 고관이 이때에 나온다."는 말이 있다. 여
백희의 옛집은 성 서편으로, 바로 오귀산의 북쪽이며, 계곡물이 산기
슭을 물고 있으니, 그 뜻은 아마도 여백희를 가리키는 것이 아닌가?
여백희는 배움에 있어 새로운 공력을 쏟았는데 하루는 나에게 다음
과 같이 말했다. "계곡에서 기이한 돌을 주웠는데, 문양이 희미한 게
성명이 쓰여 있는 듯하고 또 長生(장생) 등의 글자가 있었습니다."
나는 아직 보진 못하였다. 이에 그의 생일을 맞이하여 잠시 두 가지
일을 가지고 사를 지어 축하한다爲余伯熙察院壽. 信之讖云: "水打烏龜
石, 三台出此時."伯熙舊居城西, 直龜山之北, 溪水齧山足矣, 意伯熙當之耶? 伯
熙學道有新功, 一日語余云: "溪上嘗得異石, 有文隱然, 如記姓名, 且有長生等
字." 余未之見也. 因其生朝, 姑摭二事爲詞以壽之[1]

도덕과 문장이 여러 세대 전해왔으니
그대에 이르러 응당 삼태三台의 자리에 올라야하리.
이는 원래 그대 가문의 일이로다.
지금에 이르러
마침 서강의 강물이 오귀산烏龜山을 안고 있구나.

삼만 육천 일 날마다 취하더라도
살쩍은 다만 이처럼 청청하게나.
강에서 얻은 돌이 상서로움을 바치니
분명한 것은
중간에 '長生'(장생)이란 글자가 있다는 것.

道德文章傳幾世, 到君合上三台位. 自是君家門戶事. 當此際,
龜山正抱西江水.

三萬六千排日醉,² 鬢毛只恁靑靑地. 江裏石頭爭獻瑞, 分明是:
中間有箇'長生'字.

注

1 余伯熙(여백희): 미상. 내용으로 보안 신주 사람인 것만 알 수 있
   다. ○ 察院(찰원): 당송 시대 어사대 아래의 기관 또는 그 직원.
   어사대에는 태원台院, 전원殿院, 찰원이 있는데, 여기에는 시어사,
   전중시어사, 감찰어사 등이 있다. ○ 信之讖(신지참): 신주信州에 전
   해오는 참언. ○ 三台(삼태): 한대 상서尙書인 중태中台, 어사대인 헌
   태憲台, 중궁알자中宮謁者인 외태外台의 통칭. 조정 대신의 총칭으로
   쓰인다. ○ 撦(척): 줍다. 모으다.
2 三萬六千(삼만륙천): 삼만 육천 일. 사람의 일생인 일백 년을 가리
   킨다. 이백의 「양양가」襄陽歌에 "백 년은 삼만 육천 일, 하루에 모르
   지기 삼백 잔은 마셔야 하리."百年三萬六千日, 一日須傾三百杯.란 구절
   이 있다.

해설

여백희 찰원의 생일을 축하하여 지은 축수사이다. 비교적 긴 서문序
文에서 물이 오귀산의 돌을 치면 고관이 난다는 신주에 전해오는 참언
과 여백희가 계곡에서 주은 기이한 돌에 '長生'(장생)이란 글씨가 비치
는 일에 대해 적고 있다. 이 두 가지 일로써 여백희의 공명과 장수를
기원하였다. 비록 미신적인 요소가 있지만 이를 통해 격려 받고 싶은
것은 사람의 보편적인 심리라 할 수 있으며, 이를 축수사에 사용하는
것은 연회에서의 한바탕 소료笑料로 보아도 좋을 것이다.

작교선鵲橋仙

— 여백희 찰원의 생일을 축하하며壽余伯熙察院

해치관을 쓴 풍채에
수놓은 옷 입고 법을 집행해 높은 명성 얻었으니
일찍이 경륜을 얼마간 발휘하였지.
이제 곧 황제의 조서가 내려와
곧장 명광전明光殿에 들어가 시종하리라.

봄의 신 동군東君이 아직 늙지 않고
꽃 피어 환하고 버들이 아리따우니
술 담은 옥선玉船을 가져와 실컷 취해보세.
앞으로 날마다 한 번씩 삼만 육천 번
오늘부터 헤아려 보세.

豸冠風采,¹ 繡衣聲價,² 曾把經綸少試. 看看有詔日邊來,³ 便入
侍明光殿裏.⁴
東君未老,⁵ 花明柳媚, 且引玉船沉醉.⁶ 好將三萬六千場, 自今
日從頭數起.

注

1 豸冠(치관): 어사가 쓰는 해치관獬豸冠을 가리킨다. 전설 중의 해치
獬豸는 옳고 그른 바를 분별할 줄 알아 외뿔로 사악한 사람을 쳐서

가려낸다고 한다. 『후한서』「여복지」興服志 참조.

2 繡衣(수의): 법을 집행하는 사람이 입는 수놓은 옷. 한대의 시어사 侍御史는 수놓은 옷을 입었다.

3 詔(조): 조서詔書. 황제가 내린 칙서. ○ 日邊(일변): 황제의 옆을 비유한다.

4 明光殿(명광전): 한대 궁전 이름.

5 東君(동군): 봄을 관장하는 신. 봄의 신.

6 玉船(옥선): 옥으로 만든 주기酒器. 『무림구사』武林舊事 권7에 1179년 3월 15일에 효종孝宗이 취경원聚景園에서 부모께 옥선으로 장수주를 올리는 장면이 있다. "친히 옥주선을 받들어 장수주를 올렸다. 옥선에 술이 가득하니 배 안의 인물들이 대부분 움직일 수 있었다." 親捧玉酒船上壽酒. 酒滿玉船, 船中人物多能擧動如活.

해설

여백희 찰원의 생일을 축하하여 지은 축수사이다. 상편은 공명을, 하편은 장수를 각각 기원하였다. 하편에서 오늘부터 날마다 마셔 백 년 간 마시자는 것은 앞으로 백 년 동안 즐겁게 살자는 뜻이다.

심원춘沁園春

— 기사期思는 예전에 기사奇獅 또는 기사棋師라고도 했지만 모두 틀렸다. 내가 순자의 책을 보니 "손숙오는 기사期思의 변방 사람이다"고 하였다. 기사는 익양군에 속한다. 이곳은 예전에 익양현에 속했다. 비록 고대에는 익양이라 하거나 기사라 했던 것이 도기圖記에 다르게 나타나는데, 익양에 기사가 있었다고 할 수 있다. 무너진 다리를 다시 세우니, 부형들이 나에게 글을 지으라고 청하여 「심원춘」을 지어 이를 알리고자 한다期思舊呼奇獅, 或云棋師, 皆非也. 余考之荀卿書云: 孫叔敖, 期思之鄙人也. 期思屬弋陽郡. 此地舊屬弋陽縣. 雖古之弋陽、期思、見之圖記者不同, 然有弋陽則有期思也. 橋壞復成. 父老請余賦, 作沁園春以證之.[1]

미인이 있으니
허리에는 옥을 찬 모습
내 꿈속에서 보았노라.
나에게 묻기를 노을이 아직 비치고 있는
어부와 나무꾼이 사는 마을
다리를 누가 기억하느냐고
고금의 기사期思를 누가 기억하느냐고 묻더라.
변화는 아득하여 찾을 길 없어
마치 정신이 떠돌아 노니는 듯하니
봄에는 원숭이 울고 가을에는 학이 날더라.
이제 놀라 바라보고 웃나니
맑게 갠 물결 위에 홀연 나타난
천 장丈 무지개 같은 다리.

깨어나 서쪽 높은 곳을 바라보니
위에는 파란 단풍나무요 아래는 시내라.
사람 없는 산중에는
차가운 샘물과 가을 국화꽃이 보인다.
강 중류에는
화려한 배가 떠내려오는구나.
세상만사를 길게 탄식하며
백 년 인생에 살쩍만 허옇게 세었으니
나는 이 사람이 아니면 누구와 함께 돌아가랴.
난간에 기대 오랫동안 있으니
마침 맑은 시름 끝이 없어
취한 붓 멈추고 그만 쓰노라.

有美人兮,² 玉佩瓊琚, 吾夢見之. 問斜陽猶照, 漁樵故里; 長橋
誰記, 今古期思? 物化蒼茫,³ 神遊彷彿, 春與猿吟秋鶴飛. 還驚笑:
向晴波忽見, 千丈虹霓.⁴

覺來西望崔嵬, 更上有靑楓下有溪. 待空山自薦, 寒泉秋菊; 中
流却送, 桂棹蘭旗.⁵ 萬事長嗟, 百年雙鬢, 吾非斯人誰與歸. 憑闌
久, 正淸愁未了, 醉墨休題.

注

1 期思(기사): 강서 연산현鉛山縣에 소재한 지명. ○ 荀卿(순경): 순자.
   전국시대 조나라 학자로 성악설을 주장하였다. ○ 孫叔敖(손숙오):
   춘추시대 초나라 영윤令尹. 재상을 세 번 하였다. 초 장왕楚莊王을
   보좌하여 남방을 제패하였으며, 장왕을 춘추오패 가운데 한 사람이

되게 하였다. 『맹자』「고자」告子에 다음 구절이 있다. "순은 밭에서 일하다가 일어났고, 부열은 성벽 쌓는 일을 하다가 천거되었고, 교격은 고기 잡고 소금밭 일을 하다가 천거되었고, 관이오는 옥리의 손에서 석방되어 천거되었고, 손숙오는 바닷가에 살다가 천거되었고, 백리해는 시장에서 살다가 천거되었다. 그러므로 하늘이 장차 큰 임무를 내리려 할 때는 반드시 먼저 그 마음을 괴롭게 하고, 그의 근골을 수고롭게 하며, 그의 몸을 굶주리게 하고, 그의 몸을 곤궁하게 하며, 어떤 일을 행함에 그가 하는 바를 어지럽게 한다."舜發於畎畝之中, 傅說擧於版築之間, 膠鬲擧於魚鹽之中, 管夷吾擧於士, 孫叔敖擧於海, 百里奚擧於市. 故天將降大任於是人也, 必先苦其心志, 勞其筋骨, 餓其體膚, 空乏其身, 行拂亂其所爲. ○ 鄙人(비인): 변방에 사는 사람.

2 有美人(유미인) 3구: 그리워하는 미인을 꿈에서 만나다. 『시경』「유녀동거」有女同車에 "수레를 함께 타고 가는 여인, 얼굴은 무궁화와 같아. 걸음이 새처럼 가벼워, 허리에 찬 옥이 딸랑거리네."有女同車, 顏如舜華. 將翶將翔, 佩玉瓊琚.란 구절이 있다. 미인은 여기에서 손숙오를 가리킨다.

3 物化(물화): 변화. 변환變幻. ○ 蒼茫(창망): 멀고 아득한 모습.

4 千丈虹霓(천장홍예): 천 길의 무지개. 다리를 비유한다.

5 桂棹蘭旗(계도란기): 계수나무로 깎아 만든 노와 난초로 장식한 깃발. 아름다운 배를 가리킨다. 『구가』「상군」湘君에 "계수 상앗대에 난초 노"桂櫂兮蘭枻라는 구가 있다.

해설

기사期思의 역사와 문화를 다리의 중축과 역사인물 손숙오를 기리면서 서술하였다. 서문에서 이 작품을 쓰게 된 동기를 말하였다. 새 다리를 중축하면서 부형들이 사 지어주기를 청하였고 이를 빌어 자신의 깊은 회한과 시름을 드러냈다. 상편은 '미인'과의 대화와 다리의 변화를 통해 고금에 대해 '정신의 여행'神遊을 하면서 세상의 금석지감今昔之感을 나타내었다. 미인은 비록 꿈속에서 나에게 묻지만, 사실은 나의 분신이며, 또 손숙오의 분신이기도 하다. 하편은 꿈에서 깨어난 후 자연에 대한 경도를 나타내고, 세사와 인생에 대한 탄식 속에 '이 사람'斯人 즉 손숙오의 곧고 바른 정신을 따를 것을 확인하였다. 신기질의 '맑은 시름'清愁이 역사와 지역문화에 대한 인식 속에 자신의 현실 감개와 결합하여 깊이 있게 드러난 작품이다.

심원춘沁園春
— 여숙량에게 답하며答余叔良[1]

내 그대를 평해보려니
그대가 분명 어떠한가 하면
노동盧仝과 비슷하지.
기억하노니 오얏꽃이 막 피었을 때
구름 타고 그대 찾아가 이야길 나누었지.
매화꽃이 핀 후에
그대는 달을 보고 나를 생각하였지.
백발이 된 지금 다시 와
채색 다리를 바라보니
가을 강과 하늘 아래 한 마리 들오리가 나는구나.
함께 시를 읊을 때
보아하니 그대 허리에 명월주를 차고
옷은 푸른 무지개를 휘감았구나.

살펴보니 그대 절조는 높은 산 같으니
이곳 바위 아래 농사짓고 계곡에서 고기 잡는 곳이라.
서풍에 모두 날려간 것은
마을의 퉁소 소리와 사일社日의 북소리.
청산에 남은 것은
산개傘蓋 같은 소나무와 깃발 같은 구름.

옛일을 생각하매 시름은 깊고

해 저물도록 그대를 그리워하면

하늘 밖에서 마음이 돌아오듯 좋은 시구詩句를 얻었지.

새로 지은 사詞가 좋아

마치 『초사』처럼 처절하니

글자마다 칭찬할 수 있겠구나.

我試評君, 君定何如, 玉川似之.[2] 記李花初發,[3] 乘雲共語; 梅花
開後,[4] 對月相思. 白髮重來, 畫橋一望, 秋水長天孤鶩飛.[5] 同吟
處, 看珮搖明月,[6] 衣捲靑霓.[7]

相君高節崔嵬,[8] 是此處耕巖與釣溪.[9] 被西風吹盡, 村簫社鼓;
靑山留得, 松蓋雲旗.[10] 弔古愁濃,[11] 懷人日暮, 一片心從天外歸.[12]
新詞好, 似淒涼楚些,[13] 字字堪題.

注

1 余叔良(여숙량): 미상. 신주 사람으로 보인다.

2 玉川(옥천): 당대 시인 노동盧仝. 노동의 호가 옥천자玉川子이다. 젊
어서 제원濟源의 산 속에서 은거했다. 친구에게 준 시에 괴이한 어
휘가 많아 사람들이 놀랐다는 기록이 있다. 나중에 낙양에서 살 때
는 가난하여 이웃의 스님에게 쌀을 구걸하였으며, 한유가 하남령河
南令으로 있으면서 봉록의 일부를 떼어주었다. 맹교와 특히 친하였
다. 조정에서 간의대부諫議大夫로 징초하였으나 나가지 않았다. 그
의 시는 언어가 기험하고 의미가 회삽한 것으로 유명하다.

3 李花(이화) 2구: 한유韓愈의 「한식날 나가 놀며」寒食日出遊에 "오얏꽃
막 피어날 때 그대 병 들었는데"李花初發君始病란 구절이 있고, 「오얏
꽃」李花에 "밤에 장철을 이끌고 노동 집에 갔더니, 구름 타고 함께

옥황상제 집에 갔다네."夜領張徹投盧仝, 乘雲共至玉皇家.란 구절이 있다.

4 梅花(매화) 2구: 노동의 「유소사」有所思에 "하늘하늘 아름다운 항아가 있는 달, 십오야 밤이 되면 둥글어졌다 이지러지네. …한밤 내내 그리워하다 매화가 피어나니, 홀연히 창문 앞에 그대인 듯하여라."娟娟姮娥月, 三五盈又缺. …相思一夜梅花發, 忽到窓前疑是君.란 구절이 있다.

5 秋水(추수) 구: 왕발王勃이 지은 「등왕각 서문」滕王閣序에 "떨어지는 노을은 들오리와 나란히 날고, 가을 강물은 하늘과 한 빛이라."落霞與孤鶩齊飛, 秋水共長天一色.는 구절이 있다.

6 珮搖明月(패요명월): 명월주를 차다. 굴원의 『구장』「섭강」涉江에 "명월주를 어깨에 걸치고 보배를 허리에 찼지만, 세상이 혼탁하여 나를 알아주지 않네."被明月兮佩寶璐, 世溷濁而莫余知兮.란 구절이 있다.

7 衣捲靑霓(의권청예): 굴원의 『구가』동군東君에 "푸른 구름 같은 옷에 흰 무지개 치마, 긴 화살을 들어 올려 천랑성을 쏘네."靑雲衣兮白霓裳, 擧長矢兮射天狼.란 구절이 있다.

8 相(상): 보다. 살피다.

9 耕巖(경암): 바위 아래에서 밭을 갈다. 한대 은사 정박鄭璞을 가리킨다. 그는 곡구谷口(지금의 섬서성 涇陽縣 서북)에 은거하였는데, 성제成帝의 삼촌인 대장군 왕봉王鳳이 예를 갖추어 초빙했으나 응하지 않았다. 양웅揚雄은 『법언』法言「문신」問神에서 "곡구의 정자진鄭子眞, 정박은 자신의 뜻을 굽히지 않고 바위 아래에서 밭 갈고 살면서도 장안에 이름을 떨쳤다."谷口鄭子眞, 不屈其志而耕乎巖石之下, 名震于京師.고 칭송하였다. ○ 釣溪(조계): 시내에서 낚시하다. 동한 초기의 은사 엄자릉嚴子陵을 가리킨다. 젊었을 때 유수劉秀와 동문수학했으나, 나중에 유수가 광무제光武帝가 되어 그를 여러 번 불렀어도 나가지 않았다. 광무제가 사방으로 그를 찾았으나 결국 벼슬을 거절하고 부춘산富春山에 들어가 낚시하며 은거하였다.

10 松蓋雲旗(송개운기): 소나무로 산개傘蓋를 삼고, 구름으로 깃발을 삼다.

11 弔古(조고): 고인 또는 옛 일을 추모하다.

12 一片(일편) 구: 오대 시기 유우소劉禹昭가 젊어서 임관林寬에게서 배웠는데 풍설을 두려워하지 않고 시를 각고하여 지었다. 그의 시에 "깊은 밤이 되어갈 때 시구를 얻으니, 마음이 하늘 밖에서 돌아오는 듯."句向夜深得, 心從天外歸.이란 구절이 있다. 『시화총구』詩話總龜 권10 참조.

13 楚些(초사): 『초사』를 가리킨다. 『초사』의 「초혼」招魂에는 특히 어기조사인 '사'些 자가 많이 나온다.

해설

여숙량의 사詞를 평하였다. 아마도 여숙량이 먼저 사詞의 형식으로 평가를 청하였고, 이에 신기질이 이 사詞로 여숙량의 시풍을 평가한 듯보인다. 상편은 주로 여숙량이란 사람에 대해 논하였다. 고대의 문학론 가운데 맹자가 말한 "사람을 알고 시대 배경을 논해야"知人論世 한다는 말을 채용하여, 작자와 시대를 알아야 그 작품을 잘 이해할 수 있다고 보았기에 먼저 사람을 이해하는 게 필요하였고, 때문에 신기질도 인물평을 먼저 하였다. 여숙량은 중당 때 시인 노동盧仝과 비슷하다고 전제한 후, 신기질 자신을 한유로 비유하여, 한유와 노동의 관계로 자신과 여숙량 사이의 교유를 서술하였다. 백발이 된 자신이 여숙량을 바라보니 고결한 성품을 지닌 군자로 보였다. 하편에선 은거하며 살아가는 모습을 그리고 후반부에서 작품에 대해 평하였다. 여숙량은 고음苦吟을 하며, 그의 작품은 노동의 시와 굴원의 『초사』와 같이 기험奇險하고 괴려瑰麗한 특징이 있다고 평하였다.

심원춘沁園春
─ 양세장에게 답하며答楊世長[1]

내가 취하여 미친 노래 부르면
그대는 새 가사를 지어
노래에 맞춰 화답하였지.
향기로운 시구는
매화꽃 사이에서 찾았고
맑은 시구는 대부분
쌓인 눈 속에서 찾았지.
주작교朱雀橋 옆에서
그 누가 말했던가
들풀에 석양 기울고 봄 제비 날아든다고.
모두 묻지 마오
"어찌하여 원래 비가 내리지도 않았는데
오히려 무지개가 걸렸나"라고.

시단에서 천 길이나 높은 지위
더구나 붓은 산이 되고 먹은 시내가 되도록 노력하여 많은 작품을
썼지.
보게나, 그대 재주는 헤아릴 수 없으니
조식曹植과 유정劉楨의 적수요
고아한 풍격에 있어서는

굴원屈原과 송옥宋玉의 항복을 받을 정도라네.

누가 모르랴, 사마상여司馬相如가

평생 자부했으니

기상도 드높이 네 필의 말이 끄는 수레를 타고 돌아오겠다고 했음을.

장안 가는 길

무지개 같은 다리 천 개 교각 어디에

그대도 결심을 써 붙였는지 묻노라.

我醉狂吟, 君作新聲, 倚歌和之. 算芬芳定向, 梅間得意; 輕淸
多是, 雪裏尋思. 朱雀橋邊,² 何人曾道, 野草斜陽春燕飛. 都休問:
甚元無霽雨,³ 却有晴霓.

　詩壇千丈崔嵬, 更有筆如山墨作溪. 看君才未數, 曹劉敵手;⁴ 風
騷合受, 屈宋降旗.⁵ 誰識相如,⁶ 平生自許: 慷慨須乘駟馬歸. 長安
路, 問垂虹千柱,⁷ 何處曾題?

注

1 楊世長(양세장): 미상. 신주 사람으로 보인다.

2 朱雀橋邊(주작교변) 3구: 유우석劉禹錫 시 「오의항」烏衣巷 이미지를
　사용하였다. "주작교 옆에는 들꽃이 피어있고, 오의항 어구에는 석
　양이 기울었네. 예전에 왕씨와 사씨 명문가에 드나들던 제비, 이제
　는 평범한 백성의 집으로 날아드네."朱雀橋邊野草花, 烏衣巷口夕陽斜.
　舊時王謝堂前燕, 飛入尋常百姓家. 주작교는 남조 시기 도성인 건강建康
　의 정남문 주작문 밖의 부교로 진회하秦淮河를 가로지르고 있었다.
　동진 때 왕도와 사안 등 문벌들이 주작교 옆 오의항에 살았다.

3 甚元無(심원무) 2구: 두목杜牧의 「아방궁부」阿房宮賦의 "복도가 허
　공을 질러가니, 비가 내리지도 않았는데 어찌하여 무지개가 걸렸

나?"不霽何虹?를 이용하였다.

4 曹劉(조류): 조식曹植과 유정劉楨. 삼국시대 대표적인 시인.

5 屈宋(굴송): 굴원屈原과 송옥宋玉. 전국시대 초나라의 대표적인 문인.

6 誰識(수식) 6구: 서한 때 사마상여司馬相如가 성도를 떠나 장안에 갈 때 성 북쪽 승선교昇仙橋 다리 기둥에 "네 필의 말이 끄는 붉은 수레를 타지 않으면 이 다리를 건너오지 않겠다."不乘赤車駟馬, 不過 汝下也!고 쓴 일을 이용하였다. 진晉 상거常璩의 『화양국지』華陽國志 참조.

7 垂虹(수홍): 드리운 무지개. 다리를 비유한다.

해설

양세장의 시를 논하고 그의 전도를 격려하였다. 상편은 양세장의 시에 대해 묘사한 것으로, 신기질은 그와 함께 화답하였고, 그의 시는 향기롭고芬芳 맑다輕淸고 하였다. 또 제재는 특히 유의석의 「오의항」처럼 영사시에 뛰어나며, 시경詩境의 창조에 있어서는 무에서 유를 만들어내듯 비가 오지 않았는데도 무지개를 만들어내는 것과 같다고 칭찬하였다. 하편에서도 그의 시는 조식과 유정에 맞선다고 칭송하면서 말미에서 길 떠나는 사마상여와 같이 분발할 것을 당부하였다. 시와 시론과 인물이 결합된, 한 편의 사로 쓴 평론이라 할 수 있다.

강신자 江神子
— 매미소리와 개구리소리를 듣고 장난삼아 짓다 聞蟬蛙戱作

상죽湘竹 삿자리 깔고 박사薄紗 휘장 내리고
취하여 잠드니
꿈속에서 하늘가를 노닌다.
한바탕 꿈을 깨어보니
물이 끓듯 개구리가 울어대누나.
묻노니 하늘이 뒤집어지듯 고취악鼓吹樂을 시끄럽게 울리니
정말로 듣기 괴롭구나
관아의 악대들인가?

마음이 비어 있으면 시끄럽든 조용하든 차이가 없다.
병중의 유마힐維摩詰이여
위의 설법이 어떠한가?
바닥을 쓸고 향을 피우고
천녀天女가 꽃을 뿌리는 걸 보게나.
석양에 녹음 짙은 나뭇가지에서 시끄러우니
또 다시 묻노라
저것은 매미인가?

簟鋪湘竹帳籠紗,[1] 醉眠些, 夢天涯. 一枕驚回, 水底沸鳴蛙. 借問喧天成鼓吹, 良自苦, 爲官哪?[2]

心空喧靜不爭多,³ 病維摩,⁴ 意云何. 掃地燒香, 且看散天花. 斜日綠陰枝上噪, 還又問: 是蟬麼?

注

1 簟(점): 대자리. 삿자리. ○ 湘竹(상죽): 상비죽湘妃竹 또는 반죽斑竹이라고도 한다. 주로 호남성 지역에서 자라는 줄기에 자갈색 반점이 있는 대나무.

2 爲官哪(위관나): 관청의 음악기관에서 연주하는 것인가?『진서』「혜제기」惠帝紀에 다음 기록이 있다. 진 혜제가 화림원華林園에 있을 때 두꺼비울음을 듣고는 좌우에 물었다. "지금 우는 것은 관아의 음악인가 민간의 음악인가?"此鳴者爲官乎私乎? 어떤 사람이 대답하기를 "관청이 있는 곳에서 울면 관아의 음악이고, 민간지역에서 울면 민간의 음악입니다."在官地爲官, 在私地爲私.라고 하였다.

3 不爭多(불쟁다): 차이가 없다.

4 病維摩(병유마) 4구: 대승불법에 정통한 거사 유마힐이 병이 들어 누워있으면서 널리 설법을 하였다. 석가모니가 문수사리를 보내 문병하게 했다. 당시 유마힐 거사의 방에는 천녀天女가 있었는데 유마힐의 설법을 듣고는 현신하면서 천화天花를 여러 보살과 대제자 위에 뿌렸다. 꽃은 여러 보살의 몸에 닿고서는 떨어졌지만 대제자에 이르러서는 몸에 붙어 떨어지지 않았다.『유마힐소설경』維摩詰所說經「관중생품」觀衆生品 권7 참조.

해설

"마음이 비면 주위가 고요하다"心空則靜는 불교의 이치를 설파한 설리사說理詞이다. 불교의 이치를 진지하게 해석한 것이 아니라, 부제에서 보듯 개구리소리와 매미소리를 듣고 해학적인 어조로 시상을 전개

하였다. 상편은 한낮에 잠이 들다 깨어나 듣게 되는 개구리소리를 묘
사하였다. 이에 비해 하편은 매미소리를 듣고 "마음이 비어 있으면
시끄럽든 조용하든 차이가 없다"心空喧靜不爭多는 이치를 표현하였다.
때문에 "마음이 비어 있음"心空이 중요하다. 말미에서 매미소리가 시
끄러우냐고 묻는 것은 아직 마음이 비어있지 않기 때문이라고 역설하
고 있다.

강신자江神子
— 매화를 읊으며, 여숙량에게 부침賦梅, 寄余叔良[1]

그윽한 향기가 길을 가로질러 풍겨오고 눈은 소록소록 내리는데
저녁에도 바람이 불고
새벽에도 바람이 부네.
꽃은 봄을 다투려는 뜻이 있어
추운 때 가지에서 먼저 나온다.
필경 한해의 꽃이 다 피고 난 후이기에
가장 먼저 피었다고 할 수도 있지만
오히려 가장 늦게 피었다고 할 수도 있다.

온전히 눈과 서리의 모습일 필요 없으니
피어나려고 하지만
아직 피어나지 않을 때.
흰 얼굴에 붉은 입술
엷게 살짝 바른 반점의 연지.
취하여 꽃을 비방하여도 꽃은 날 원망하지 마오.
온통 냉담하기만 하니
그 누가 알아주랴.

暗香橫路雪垂垂,[2] 晚風吹, 曉風吹. 花意爭春, 先出歲寒枝. 畢
竟一年春事了, 緣太早, 却成遲.

未應全是雪霜姿, 欲開時, 未開時. 粉面朱唇, 一半點胭脂. 醉裏謗花花莫恨;³ 渾冷澹, 有誰知.⁴

注

1 余叔良(여숙량): 미상. 신주 사람으로 보인다.

2 暗香(암향): 깊은 향기. 그윽한 향기. 매화를 가리킨다. ○ 垂垂(수수): 떨어지는 모양.

3 謗(방): 비방하다.

4 知(지): 알다. 여기서는 감상하다. 알아주다.

해설

매화를 노래한 영물사이다. 상편은 매화가 필 때의 향기와 상황을 그렸다. 향기가 먼저 나고, 가장 추운 때 맨 먼저 피어나지만 다른 한편 가장 늦게 피어난다고 할 수도 있다. 하편은 매화의 모양과 정취를 그렸다. 눈과 서리가 한창일 때 작은 연지 빛이 보이기 시작한다. 그러나 매화는 너무나 냉담하고 고아하기에 세상 사람들이 가까이 다가설 수 없어 비방을 하더라도 어쩔 수 없음을 알아야 한다고 말하고 있다. 이는 매화의 속성을 말한 것이지만 이 작품을 받게 되는 여숙량의 인품을 말하는 것이라 할 수도 있다. 결국 이 사는 매화를 빌어 여숙량의 고결함으로 인한 불우를 위로하고 공감하는 것이라 할 수 있다.

조중조朝中措

해마다 노란 국화 가을바람에 고운데
더구나 함께 핀 목부용도 붉구나.
노란색은 예전의 궁녀의 노란 이마 화장 같고
붉은색은 지금의 아름다운 얼굴 같구나.

푸르디푸르러 아직 늙지 않았으니
술통 앞에서 보게나
아이들이 적군을 평정했음을.
서강西江을 술로 담아 축수하오니
서강의 파란 강물처럼 무궁하소서.

年年黃菊艷秋風, 更有拒霜紅.¹ 黃似舊時宮額,² 紅如此日芳容.
靑靑未老, 尊前要看, 兒輩平戎.³ 試釀西江爲壽, 西江綠水無窮.

注

1 拒霜(거상): 목부용木芙蓉. 가을에 꽃이 피어 서리가 내려도 지지
  않는다.
2 宮額(궁액): 궁중의 여인이 화장한 이마. 이마에 칠한 노란색 화장.
3 兒輩平戎(아배평융): 아이들이 전쟁을 평정하다. 동진 때 사안謝安
  의 일화를 가리킨다. 전진前秦의 부견苻堅이 대군을 이끌고 동진을
  공격하자, 재상 사안이 동생 사석謝石을 정토대도독으로 임명하고,

조카 사현謝玄을 선봉으로 하여 회수를 서쪽으로 올라가도록 했다. 동진의 부대가 비수淝水에서 전진의 군사와 겨룬 후 수양壽陽을 수복하자 사석과 사현이 건강에 승전보를 보냈다. 이때 사안은 마침 손님과 바둑을 두고 있었는데 승전보를 받고도 태연히 바둑을 두었다. 손님이 무슨 편지냐고 묻자 "아이들이 도적을 깼다는군요."小兒輩遂已破賊.라고 대답하였다. 『진서』「사안전」 참조.

해설

생일을 축하하는 축수사祝壽詞이다. 상편은 늦가을을 맞이하여 국화와 목부용으로 예전과 지금의 용모를 칭송하였다. 하편은 사안謝安과 같은 공훈을 세우기를 바라며, 또 술을 올리면서 장수를 기원하였다.

조중조 朝中措
— 생신을 축하하며 爲人壽

해마다 황금 꽃술은 서풍에 곱고
사람은 국화와 같구나.
서리 내린 살쩍은 봄 되면 다시 푸르고
신선 같은 자태는 술 마시지 않아도 무지개처럼 붉구나.

향을 피우고 날을 보내며 다만 평안하기를
웃으며 아이들에게 농담을 하네.
한 해에 한 잔으로 축수하여
지금부터 다시 천 잔을 세어보리라.

年年金蕊艷西風,[1] 人與菊花同. 霜鬢經春重綠,[2] 仙姿不飮長虹.
焚香度日儘從容, 笑語調兒童: 一歲一杯爲壽, 從今更數千鍾.

注

1 金蕊(금예): 황금색 꽃술. 국화를 가리킨다.
2 霜鬢(상빈): 서리가 내려앉은 듯 하얗게 센 살쩍.

해설

　생일을 축하하는 축수사祝壽詞이다. 상편은 국화로 사람을 비유하
여 건강을 축복하였다. 하편은 지금부터 천 년을 더 살기를 축수하였

다. 같은 축수의 말이라 해도 "한 해에 한 잔으로 축수하여"一歲一杯爲壽,
이제부터 천 잔이 되도록, 즉 천 년을 살게 되기를 바란다고 하니 그
뜻이 새롭다.

조중조朝中措

— 중양절 작은 모임에, 이때 양세장이 남궁으로 떠날 예정이었다

九日小集, 時楊世長將赴南宮[1]

해마다 부채는 가을바람을 원망하여
시름에 겨워 술잔을 비운다.
산 아래에서는 와룡의 풍도요
누대 앞에서는 말을 부리는 영웅 항우의 기개로다.

난 이제 모든 걸 그만두었으니
꽃은 시들어 사람과 비슷하고
사람은 늙어 꽃과 같구나.
나무라지 말게, 도연명의 동편 울타리의 정취마저 줄어든 걸
다만 지금은 붉은 계화 향기 짙을 때라네.

年年團扇怨秋風,[2] 愁絶寶杯空. 山下臥龍豊度,[3] 臺前戲馬英雄.[4]
而今休矣, 花殘人似, 人老花同. 莫怪東籬韻減,[5] 只今丹桂香濃.[6]

注

1 楊世長(양세장): 미상. 신주 사람으로 보인다. ○ 南宮(남궁): 궁중
의 예부禮部를 가리킨다.

2 年年(년년) 구: 한대 반첩여班婕妤가 지었다고 전해지는 「원가행」怨
歌行의 의미를 이용하였다. 여인이 자신을 부채團扇에 비유하여 가

을이 되면 버려지는 처지를 슬퍼하였다.

3 臥龍(와룡): 누워 있는 용. 은거하며 아직 두각을 드러내지 않은 뛰어난 인물. 삼국시대 제갈량諸葛亮과 같은 사람을 가리킨다. ○ 豐度(풍도): 우아하고 아름다운 행동거지와 풍모.

4 戱馬(희마): 희마대. 팽성彭城(강소 서주시) 성남에 소재. 일찍이 항우가 진나라를 멸망시키고 서초패왕이 되어 팽성에 도읍하였을 때, 성 남쪽 남산에 축대를 쌓고 누대를 올려 말을 부리는 것을 관람하였다고 한다. 남조 유송의 무제 유유劉裕도 팽성 사람으로 희마대와 관련된 일이 많다. 특히 송공宋公으로 봉해진 후 중양절에 희마대에서 신하들에게 연회를 베풀었다.

5 東籬韻減(동리운감): 도연명이 동편 울타리에서 국화를 따던 일을 가리킨다.

6 丹桂(단계): 붉은 계화. 계화 꽃가지는 과거 급제를 의미하므로, 여기서는 양세장이 예부 시험에 합격하기를 기원하였다.

[해설]

중양절에 과거시험 보러 가는 양세장을 보내며 지은 송별사이다. 상편에서는 헤어짐을 아쉬워하며 양세장을 제갈량의 풍모와 항우의 기개가 있다고 높이 평가하였다. 하편에서는 자신은 시들어가는 꽃과 같고 도연명과 같이 은거하고 있지만 그대는 과거에 급제하길 바라는 뜻으로 계화 꽃가지를 꺾어 오라며 격려하였다.

청평악清平樂
― 오강에서 감상했던 목서를 기억하며 憶吳江賞木樨[1]

젊었을 적 통음하고
오강吳江을 마주하고 깨어났던 일 기억하네.
둥근 달 환하게 밝아 높은 계수나무 그림자 던지고
십 리에 걸쳐 침향나무 숲엔 안개가 차가웠지.

한 점 노란 분말에 불과한데
인간 세상을 결국 이렇게 향기롭게 하는구나.
어쩌면 가을의 바람과 이슬에 실려
세계를 온통 향기롭게 물들어버리겠네.

少年痛飮, 憶向吳江醒. 明月團團高樹影, 十里水沉煙冷.[2]
大都一點宮黃,[3] 人間直恁芳芬.[4] 怕是秋天風露, 染敎世界都香.

注

1 吳江(오강): 지금의 강소성江蘇省 오강현吳江縣. 오강은 태호의 가
  장 큰 지류로 송강松江 또는 소주하蘇州河라고도 한다. 태호의 동북
  으로 오현, 상해를 거쳐 황포강에 합류되어 바다로 들어간다. 신기
  질은 1164년 겨울부터 1165년 봄까지, 강음 첨판江陰簽判 후 짧은
  기간 오강에서 생활하였다. ○ 木樨(목서): 계화.
2 水沉(수침): 침향沉香. 침수沉水라고도 한다. 유명한 향료.

3 大都(대도): 불과하다. ○ 宮黃(궁황): 궁중의 여인이 화장할 때 쓰
는 노란색 분말. 여기서는 노란색 계화를 비유한다.
4 直恁(직임): 결국 이렇게. 송대 속어.

해설

계화를 노래한 영물사이다. 아마도 계화를 보았거나 선물 받고서는
청년기에 오강에서 통음하며 계화를 감상했던 기억을 떠올렸을 것이
다. 상편에서는 그때의 계화가 보름달 아래 그림자를 떨어뜨리고 십
리에 걸쳐 향기를 뿌렸다고 회상하였다. 하편에서는 주로 계화의 향기
를 묘사하면서 작고 노란 꽃술이 이 세상을 향기롭게 만드는 일에 경
탄하였다.

청평악清平樂

—상로교에 쓰다題上盧橋[1]

맑은 냇물이 내달리듯 흘러
청산이 가로막아도 아랑곳않네.
십 리 굽이굽이 흘러 평평한 들판으로 나오니
산은 옷깃처럼 펼쳐지고 강은 요대처럼 둘러 있네.

고금에 걸쳐 산등성이가 골짜기로 뒤바뀌고
시장은 종종 논밭과 뽕밭이 되었으리.
이곳은 지금 의외로 경관이 뛰어난데
아마도 일찍이 몇 번의 흥망이 있었으리.

淸泉奔快, 不管靑山礙. 十里盤盤平世界,[2] 更着溪山襟帶.[3]
古今陵谷茫茫,[4] 市朝往往耕桑.[5] 此地居然形勝,[6] 似曾小小興亡.

注

1 上盧橋(상로교): 상요上饒 경내에 있는 다리.
2 盤盤(반반): 구불구불. 굽이도는 모양.
3 更着(경착): 더구나. ○ 溪山襟帶(계산금대): 산을 옷깃으로 하고
  시내를 요대로 하다. 산은 옷자락처럼 펼쳐져 있고, 강은 마치 요대
  처럼 휘돌고 있다.
4 陵谷(능곡): 산등성이가 골짜기로 변하고, 골짜기가 산등성이가

되다. 상전벽해와 같이 세상 일이 변화무쌍함을 비유한다. 『시경』「시월지교」十月之交에 "높은 언덕은 골짜기가 되고, 깊은 골짜기는 능선이 되었네."高岸爲谷, 深谷爲陵.란 구절이 있다.

5 市朝(시조) 구: 시장과 조정이 논밭과 뽕밭으로 변하다.

6 形勝(형승): 형세가 험한 곳과 경관이 뛰어난 곳.

상요上饒의 상로교에서 풍광을 둘러보고 고금의 자연과 인간사의 변천을 생각하였다. 상편은 다리 위에서 바라본 주위 풍광을 그렸다. 산이나 언덕을 만나면 돌아가며 시원스레 달리는 시내의 모습이 눈앞에 펼쳐진다. 하편은 고금의 긴 시간 속에 능선과 골짜기가 서로 바뀌고, 인간의 터전도 논밭과 시장이 바뀌었음을 상기하고, 지금 상로교에서 바라보는 경승도 예전에는 달랐을 것이라고 상상하였다. 세상에 대한 근본적인 이해와 인식을 검토한 설리說理적인 작품이다.

수룡음水龍吟

― 경구 범남백 집의 문관화를 읊어 부쳐 보내다. 꽃은 처음에 흰색이
었다가 다음에 녹색으로, 그 다음에는 붉은색으로, 나중에는 자주색
으로 바뀐다. 『당회요』에서는 학사원에 이 꽃이 있다고 했다寄題京
口范南伯家文官花. 花先白, 次綠, 次緋, 次紫. 唐會要載學士院有之[1]

난간에 기대 바라보니 벽옥색으로 보였다가 붉은색이 되면서
천천히 향기 나는 흰 도포 빛으로 바뀌어간다.
상림원에서 고른 문관화 나무
총총히 또 바뀌어
자주색 구름 문양의 옷처럼 윤기가 흐른다.
얼마간의 봄바람이
아침저녁으로 향기를 배게 하고 색깔을 물들이느라고
이 꽃을 위하여 내내 바빴구나.
예전의 도리꽃을 비웃나니
여기저기 문지르고 바르며 화장했지만
얼마간
처량하여 한스러워라.

꾀꼬리야! 사람들에게 말 전해다오.
영화는 쉽게 사라지고 완정하기 어려워
인간 세상에 득의만만한 사람들도
울긋불긋한 천만 가지 꽃처럼

머리 돌리는 사이 봄 따라 가버린다네.
백발이 된 그대를 가엾게 여기나니
유관儒冠이 사람의 일생을 그르치게 한다더니
그대는 평생 관직이 쓸쓸하구나.
풍류는 아직 시들지 않았느냐고
해마다 취하여
꽃가지를 잡고 물어보네.

倚欄看碧成朱,² 等閑褪了香袍粉. 上林高選,³ 匆匆又換, 紫雲
衣潤. 幾許春風, 朝薰暮染, 爲花忙損. 笑舊家桃李, 東塗西抹,⁴ 有
多少, 凄涼恨.

擬倩流鶯說與: 記榮華易消難整. 人間得意, 千紅百紫, 轉頭春
盡. 白髮憐君, 儒冠曾誤,⁵ 平生官冷.⁶ 算風流未減, 年年醉裏, 把
花枝問.

注

1 京口(경구): 지금의 강소성 진강시鎮江市. ○ 范南伯(범남백): 범여
산范如山. 자가 남백南伯이다. 형대邢臺 사람으로 신기질의 처남. ○
文官花(문관화): 색깔이 자주 변하는 꽃의 일종. 금대화錦帶花 또
는 해선화海仙花라고도 한다.

2 看碧成朱(간벽성주): 벽옥색을 보고 붉은색으로 여기다. 붉은색인
지 벽옥색인지 구분을 못하다.

3 上林(상림): 상림원上林苑. 진대에 창건하였고 한 무제 때 확충한
황가 원림. 주위가 삼백여 리가 되고 이궁이 70개소에 이르렀다.
여기서는 부제에서 말한 당대 학사원學士院. ○ 高選(고선): 우수한
성적으로 선발된 관리. 여기서는 문관화를 가리킨다.

4 東塗西抹(동도서말): 여기저기 바르고 문지르다. 원래는 여인이 지
분으로 화장하는 것을 가리켰으나, 제멋대로 글을 썼다는 겸사謙辭
로도 쓰인다.

5 儒冠曾誤(유관증오): 서생은 고지식하여 세상 물정을 몰라 평생 성
취가 없고 출세를 못한다는 뜻이다. 두보의 시「위 좌승께 삼가 드
리며 22운」奉贈韋左丞丈二十二韻에 "비단 옷 입은 자 가운데는 굶어
죽는 사람 없지만, 유생의 관을 쓴 자는 몸을 그르치는 일 많아라."
紈袴不餓死, 儒冠多誤身.를 환기한다.

6 平生官冷(평생관랭): 평생 동안 미관말직을 맡다. 두보의「취시가」
醉時歌에 "사람들은 하나씩 조정에 높은 자리 오르는데, 광문 선생
만은 관직이 쓸쓸하구나."諸公袞袞登臺省, 廣文先生官獨冷.라는 구절
이 있다.

해설

범남백의 집에 있는 문관화를 노래한 영물사이다. 그러나 작품의
중심에는 문관화 못지않게 범남백의 생애에 대한 탄식이 자리 잡고
있다. 꽃을 빌어 사람을 말하는 방식은 영물사의 주요한 표현 방식
가운데 하나이다. 상편은 주로 문관화의 바뀌는 색채와 그 원인을 서
술하였다. 하편은 문관화가 하루 중에도 여러 번 색깔이 바뀌는 현상
에서 영화가 오래가지 못한다는 비유를 끌어와 범남백을 위로하였다.
범남백은 평생 노계현령盧溪縣令과 공안현령公安縣令만 맡았으며, 충훈
랑忠訓郞으로 관직을 마쳤기 때문에 "유관이 사람의 일생을 그르치게
한다더니, 그대는 평생 관직이 쓸쓸하구나"儒冠曾誤, 平生官冷.란 동정
과 탄식을 하게 된다. 이는 더 나아가 뜻을 두고 이루지 못한 신기질
자신에게도 해당하는 말이어서 그 공감이 더욱 깊고 아프다.

생사자生查子

—사를 찾는 사람이 있어 그를 위해 읊다有見詞者, 爲賦

작년엔 제비가 날아와
수놓은 방문 안 깊은 둥지 틀었지.
꽃 핀 오솔길에서 진흙을 물고 와서
거문고와 책을 온통 더럽혔었지.

올해도 제비가 날아왔건만
그 누가 지지배배 우는 소리 들으랴.
주렴을 걷어주는 사람 보이지 않아
저물녘 한바탕 비를 맞았네.

去年燕子來, 繡戶深深處. 香徑得泥歸, 都把琴書汚.
今年燕子來, 誰聽呢喃語.[1] 不見捲簾人, 一陣黃昏雨.

注

1 呢喃(니남): 지지배배. 제비가 우는 소리를 형용한 의성어.

해설

제비를 노래한 영물사이다. 다만 작년과 올해를 비교해가며 다른
상황에 처한 제비를 그리고 있다. 상편은 두보의 「만흥」漫興 제3수를
이용하였다. "초가집이 아주 낮고 작음을 익히 알아, 강가의 제비가

일부러 자주 날아온다. 진흙을 물어와 집 짓다가 떨어져 거문고와 책 안을 더럽히고, 더구나 날벌레 잡는다고 날아다니다가 사람을 치는구나."熟知茅齋絶低小, 江上燕子故來頻. 銜泥點汚琴書內, 更接飛蟲打著人. 두보의 시는 농가의 한가한 일상 가운데 해학미까지 있지만, 신기질의 작품은 "수놓은 방문 안 깊은 곳에 집을 지었지"繡戶深深處라고 하여 긴장된 분위기를 준다. 이러한 긴장은 하편에서 진상이 드러난다. 올해는 아무도 주렴을 걷어주지 않아 집을 짓지 못할 뿐만 아니라 저녁 비까지 맞게 된다. 이렇게 보면 신기질의 이 작품은 일종의 경계나 교훈을 주기 위해 지은 설리사說理詞의 성격을 갖는다.

생사자生查子
─ 중엽매重葉梅[1]

온갖 꽃 가운데 맨 먼저 피어
얼음과 눈발의 추위 속에 보는구나.
서리와 달도 분명 알았으리라
봄바람 같은 얼굴을 먼저 보게 되리라는 것을.

주인은 정과 마음이 깊어
강비江妃의 원망도 아랑곳하지 않고
나를 위해 가장 많이 핀 가지를 꺾어
옥병에 꽂아 내게 주는구나.

百花頭上開,[2] 冰雪寒中見. 霜月定相知, 先識春風面.[3]
主人情意深, 不管江妃怨.[4] 折我最繁枝,[5] 還許冰壺薦.[6]

注

1 重葉梅(중엽매): 매화의 일종. 꽃잎이 여러 겹으로 되어 있어, 매화 가운데 기이한 품종으로 친다.

2 頭上(두상): 맨 먼저.

3 春風面(춘풍면): 봄바람 같은 얼굴. 두보 「영회 고적 5수」詠懷古跡五 首 제3수에 "원제는 그림만으로 봄바람 같은 얼굴을 판단했으니, 달 밤에 혼령이 패옥 소리 울리며 부질없이 돌아가는구나."畵圖省識春風

面, 環珮空歸月夜魂.라는 구절이 있다. 여기서는 매화를 가리킨다.

4 不管(불관): 돌보지 않다. 돌아보지 않다. 생각하지 않다. ○ 江妃(강비): 매비梅妃를 가리킨다. 원래 이름이 강채빈江采蘋으로, 당대 개원 연간 고력사高力士가 민월閩越 지역에 사신으로 갔을 때 데리고 온 젊고 아름다운 여인이다. 현종의 총애를 받았다. 매화를 좋아하여 현종이 '매비'梅妃라 불렀다. 나중에 양옥환楊玉環이 총애를 받게 되자 매비는 상양동궁上陽東宮에 살게 되었다. 한번은 현종이 진주 1곡斛(10말)을 하사하자 매비는 받지 않고 시를 지어 보냈다. "버들잎 두 눈썹 오랫동안 그리지 않았는데, 옅은 화장 눈물에 섞여 붉은 비단 적시는군요. 장문궁은 예부터 머리도 안 빗고 세수도 하지 않는 곳인데, 어찌하여 진주로 적막을 위로하나요."柳葉雙眉久不描, 殘妝和淚濕紅綃, 長門自是無梳洗, 何必珍珠慰寂寥!『개원천보유사 10종』開元天寶遺事十種 중의 『매비전』梅妃傳 참조.

5 折我(절아) 구: 소식蘇軾의 「양공제의 '매화 10절구'에 다시 화답하며」再和楊公濟梅花十絶에서 "호면에 편편히 날아 처음 놀랐는데, 가장 많이 핀 가지를 술잔 앞 나에게 꺾어주게나."湖面初驚片片飛, 尊前折我最繁枝.라는 구절을 이용하였다.

6 許(허): 응답하다. 응낙하다. ○ 冰壺(빙호): 얼음이 든 옥항아리. 결백을 비유한다. ○ 薦(천): 진헌하다. 올리다.

해설

매화를 노래한 영물사이다. 상편은 중엽매가 눈과 얼음 속에서 온갖 꽃에 앞서 피어나 봄을 알리는 모습을 그렸다. 하편은 중엽매에 대한 주인의 사랑을 묘사하였다. 하편의 제2구를 보면 주인은 강비江妃와 같이 다른 꽃보다도 매화를 더 사랑한 것으로 나타나고, 때문에 다른 꽃들이 주인을 원망한다. 다른 한편 강비도 매화를 사랑하기 때문에 강비가 매화를 사랑하는 것보다 주인이 더 매화를 사랑한다고 할 수 있고, 이 때문에 강비가 주인을 원망한다고 볼 수도 있다. 풍설을 두려워하지 않는 매화의 높은 품격을 상찬한 것은, 곧 작자의 정신적 자화상이라 할 수 있다.

생사자生査子

― 서암에서 혼자 노닐며獨遊西巖[1]

청산은 불러도 오지 않고
높이 솟아있으니 누가 너를 좋아하랴.
한 해가 저물어가는 아주 추운 이 때
청산은 나를 불러 계곡에서 살라 하네.

산머리에 밝은 달이 왔는데
본디 하늘 높은 곳에 있었지.
밤마다 맑은 개울에 내려와
「이소」離騷 읽는 소리 듣고 가네.

靑山招不來, 偃蹇誰憐汝.[2] 歲晚太寒生,[3] 喚我溪邊住.
山頭明月來, 本在天高處. 夜夜入淸溪, 聽讀離騷去.[4]

注

1 西巖(서암): 지금의 강서성 상요시 동쪽에 소재. 엎어진 종과 같은
   형상이다. 속이 비어 있고 소라 모양의 바위가 매달려 있는데 거기
   에서 시시로 물이 떨어진다. 『상요현지』上饒縣志 참조.
2 偃蹇(언건): 높이 솟다. 여기에서 오만하다는 뜻이 파생되었다. ○
   憐(련): 좋아하다. 사랑하다.
3 生(생): 어미조사. 뜻이 없다.

4 離騷(이소): 전국시대 굴원이 지은 작품. 초나라의 정치적 모순을 배경으로 신화적 상상력을 동원하여 자신의 고결함과 우국충정을 호소하는 내용이다.

해설

산촌에 사는 적막감을 노래하였다. 청산과 명월을 반려로 삼아 살아가는 청정감과 고적감이 충만하다. 우뚝 솟아 오만한 청산이지만 작자를 불러 곁에 들이는 모습에서 자연이 주는 세한歲寒의 엄준함과 온화한 친근감을 함께 표현하였다. 하편에서는 명월이 밤마다 다가와 시인이 「이소」를 읽는 소리를 듣고 가는 모습에서 작자의 울분과 자연이 주는 위안을 읽을 수 있다. 청산과 명월을 의인화시켜 상호 융합하는 정경이 정취 있고 함축적이다.

생사자生查子

— 서암에서 혼자 노닐며獨遊西巖[1]

청산이 아름답지 않은 것은 아니나
내가 머물러 사는 뜻을 알아주지 않네.
얼음 같이 찬 시냇물에 발을 담그는 건
맑은 시내를 사랑하기 때문이라네.

아침이면 산새가 와 우짖으며
산 높이 올라가라 권하네.
내 뜻은 산새와 상관없이
스스로 시상詩想을 찾으러 간다네.

青山非不佳,[2] 未解留儂住. 赤脚踏層冰, 爲愛淸溪故.
朝來山鳥啼, 勸上山高處. 我意不關渠,[3] 自要尋詩去.

注

1 西巖(서암): 상요에 있는 바위. 바로 앞의 작품 참조.
2 靑山(청산) 2구: 이덕유李德裕의 「애주 성루에 올라」登崖州城樓에
　"청산은 마치 사람에게 머물고 살라는 듯, 백 겹 천 겹으로 성을
　둘러싸고 있네."靑山似欲留人住, 百匝千遭繞郡城.란 시구가 있다. 여기
　서는 그 뜻을 반대로 이용하였다.
3 渠(거): 그. 그 사람. 여기서는 새를 가리킨다.

산중에서 지내는 정취를 나타내었다. 산과 작자와의 관계는 완전히 일체가 되어 융합하는 사이가 아니라 어느 정도 거리가 있는 관계로 설정된다. 청산은 "내가 머물러 사는 뜻을 알아주지 않"未解留儂住는 것이다. 이는 바로 앞의 사에서 "청산은 불러도 오지 않고, 높이 솟아 있으니 누가 너를 좋아하랴"青山招不來, 偃蹇誰憐汝.라고 한 점과 유사 하다. 이러한 거리감 속에 작자의 지향은 더욱 강해져 맨발로 얼음을 밟고 다니기도 한다. 바로 앞의 사에서 명월이 친밀감을 표현했다면 여기서는 산새가 두 손을 내밀고 받아들인다. 이처럼 작자와 자연의 관계는 일방적인 관계가 아니라 역동적인 관계라 할 수 있다.

완계사浣溪沙
― 황사령黃沙嶺[1]

몇 발짝 안 되는 가까운 거리에 솟아오른 백 척의 누대
외딴 성 봄 강물에 갈매기 한 마리.
나무 위에 부는 바람 그 언제 멈추려나.

사람 가는 길에 불쑥 솟은 산 바위는 사납고
길을 비켜 외진 곳에 피어있는 흐릿한 들꽃은 수줍은 듯.
인가와 잔잔한 강은 사당의 동쪽에 있다네.

寸步人間百尺樓,[2] 孤城春水一沙鷗.[3] 天風吹樹幾時休.
突兀趁人山石狠,[4] 朦朧避路野花羞. 人家平水廟東頭.

注

1 黃沙嶺(황사령): 상요현 서쪽 건원향乾元鄕에 소재한 고개. 높이는
  약 15장丈 정도로 그 아래 계곡은 백 명을 들일 만 한 규모이다.
  신기질은 여기에 서재를 지었다. 신기질이 이곳을 좋아하였음은 그
  가 쓴 시 「황사서원」黃沙書院 등에 반영되어 있다.
2 寸步(촌보): 1촌 길이의 걸음. 아주 짧은 걸음. ○ 百尺樓(백척루):
  백 척 높이의 누대. 높은 누대. 이 구는 한 걸음을 걷지 않아도 드높
  은 누대가 솟아있듯 황사령이 험준하다는 뜻이다.
3 一沙鷗(일사구): 모래 밭 위의 한 마리 갈매기. 두보의 「여행길 밤

에 감회를 쓰다」旅夜書懷에 "표표히 떠도는 신세 무엇과 같은가, 하늘 밖 한 마리 갈매기일세."飄飄何所似? 天地一沙鷗.라는 구절이 있다.

4 突兀(돌올) 구: 두보의 「청양협」靑陽峽에 "불쑥 솟은 청양협이여, 비록 사람을 따라 왔지만, 여기에 와서 우주의 까마득함에 감탄하노라."突兀猶趁人, 及茲歎冥寞.라는 구절이 있다.

해설

황사령의 모습과 주위 풍광을 그렸다. 상편은 높은 고개와 드센 바람을 묘사하였다. '백 척의 누대'는 한 걸음도 채 못 되는 짧은 거리에 황사령이 험준하게 불쑥 솟아있는 모습을 가리킨다. '갈매기'는 두보의 "하늘 밖 한 마리 갈매기"天地一沙鷗와 마찬가지로 자기 자신의 이미지이다. 이렇게 보면 황사령과 갈매기는 풍경이자 시인 자신의 정신적 이미지이기도 하다. 하편에서는 고개를 오르다 보는 바위와 들꽃, 그리고 고개 위에 올라 내려다보는 인가와 강을 묘사하였다. 신기질이 좋아하였던 곳을 담담히 묘사하였다.

완계사浣溪沙

— 흥에 따라 지음漫興作

산 앞에 이르기도 전에 말을 돌려 돌아가니
바람 불고 비 내리쳐 매화도 이미 없어
누구와 함께 두세 잔 술 마시며 소일할 거나?

예전에 봄을 찾았던 마음과 꼭 같건만
백에 하나도 예전 같지 않고 몸조차 늙었으니
예전에는 머리에 꽃을 꽂았었지.

未到山前騎馬回, 風吹雨打已無梅, 共誰消遣兩三杯.
一似舊時春意思,¹ 百無是處老形骸,² 也曾頭上戴花來.

注

1 一似(일사): 마치. 비슷하다. ○ 意思(의사): 의미.
2 百無是處(백무시처): 모두 틀리다. 백 가지에 옳은 곳이 없다.

해설

　봄날 산놀이를 가다가 일어나는 감흥을 썼다. 상편은 막상 산놀이
에 나섰지만 중간에 돌아오는 상황을 썼다. 그것은 두 가지 이유 때문
인데 하나는 날씨요, 다른 하나는 함께 할 마음에 드는 사람이 없기
때문이다. 하편은 예전의 봄놀이와 비교하는 관점에서 지금 흥이 나지

않는 이유를 썼다. 역시 두 가지 이유로, 하나는 늙었기 때문이요, 다른 하나는 머리에 꽃을 꽂는 활기가 없기 때문이다. '꽃을 꽂는'戴花 것은 낭만적인 정신이자 청년기의 영웅적인 정신이기도 하리라.

자고천鷓鴣天
— 황사령 가는 도중에 보고 느끼는 대로 읊다 黃沙道中卽事[1]

시구詩句 속에 봄바람을 때마침 재단裁斷하고 있었는데
골짜기와 산이 그림을 펼치누나.
갈매기는 절로 빈 배를 따라가고
개는 촌부를 맞이하여 돌아온다.

소나무와 대나무
비췻빛이 쌓인 채
잔설을 떠받치며 성긴 매화와 아름다움을 다투는구나.
이리저리 나는 까마귀는 필경 생각이 없어
시시로 옥 같은 눈을 차서 떨어뜨리는구나.

句裏春風正剪裁,[2] 溪山一片畵圖開. 輕鷗自趁虛船去, 荒犬還
迎野婦回.

松共竹, 翠成堆. 要擎殘雪鬪疎梅. 亂鴉畢竟無才思, 時把瓊瑤
蹴下來.[3]

注

1 黃沙(황사): 황사령. 상요현 서쪽 건원향乾元鄉에 소재한 고개. 신
   기질은 여기에 서재를 지었다.

2 句裏(구리) 구: 시를 구상함에 있어 마치 봄바람을 잘라오듯 아름

다운 풍광을 묘사하다.
3 瓊瑤(경요): 아름다운 옥. 여기서는 눈에 비유한다.

해설

　황사령의 초봄 풍광을 그렸다. 상편은 황사령 가는 도중에 보이는 생기 있는 풍경을 묘사하였다. 자신이 시에서 구상하는 경관보다 더욱 청신한 모습에 잠시 눈길을 빼앗긴 작자는 배를 따라가는 갈매기와 촌부를 따라오는 개를 바라본다. 하편은 송죽과 매화가 서로 봄을 다투는 모습을 그렸다. 소나무, 대나무, 매화는 '세한삼우'歲寒三友로 알려졌거니와 이들이 강렬한 대비로 서로 어우러져 있다. 까마귀가 옥 같은 눈을 차서 떨어뜨리는 모습도 아취가 있다. 이들이 어우러져 "골짜기와 산이 그림을 펼치는"溪山一片畵圖開 모습이 청신하고 아름답다.

서강월西江月
— 밤에 황사령 가는 도중에夜行黃沙道中

밝은 달 떠오르자 가지 끝 까치 놀라고
맑은 바람에 한밤중 매미가 우는구나.
벼꽃 향기 속에 풍년을 노래하는
한바탕 들려오는 개구리 울음소리.

예닐곱 개 별들이 하늘 밖에 빛나는데
두세 점 빗방울이 산 앞에 떨어진다.
예전의 토지묘土地廟 숲 옆의 초가 객점이
길을 돌아가니 계곡의 다리 옆으로 홀연 나타나네.

明月別枝驚鵲,¹ 清風半夜鳴蟬. 稻花香裏說豐年,² 聽取蛙聲
一片.
七八箇星天外, 兩三點雨山前. 舊時茆店社林邊,³ 路轉溪橋
忽見.

注

1 別枝(별지): 멀리 있는 가지.
2 說豐年(설풍년): 풍년을 노래한다.
3 茆店(묘점): 모점茅店. 띠로 엮은 객사. ○ 社林(사림): 토지신을 모
  시는 사당에 딸린 숲.

　황사령 가는 길의 여름밤 풍광을 그렸다. 상편은 산야의 정경을 시각, 청각, 후각을 사용하여 묘사하였다. 달빛이 환하여 까마귀가 놀라 날고 바람에 놀라 매미가 깨어나 운다. 조용하고 충일한 밤의 풍경 속에 벼꽃 향기가 넘치고 개구리가 풍년을 노래한다. 하편은 밤비가 내리기 시작할 때의 순간을 잡아 묘사하였다. 두세 점의 빗방울을 맞자 비를 피할 장소를 급히 찾는다. 예전의 기억을 떠올리며 찾는 중에 그때 초가 객점이 보인다. 시인의 기쁜 마음이 구절 밖으로 넘쳐난다. 상편이 하나의 무대이자 배경이라면 하편은 주인공의 활동을 묘사하였다. 신기질의 대표작 가운데 하나이다.

호사근好事近

― 연석에서 왕도부의 '대보름 입춘'에 화답하며席上和王道夫賦元夕立春[1]

채승綵勝이 화등華燈과 아름다움을 다투며
조용히 동풍에 나부끼는구나.
눈 속의 보이지 않는 명월을 불러
태수를 모시고 놀아야 하리라.

붉은 깃발 들고 달리던 철마는 봄 강의 얼음을 울렸는데
늙어지니 이 마음도 엷어지는구나.
다만 앞마을에 매화가 피었으니
꽃가지 하나를 청하여 화답하리라.

綵勝鬪華燈,[2] 平把東風吹却.[3] 喚取雪中明月, 伴使君行樂.[4]
紅旗鐵馬響春冰, 老去此情薄. 惟有前村梅在,[5] 倩一枝隨着.

注

1 王道夫(왕도부): 왕자중王自中. 1191년 신주 지주信州知州가 되었
  다. ○ 元夕(원석): 원소元宵 또는 상원上元이라고도 한다. 정월 대보
  름 밤. ○ 立春(입춘): 이십사절기 가운데 하나. 양력 2월 4일 또는
  5일이다. 부제에서 '원석 입춘'이란 정월 대보름과 입춘이 같은 날
  이란 뜻이다.
2 綵勝(채승): 彩勝(채승)이라고도 쓴다. 비단이나 형겊을 꽃이나 나
  비 모양으로 오려 여인의 머리나 꽃가지에 다는 장식물. 입춘에 다

는 풍속이 있기에 춘번春幡 또는 번승幡勝이라 했다. 『세시풍토기』
歲時風土記 참조. 이 풍속은 『형초세시기』荊楚歲時記에도 보이는 것
으로 보아 남북조시대부터 있었지만, 송대에 더욱 번성하였다.

3 把(파): 被被. 피동을 나타낸다. 사권본四卷本에서는 地(지)라 되어
있다.

4 使君(사군): 주군州郡의 장관. 한대의 지방 최고 행정관인 태수太守
혹은 자사刺史. 여기서는 왕도부를 가리킨다.

5 惟有(유유) 2구: 당대 말기 시승詩僧 제기齊己의 「이른 매화」早梅를
환기한다. 제기는 처음에 "앞마을에 쌓인 눈 속에서, 어젯밤 여러
가지에 꽃이 피었어라."前村深雪裏, 昨夜數枝開.라고 하였는데, 일찍
이 정곡鄭谷이 이를 보고 '어젯밤 가지 하나에 꽃이 피었어라'昨夜一
枝開라 고쳐 주었다.

해설

정월 대보름날이자 입춘날의 행락과 감회를 서술하였다. 상편은 입
춘의 채승 풍속과 대보름의 관등놀이 풍속이 함께 벌어지는 자리에,
비록 눈이 내려 달이 보이지 않지만 지주知州를 모시고 연석에 자리한
광경을 그렸다. 하편은 같은 명절에 대한 금석지감의 차이를 말하면서
도 봄을 맞이하는 뜻을 나타내었다. "붉은 깃발 들고 달리던 철마는
봄 강의 얼음을 울렸는데"紅旗鐵馬響春冰와 같은 강렬한 이미지는 자신
이 젊었을 때 막 남하하여 즐기던 원소절을 표현한 것으로, 지금은
그러한 마음이 옅어졌다고 토로하고 있다. 그런다 해도 당말 제기齊己
가 "앞마을에 쌓인 눈 속에서, 어젯밤 가지 하나에 꽃이 피었어라"前村
深雪裏, 昨夜一枝開.의 시구처럼 봄을 찾는 그 정신만은 지니고 있겠다
고 다짐하였다. 1192년(53세) 2월에 지었다.

염노교念奴嬌
— 신주 지주 왕도부의 '연석에서'에 화운하며和信守王道夫席上韻[1]

거센 바람에 휘몰아치는 빗줄기
정원을 쓸어가버리니
도리꽃은 얼마나 남았는지?
누대에 올라갈 기력도 없거니와
먼지 가득 앉은 난간에 누가 기대어 있으랴?
불을 쬐고 옷을 껴입고
향로를 머리맡으로 옮겨왔으니
주렴도 걷어 올리지 말아라.
원소절도 지났는데
봄추위가 아직도 이와 같구나.

묻노니 언제 날이 맑게 개어
비둘기가 지붕 위에서 울고
까치가 처마 앞에서 까악까악 희소식을 알리려나.
늘그막에 시구를 찾는 눈을 닦으며
둑을 때리는 봄 강물을 보리라.
달빛 아래 여인의 어깨에 기대기도 하고
꽃밭 옆에 말을 매어두기도 했었는데
지금은 그러한 흥취 없어졌네.

계곡 남쪽에 박주가 있으니
광음光陰은 순식간에 가버린다네.

風狂雨橫, 是邀勒園林,² 幾多桃李. 待上層樓無氣力, 塵滿欄干
誰倚? 就火添衣, 移香傍枕, 莫捲珠簾起. 元宵過也, 春寒猶自如此.
爲問幾日新晴, 鳩鳴屋上, 鵲報簷前喜. 揩拭老來詩句眼,³ 要看
拍堤春水. 月下憑肩, 花邊繫馬, 此興今休矣. 溪南酒賤,⁴ 光陰只
在彈指.

注

1 信守(신수): 신주 지주知州. ○ 王道夫(왕도부): 바로 앞의 사 참조.

2 邀勒(요륵): 압박하다. 강압하다. 핍박하다.

3 揩拭(개식): 닦다. 깨끗이 닦다.

4 酒賤(주천): 술이 박하다. 술의 질이 떨어지다.

해설

　봄의 상감傷感을 나타내었다. 상편은 비바람이 들이닥치는 봄날 봄
추위에 주렴도 닫고 화로를 끌어당겨 옷을 덧입는 게으른 마음을 나타
내었다. 하편은 비록 봄을 즐기는 흥취는 약해졌지만 날이 개기를 기
다리면서 봄의 경관을 기대하는 마음을 나타내었다. 말미에서 광음을
아껴 박주일망정 즐기겠다는 데서 더욱 뚜렷이 나타난다. 1192년 2월
에 지었다.

최고루最高樓

― 홍경로 한림의 일흔 생신을 경하하며慶洪景盧內翰七十[1]

금마문金馬門의 원로께
수명이 강물처럼 무궁하기를 기원합니다.
일흔의 풍성한 연회.
백거이의 시구는 향산香山에 있었고
두보의 술 외상값은 곡강曲江 가에 있었으니
묻노니 그에 비하면 어떠한가
구성진 노래가 있고
아름다운 춤이 있습니다.

지금에서 열 살을 더하면 강태공이 마침 장수로 나갈 때요
다시 열 살을 더하면 위 무공衛武公이 마침 재상으로 들어갈 때라.
성대한 일을 남겨두고 있으니
내년에 보게 되리라.
모름지기 곧장 허리에는 금인金印을 보태어야 하고
머리에는 초선관이 없어서는 안 되리라.
인간 세상에서
오래도록 부귀를 누리고
지행선地行仙이 되소서.

金閨老,[2] 眉壽正如川.[3] 七十且華筵. 樂天詩句香山裏,[4] 杜陵酒債曲江邊.[5] 問何如, 歌窈窕,[6] 舞嬋娟?[7]

更十歲太公方出將;[8] 又十歲武公方入相.[9] 留盛事, 看明年. 直須腰下添金印,[10] 莫敎頭上欠貂蟬. 向人間, 長富貴, 地行仙.[11]

注

1 洪景盧(홍경로): 홍매洪邁. 경로는 자. 길주 지주, 기거사인을 역임하고 1166년 기거랑을 거쳐 중서사인 겸 시독과 직학사원을 거쳤다. 이후 공주 지주, 건녕부 지부 등을 역임했다. 『용재수필』容齋隨筆로 유명하다. ○ 內翰(내한): 한림翰林을 가리킨다.

2 金閨(금규): 금마문金馬門. 한 무제漢武帝가 미앙궁未央宮 앞의 금마문에 문인을 발탁하여 고문에 응하게 한 일에서, 뛰어난 문인들이 활동하는 장소를 가리키며, 후세에 한림원을 가리킨다.

3 眉壽(미수): 장수를 기원하다. 고대에는 두터운 눈썹은 장수의 관상이었다. ○ 如川(여천): 강물과 같이 무궁하다.

4 樂天(낙천): 당대 시인 백거이白居易. 자가 낙천이었다. 만년에 호를 향산거사香山居士라 하였다. 낙양에서 살면서 시내를 끌어들이고 나무를 심고 누대를 짓고, 여덟 명의 노인과 시를 짓고 술을 마시며 지냈다. 그들을 모두 합쳐 향산구로香山九老라 하였다. 『신당서』「백거이전」참조.

5 杜陵酒債(두릉주채): 두보杜甫가 장안 남쪽 교외의 두릉에 살았기때문에, 두릉은 두보를 가리킨다. 두보의 시「곡강」曲江 제2수에 "술 외상값은 으레 가는 곳마다 있고, 사람살이 칠십 세는 예부터 드물어라."酒債尋常行處有, 人生七十古來稀.라는 구절이 있다. ○ 曲江(곡강): 장안 동남 교외에 소재했던 유람 명승지. 강이 굽이져 흘러서 이름 붙여졌다.

6 歌窈窕(가요조):「요조」의 장을 노래하다. 소식의 「적벽부」에 "명월」의 시를 읊고, 「요조」의 장을 노래하다."誦明月之詩, 歌窈窕之章.는 구절이 있다. 「요조」는 『시경』「월출」月出을 가리킨다.

7 嬋娟(선연): 고운 모양. 여기서는 무희舞姬의 춤추는 모양을 형용한다.

8 太公(태공): 강태공姜太公을 가리킨다. 본명은 여상呂尙인데, 여망呂望이라 부르기도 한다. 쉰 살에 음식을 팔았고, 일흔에 조가朝歌에서 백정으로 지내다가, 여든 살 때 위수渭水의 반계磻溪에서 낚시하다가 주 문왕周文王을 만나 재상이 되었다. 문왕은 자신의 선친 태공太公이 주나라에 성인이 나오기를 기다렸는데, 여상을 "태공이 기다리던 사람"이란 뜻으로 '태공망'太公望이라고 불렀다. 문왕과 무왕을 도와 주나라를 건국하는데 큰 공을 세웠다.

9 武公(무공): 위 무공衛武公. 이름은 위화衛和. 춘추시대 위나라 11대 군주. 기원전 812~758 재위. 위나라를 건국한 강숙康叔의 정령을 시행하고 백성을 안정시켰다. 또 견융犬戎이 서주를 공격하고 유왕幽王을 죽이자, 군사를 이끌고 나가 평왕平王을 도와 견융의 반란을 평정하고 낙읍洛邑으로 천도하였다. 나이 95세 때 위나라 백성들에게 직언으로써 자신을 도와달라고 하였다. 『국어』「초어」楚語 참조.

10 直須(직수) 2구: 허리에는 금인을 차고 머리에는 초선관을 쓰다. 금인은 공적이 현저한 사람이 차게 되는 관인. 초선관은 황금 매미로 장식하고 담비 꼬리를 꽂은 관으로 고관이 쓴다.

11 地行仙(지행선): 원래는 불교의 『능엄경』楞嚴經에 나오는 장수의 신선. 보통 장수하거나 은거하는 사람을 가리킨다.

해설

홍경로의 일흔 생신을 축하하는 축수사祝壽詞이다. 상편은 정식으로 축수의 말을 올리면서 비록 백거이와 두보의 시와 술처럼 유명하진 않지만 가녀와 무희가 있다고 말하였다. 하편은 강태공과 위 무공처럼 출장입상出將入相의 공을 세워 금인을 차고 초선관을 쓰기를 기원하며 나아가 지행선地行仙이 되기를 송축하였다. 축수사에 흔히 보이는 부귀, 공명, 장수를 모두 언급하고 있으며, 백거이와 두보의 전고 이외에는 비교적 형식적인 수사에 멈추어 있다. 당시 홍경로(홍매)의 아들 홍신지洪莘之가 신주 통판信州通判으로 있었기 때문에 이들과 자주 교류가 있었다. 1192년(53세) 봄에 지었다.

가헌사 稼軒詞 권3

칠민(七閩) 시기, 총 36수
1192년(송 광종 소희 3)부터 1194년(소희 5)까지

완계사浣溪沙

— 임자년 복건 제점형옥사로 부임하러 표천을 떠나며壬子年, 赴閩憲,
別瓢泉[1]

봄 산의 두견새 울음을 자세히 들으니
소리마다 송별의 시詩로다.
아침 무렵 흰 새는 나를 등지고 날아가네.

바위 아래 누워 있던 정자진鄭子眞을 마주했었고
국화 필 때 만나자던 도연명을 따랐었지.
지금은 「북산이문」北山移文을 읊을 만하니 산중의 친구들에게 부끄
러워라.

細聽春山杜宇啼,[2] 一聲聲是送行詩. 朝來白鳥背人飛.[3]
對鄭子眞巖石臥,[4] 趁陶元亮菊花期.[5] 而今堪誦北山移.[6]

注

1 壬子年(임자년): 1192년. 남송 광종光宗 소희紹熙 3년. ○ 閩(민): 복
건 ○ 헌(憲): 헌사憲司의 약칭으로 송대에는 제점형옥提點刑獄에 해
당한다. 후세의 안찰사按察使. ○ 瓢泉(표천): 강서 신주信州 연산현
鉛山縣 동남쪽 이십오 리에 소재한 우물. 원래 주씨천周氏泉이었으
나 신기질이 모양이 표주박 같다고 하여 새로 이름 지었다.

2 杜宇(두우): 두견새. 자규, 귀촉도, 두우, 두혼, 불여귀 등 여러 이름

이 있다. 『화양국지』에는 촉 지방에 "어부魚鳧 왕이 죽은 후 두우杜宇라는 왕이 있었는데, 백성들에게 농사를 가르쳤고 별호를 망제望帝라 하였다."고 간략하게 기술되어 있다. 『성도기』成都記에는 "망제가 죽은 후 그 혼이 새가 되었는데 이름을 두견 또는 자규라 하였다."고 기록하였다. 고대인들은 그 울음소리가 마치 '차라리 돌아가자'라는 뜻의 '부루궤이취'不如歸去라고 운다고 보았기에 나그네에게 고향 생각을 일으키는 새로 알려졌다.

3 背人飛(배인비): 사람을 등지고 날아가다. 온정균溫庭筠의 「위수 강가에 쓰다」渭上題에 "다리 위에 명리 쫓는 발자국 지나간 뒤로, 지금도 물새들은 사람을 등지고 날아가네."橋上一通名利迹, 至今江鳥背人飛.란 구절을 환기한다. 그러므로 이 흰 새는 갈매기라 볼 수 있다. 신기질이 대호에 은거하는 초기에 지은 「수조가두 —대호를 내 무척 사랑하나니」에서 갈매기와 영원히 서로 짝하며 지내기로 맹세하였다. 지금 갑자기 떠나게 되니 그 약속을 저버린 셈이 되어 갈매기가 책망하는 듯하다.

4 鄭子眞(정자진): 본명은 정박鄭璞. 서한 성제 때 은사. 성제成帝의 삼촌인 대장군 왕봉王鳳이 예를 갖추어 초빙했으나 응하지 않고, 곡구谷口(지금의 섬서성 涇陽縣 서북)에 살았으므로 사람들이 '곡구 자진'谷口子眞이라 불렀다. 양웅揚雄은 『법언』法言「문신」問神에서 "곡구谷口의 정자진은 자신의 뜻을 굽히지 않고 산속에서 밭 갈고 살며 장안에 이름을 떨쳤다."谷口鄭子眞, 不屈其志而耕乎巖石之下, 名震于京師.고 칭송하였다.

5 陶元亮(도원량): 동진 때의 도연명陶淵明. 오두미를 얻기 위해 소인배에게 허리를 굽히는 것을 치욕으로 삼아 팽택령을 그만두고 은거하였다. 국화를 매우 좋아했다.

6 北山移(북산이): 남제 때 공치규孔稚珪가 쓴 「북산이문」北山移文. 원

래 공치규와 주옹周顒 등이 종산鍾山(지금의 남경시)에 은거하기로 하였으나, 나중에 주옹이 조정의 부름에 출사하였고, 임기가 만료되어 도성에 들어와 다시 종산을 지나가자 공치규가 이 문장을 썼다. 산령山靈의 어조로 주옹이 약속을 어기고 출사한 일을 풍자하면서 산에 들어오는 것을 거절하는 내용이다.

해설

새 임지인 복건으로 부임하면서 출사와 은거의 지향 사이에서 고민하였다. 신기질은 1181년 겨울 탄핵을 받고 부터 1191년 겨울까지 10년간 상요의 대호와 표천에서 한거하였다가, 1192년(53세) 봄 복건제점형옥사福建提點刑獄使로 부임하게 된다. 상편은 두견새와 흰 새(갈매기)로 자신의 마음을 나타내었다. 두견새는 빨리 돌아오라는 뜻으로 나를 말리고, 흰 새는 예전에 무구한 마음으로 영원히 함께 은거하자는 맹약을 저버린 데 대해 질책의 표시로 나를 등지고 날아가 버린다. 하편은 함께 은거했던 정자진과 도연명과 같은 친구들을 두고 혼자 출사하는 것이 마치 공치규孔稚珪 등을 두고 떠난 주옹周顒과 같다는 비유로 자신의 부끄러움을 표현하였다. 당시 독선기신獨善其身과 겸선천하兼善天下 사이에서 상당한 심리적 압박을 받았던 신기질의 정신적 면모가 잘 드러나 있다.

임강선臨江仙

—신주 지주 왕도부에 화운하며, 생일을 축하해준 데 대해 감사하다.
이때 나는 복건 제점형옥으로 있었다和信守王道夫韻, 謝其爲壽. 時僕
作閩憲[1]

해마다 내 생일에 축하객으로 왔던 일 기억하는데
이번에는 멀리서 명월에 부쳐 축하사를 보내왔구나.
'악기에 거미줄이 쳐지지 않도록 자주 즐기라' 하고
'술잔을 끌어당겨 자작하라' 하고
'부귀는 언제 오는지 모르니 상관 마라' 하네.

맑은 바람과 같은 그대의 사詞를 손에 받아드니 더욱 좋은데
흰 비단의 오사란烏絲欄에 가는 글씨로 썼구나.
나더러 언제 바다에 있는 삼신산으로 돌아가느냐고 묻는데
만약 참외만한 큰 대추를 먹을 수 있다면
바로 안기생安期生을 찾아 떠나가리라.

記取年年爲壽客, 只今明月相隨.[2] 莫敎絃管便生衣.[3] 引壺觴自
酌,[4] 須富貴何時.
入手淸風詞更好,[5] 細書白繭烏絲.[6] 海山問我幾時歸. 棗瓜如可
啖,[7] 直欲覓安期.

1 信守(신수): 신주信州 지주知州. ○ 王道夫(왕도부): 왕자중王自中. 1191년에 신주 지주信州知州가 되어 신기질과 자주 창화하였다. ○ 閩憲(민헌): 복건 제점형옥사.

2 明月相隨(명월상수): 명월이 따르다. 이백의 「왕창령이 용표로 좌천되었다는 소식을 듣고 멀리서 시를 부침」聞王昌齡左遷龍標遙有此寄의 뜻을 환기한다. "버들개지 다 떨어지니 두견새 울어, 듣자하니 용표는 오계 너머 있다 하네. 나의 걱정스러운 마음 명월에 부치니, 바람 따라 곧바로 야랑의 서쪽까지 가리라."楊花落盡子規啼, 聞道龍標過五溪. 我寄愁心與明月, 隨風直到夜郎西.

3 絃管便生衣(현관변생의): 악기를 오랫동안 사용하지 않으면 곧 거미줄이 덮는다는 비유이다.

4 引壺(인호) 구: 도연명의 「귀거래사」歸去來辭에 "술잔을 끌어당겨 홀로 술을 따라 마시며, 뜰의 나뭇가지를 바라보며 기쁜 얼굴을 하다."引壺觴而自酌, 眄庭柯以怡顔.는 구절을 이용하였다.

5 淸風(청풍): 맑고 부드러운 바람. 『시경』 「증민」烝民에 "윤길보가 노래를 지으니, 화목하기가 맑은 바람 같구나."吉甫作誦, 穆如淸風.란 구절이 있다. 주희가 청풍에 대해 주석을 달기를 "맑고 부드러운 바람으로, 만물을 기른다."淸微之風, 化養萬物者也.고 하였다.

6 白繭(백견): 흰 고치. 비단의 일종. ○ 烏絲(오사): 오사란烏絲欄. 종이 위에 먹선으로 그린 네모꼴 격자.

7 棗瓜(조과) 2구: 한대 방사方士 이소군李少君이 무제에게 말하기를 "신이 바닷가를 노닐다가 안기생을 만났는데 참외만한 큰 대추를 먹고 있었습니다."臣常游海上, 見安期生. 安期生食巨棗大如瓜.라고 하였다. 『사기』 「봉선서」封禪書 참조.

　왕도부가 보내온 생일 축하 작품에 대한 답사이다. 상편은 신주에서 복건으로 보내온 왕도부 사의 내용이다. 그 내용은 자주 즐기고, 술을 마시고, 부귀와 공명은 잊고 살라고 하였다. 하편은 이에 대한 작자의 감사의 뜻을 썼다. 고대에 신선이 되라고 축원하는 것은 곧 장수하라는 의미이다. 만약 안기생처럼 큰 대추를 먹고 신선이 될 수 있다면 바로 그렇게 하겠다는 뜻을 나타내었다. 물론 이것은 은거에 대한 지향이 아직 없다는 비유이기도 하다. 1192년(53세) 여름에 지었다.

하신랑賀新郞

— 빗속에서 삼산의 서호를 유람하며, 조 승상의 준설에 감회가 있어
三山雨中游西湖, 有懷趙丞相經始[1]

비췻빛 물결이 평야를 삼키는데
그 누가 은하수를 끌어와 펼쳐놓고 비추고 있는가
와룡산 아래.
비 내리고 안개 낄 때도 좋지만 개인 때는 더욱 좋아
처녀 때의 서시西施 모습과 비슷하구나.
'강산도'江山圖를 자세히 그린다면
천 이랑 물결 가운데 염여퇴灩澦堆가 있고
일엽편주가 구당협瞿塘峽의 암초 사이를 내려가려는 듯해라.
준설에 대해 시시비비가 있었지만
너무 많아 쓰기가 어렵구나.

시인들은 으레 서호시사西湖詩社에 가입했었지.
기억하건대 풍류 군자가 다시 와보니 손수 심었던 나무는
녹음이 무성하구나.
길 위의 유람객들은 이곳에 개국했던 옛 나라를 자랑하는데
십 리에 수정궁水晶宮 누대와 정자가 있었고
더구나 이층 회랑이 맑은 밤하늘을 가로질렀다지.
미녀들이 모래톱에서 아름다운 노래를 불렀다는데

이제 옛일을 물어보려 해도 그 당시의 물고기와 새는 남아 있지
않구나.
들보 위의 제비만이
다시 날아와 긴 여름을 보내누나.

翠浪吞平野. 挽天河誰來照影, 臥龍山下.² 煙雨偏宜晴更好,³
約略西施未嫁. 待細把江山圖畫. 千頃光中堆灩澦,⁴ 似扁舟欲下
瞿塘馬.⁵ 中有句⁶, 浩難寫.

　詩人例入西湖社.⁷ 記風流重來手種,⁸ 綠成陰也. 陌上游人誇故
國,⁹ 十里水晶臺榭.¹⁰ 更複道橫空淸夜.¹¹ 粉黛中洲歌妙曲,¹² 問當
年魚鳥無存者. 堂上燕, 又長夏.

注

1 三山(삼산): 지금의 복건 복주시福州市. 성 안에 구선산九仙山, 민산
閩山, 월산越山 등 세 산이 있기 때문에 이름 붙여졌다. ○ 西湖(서
호): 복주의 서호를 가리킨다. 성 서쪽 3리에 소재했다. ○ 趙丞相
(조승상): 조여우趙汝愚를 가리킨다. 복건 안무사, 사천 제치사 겸
성도부 지부, 이부상서, 동지추밀원사 등을 역임하였다. 1182년 복
건 안무사로 있을 때 조정에 서호를 준설할 것을 주청하여 실시하
였다. 1191년 이부상서가 되고, 1194년에 우승상이 되었으므로, 여
기서 승상이라 한 것은 나중에 가필한 것으로 보인다. ○ 經始(경
시): 사업을 시작하다. 건물을 짓다.

2 臥龍山(와룡산): 복주에 소재한 산. 북관北關 밖에 있었다.

3 煙雨(연우) 2구: 소식이 항주의 서호를 서시에 비유한 「호수에서
술을 마시며, 맑은 후 비」飮湖上初晴後雨의 내용을 이용하였다. "물
빛이 반짝이어서 맑은 날이면 마침 좋고, 산빛이 자욱하여서 비 온

날도 빼어났구나. 서호를 서시와 비교해 보면, 옅은 화장 짙은 치장 모두가 어울리네."水光潋灩晴方好, 山色空濛雨亦奇. 欲把西湖比西子, 淡妝濃抹總相宜.

4 堆灩澦(퇴염여): 염여퇴灩澦堆. 음예퇴淫預堆, 유예퇴猶豫堆, 영무석 英武石, 연와석燕窩石 등 여러 명칭으로도 불린다. 삼협 가운데 구당 협 초입에 있는 암초. 겨울에는 물이 얕아 모습이 잘 드러나지만 오월이 되면 물이 불어 잠기므로 배가 자주 부딪쳐 좌초되곤 하였 다. 당 이조李肇의 『당국사보』唐國史補와 송 곽무천郭茂倩의 『악부시 집』樂府詩集에는 민간 가사인 「음예가」淫豫歌를 싣고 있다. "염여퇴 는 말과 같이 커서, 구당협에선 배가 지나갈 수 없네. 염여퇴는 소 와 같이 커서, 구당협에선 배가 흘러갈 수 없네."灩澦大如馬, 瞿塘不可 下. 灩澦大如牛, 瞿塘不可流. 염여퇴는 강의 통행을 위해 1958년에 폭 파하여 지금은 없다. 여기서는 복주 서호의 고산孤山을 가리킨다.
5 瞿塘馬(구당마): 구당협의 말. 염여퇴를 가리킨다. 바로 앞의 4번 주 참조.
6 中有(중유) 2구: 조여우가 서호를 준설할 때 주위에서 떠들어댄 각 종의 우려와 평론을 가리킨다.
7 西湖社(서호사): 남송 임안에 있었던 서호시사西湖詩社. 여기서는 복주의 서호 문인들의 모임을 가리킨다.
8 記風流(기풍류) 2구: 당대 두목杜牧의 「꽃을 탄식하며」歎花와 관련된 일화를 가리킨다. 두목이 선주宣州에서 판관으로 있을 때 호주湖州에 놀러갔다. 이때 두목이 민간의 한 여인을 알게 되었는데 나이가 십여 세였다. 두목은 그녀에게 10년 후에 맞이하겠다고 약속하였다. 그로 부터 14년 후 두목은 호주 자사로 부임하게 되었을 때, 그녀는 이미 결혼하여 아이들이 있었다. 이에 슬퍼하여 「꽃을 탄식하며」를 지었 다. "광풍에 진홍색 꽃들이 모두 떨어지고, 푸른 잎은 그늘을 이루어

가지 가득 열매가 달렸네."狂風落盡深紅色, 綠葉成陰子滿枝. 조우여 역시 1182년과 1190년 두 번에 걸쳐 복주에서 관직에 있었다.

9 故國(고국): 옛 나라. 오대십국의 하나인 민閩을 가리킨다. 당시 복주가 도읍이었다.

10 水晶臺榭(수정대사): 오대십국 시기 민閩의 군주 왕연균王延鈞은 도성 서쪽 서호 주위 십여 리에 걸쳐 수정궁水晶宮을 축조하였다. 『십국춘추』十國春秋 참조.

11 複道(복도): 누각과 누각 사이에 상하 두 층으로 된 통로. 공중을 가로지르기 때문에 횡공橫空이라고도 하였다.

12 粉黛(분대): 얼굴에 바르는 분과 눈썹을 그리는 눈썹먹. 미인을 비유한다. 왕연균은 왕후 진금봉陳金鳳과 호수에서 연밥을 따고, 또 「낙유곡」樂游曲을 지어 궁녀들이 음악에 맞춰 부르게 하였다. 『십국춘추』十國春秋 참조.

해설

비 속에서 복주 서호를 유람하며 본 풍광과 감회를 서술하였다. 상편은 우중에 호수를 유람하면서 본 풍광을 그렸다. 와룡산 아래 펼쳐진 호수를 은하수가 내려와 깔려있는 듯하다고 하면서 동시에 서시의 얼굴 같다고 함으로써, 기세 있으면서도 섬세한 양면성을 모두 표현하였다. 또 호수 가운데 있는 고산孤山을 염여퇴에 비유하면서 앞에서 말한 기세를 연결시켰다. 하편은 서호와 관련된 역사적 사건을 떠올리며 감회를 표현하였다. 조여우의 서호 준설 사업과 오대십국 시기의 민閩의 도읍으로서의 면모를 상상하였다. 그러나 이제는 과거의 휘황함이 흔적도 없이 사라져 역사의 창상감滄桑感만 일으킨다. 서호의 아름다운 풍광을 고금의 역사와 결합하여 펼쳐냄으로써 넓은 표현 공간을 열었다. 1192년(53세)에 지었다.

하신랑賀新郎
―앞의 작품에 화운하며和前韻

맹교孟郊와 같이 애쓰며 시구를 찾노니
생각해보면 전당의 풍류 처사 임포林逋가
수선왕水仙王을 모신 사당 아래 살았지.
더구나 기억하노니 소고小孤가 안개와 물결 속에
팽랑彭郎에게 시집가려고 멀리 바라보았지.
모두 하나같이 부옇게 흐려서 그려내기 어려워라.
가슴으로 운몽택을 삼키는 기상에
부賦를 지은 사마상여를 불러내어
모름지기 다시 한번
「상림부」를 써야하리.

지난날 어부와 나무꾼들이 닭과 돼지를 잡아 함께 즐겼었지.
선생에게 묻노니
대호帶湖에 봄물이 불었다는데
언제 돌아가려오?
삼만 경頃 유리같이 맑은 물결의 서호를 사랑하니
지금 물가 안개 낀 정자에 누워
깊은 밤 잔물결 위 옥탑 같은 달을 마주하노라.
관리들은 구름 같이 많은 업무를 보고하지 말지니

시를 주고받는 사람들이 모두 강적이기 때문이라네.
사령운은 봄에 꿈을 꾸다 좋은 시구를 얻었다는데
여름인 지금도 시 짓기에 좋구나.

覓句如東野.[1] 想錢塘風流處士,[2] 水仙祠下.[3] 更憶小孤煙浪裏,[4]
望斷彭郎欲嫁.[5] 是一色空濛難畫. 誰解胸中吞雲夢,[6] 試呼來草賦
看司馬.[7] 須更把, 上林寫.

雞豚舊日漁樵社. 問先生:[8] 帶湖春漲, 幾時歸也? 爲愛琉璃三萬
頃,[9] 正臥水亭煙榭. 對玉塔微瀾深夜.[10] 雁鶩如雲休報事,[11] 被詩
逢敵手皆勍者.[12] 春草夢,[13] 也宜夏.

注

1 東野(동야): 당대 시인 맹교孟郊. 자가 동야이다. 시를 지을 때 고
심하여 짓는 고음苦吟으로 유명하다. 동시대에 한유韓愈의 존중
을 받았다. 맹교는 나이 들어 과거에 급제한 후 율양위溧陽尉로
부임하였지만 업무를 제쳐두고 시 짓기에 몰두하여 감봉 징계를
받았다.

2 風流處士(풍류처사): 송대 임포林逋를 가리킨다. 항주 사람으로 호
가 서호처사西湖處士였다. 서호의 고산孤山에서 살면서 이십 년 넘
도록 도시로 나가지 않았다.

3 水仙祠(수선사): 송대 항주 서호 제삼교第三橋 북편에 있던 사당으
로, 전당강의 용왕을 수선왕이라 하여 모셨다. 소식의 「임포 시 뒤
에 쓰다」書林逋詩後에 "그렇지 않았다면 수선왕과 함께 배향하여,
한 잔의 찬 샘물과 가을 국화를 올렸으리라."不然配食水仙王, 一盞寒
泉薦秋菊.라는 구절이 있다.

4 小孤(소고): 소고산小孤山. 지금의 강서성 팽택현彭澤縣 북편 양자

강에 돌출해 있는 산.

5 彭郎(팽랑): 팽랑기彭浪磯. 소고산과 양자강 맞은편에 솟아난 물가
의 바위. 소고산小孤山의 소고小孤는 小姑(소고, 아씨)로 발음되고, 팽
랑기彭浪磯의 팽랑彭浪은 彭郎(팽랑, 팽씨 총각)으로 발음되어, 이들이
양자강에서 마주 보고 있으므로 소고(아씨)가 팽랑에게 시집간다는
이야기가 생겼다. 구양수歐陽修의 『귀전록』歸田錄 권2 참조. 소고산
과 팽랑기는 복주의 서호와 관련이 없다. 다만 복주 서호에 고산이
있기에 연상하여 보았을 뿐이다.

6 誰解(수해) 구: 서한 사마상여司馬相如가 지은 「자허부」子虛賦의 구
절을 이용하였다. "운몽은 사방 둘레가 구백 리이고, …오유선생이
말하기를 '운몽택과 같은 것 여덟아홉 개를 삼키어도 가슴 속에 조
금도 거리낌이 없소.'라고 말했다."雲夢者方九百里. …烏有先生曰: '…呑
若雲夢者八九, 于其胸中曾不蒂芥.'

7 試呼(시호) 3구: 『사기』「사마상여열전」의 전고를 사용하였다. "촉
지방 사람 양득의는 사냥개를 관리하는 구감狗監이었는데, 천자를
시종하고 있었다. 천자가 「자허부」를 읽고 칭찬하며 말하였다. '짐
이 유독 이 사람과 같은 시대를 살지 못하였구나!' 양득의가 말하였
다. '신의 읍인邑人 사마상여가 스스로 이 부를 지었다고 합니다.'
천자가 이를 듣고 놀라 사마상여를 불렀다."蜀人楊得意爲狗監, 侍上.
上讀「子虛賦」而善之, 曰: '朕獨不得與此人同時哉!' 得意曰: '臣邑人司馬相如
自言爲此賦.' 上驚, 乃召問相如. 무제를 알현한 사마상여는 「자허부」는
제후의 일을 적었기에 볼만한 게 없다며 다시 「유렵부」遊獵賦를 지
어 올렸는데, 이 작품이 곧 「상림부」上林賦이다.

8 先生(선생): 신기질 자신을 가리킨다.

9 琉璃三萬頃(유리삼만경): 유리 삼만 이랑. 복주 서호의 드넓은 호
수를 형용하였다. 두보의 「미피의 노래」渼陂行에 나오는 "만 이랑의

파도가 유리를 쌓아 놓은 듯"波濤萬頃堆琉璃을 이용하였다.

10 對玉塔(대옥탑) 구: 깊은 밤 잔물결 위 옥탑 같은 달을 마주하다. 소식의 「강 위의 달 5수」江月五首의 제1수에 나오는 "1경에 산이 달을 토하니, 옥탑이 잔물결 위에 눕는구나. 마치 서호 위에 있는 듯, 용금문 밖을 보는 듯해라."一更山吐月, 玉塔臥微瀾. 正似西湖上, 湧金門外看.를 이용하였다.

11 雁鶩(안목): 기러기와 오리. 열을 지어 다닌다는 뜻을 따와 '문관'文官을 비유한다.

12 勍者(경자): 강한 사람. 강적. 이 구는 시를 창화하는 사람들의 솜씨가 뛰어나므로 작자도 좋은 시를 써야하는 부담감을 말하였다.

13 春草(춘초) 2구: 동진의 사령운謝靈運이 꿈에서 가구佳句를 얻은 일을 이용하였다. 사혜련謝惠連이 열 살에 시문을 쓸 수 있게 되자 족형 사령운이 칭찬하였다. 사령운은 "편장을 쓸 때마다 사혜련을 만나면 곧 가구가 생각난다."고 말했다. 사령운이 한 번은 영가의 서당西堂에서 시를 구상하는데 하루 종일 완성할 수 없었다. 홀연 꿈속에 사혜련을 보고는 "연못에 봄풀이 자라고"池塘生春草라는 구를 얻어 크게 잘 지었다고 여겼다. 『남사』「사혜련전」 참조.

해설

복주의 서호를 노래하였다. 바로 앞의 작품과 같은 운으로 지었으므로, 말하자면 서호 유람의 제2수에 해당한다. 그러나 앞의 작품과 달리 서호를 예전에 살았던 대호보다 사랑하며, 업무보다는 시 짓기에 몰두하겠다는 뜻을 나타내었다. 그가 대호를 좋아하는 건 하편 첫 네 구에 나타난다. 그러나 바로 이어서 '사랑하는 것은'爲愛 서호라고 말하고 있다. 때문에 시흥詩興이 발발하여 첫 구부터 업무를 제쳐두고 시를 짓다 징계를 받은 맹교孟郊를 등장시키고, 이어서 사마상여와 같은 재능을 자신하며, 하편에서도 업무를 제쳐두고 사령운과 같이 좋은 시를 구한다는 뜻을 나타내었다. 이러한 어조와 내용에서 신기질은 복주에서 새로운 활기를 찾은 것으로 보인다.

하신랑 賀新郎
— 다시 화운하며 又和

푸른 바다가 뽕밭으로 변하는 걸 알기에
인간 세상에서 강이 뒤집혀져 육지로 변하고
물과 구름이 서로 뒤바뀌는 걸 웃노라.
원래 삼산은 풍광이 좋은데
더구나 비 오고 안개 낀 풍경은
이공린李公麟이라 해도 잘 그려내지 못하리라.
시인에게 절묘한 시구를 구하고
여러 군자에게 비석에 새길 문장을 청하니
모름지기 술을 마시며
마음 속 정지情志를 시문으로 발산해야 하리.

돌이켜보면 갈매기와 맹약하고 표천에서 지내던 시절
시 따위는 읊지 말고 술잔은 내던지지 않겠다는 것이
나의 맹세였지.
지금은 천 기를 거느리는 관직과 백발에 막혀
비록 은거하던 창랑정은 잠시 잊어버렸지만
다만 파릉瀝陵에서 꾸지람을 받은 밤은 기억하지.
우리들은 원래부터 술 잘 마시며 시를 잘 쓸 줄 아니
모름지기 '장렬한 마음은 가슴속에 힘차게 솟구치네'라고 노래해야
하리.

매미소리 시끄럽구나

녹음 짙은 여름에.

碧海成桑野.[1] 笑人間江翻平陸,[2] 水雲高下. 自是三山顏色好,
更着雨婚煙嫁. 料未必龍眠能畵.[3] 擬向詩人求幼婦,[4] 倩諸君妙手
皆談馬.[5] 須進酒, 爲陶寫.[6]

回頭鷗鷺瓢泉社.[7] 莫吟詩莫抛尊酒, 是吾盟也. 千騎而今遮白
髮, 忘却滄浪亭榭.[8] 但記得瀟陵呵夜.[9] 我輩從來文字飮,[10] 怕'壯
懷激烈'須歌者.[11] 蟬噪也, 綠陰夏.

注

1 碧海(벽해) 구: 상전벽해桑田碧海의 뜻이다.

2 江翻平陸(강번평륙): 강이 뒤집어져 육지가 되다. 도연명의 「정운」
停雲에 "사방팔방의 끝이 모두 어둡고, 육지가 강이 되었네."八表同
昏, 平陸成江.라는 구절이 있다.

3 龍眠(용면): 북송 화가 이공린李公麟의 호. 1100년 병이 들어 관직
에서 물러나 은퇴하였으며, 용면산龍眠山의 계곡에서 지냈다. 『송
사』 「이공린전」李公麟傳 참조.

4 幼婦(유부): 뛰어나게 좋은 시문. 절묘호사絶妙好辭. 삼국시대 조조
曹操와 양수楊修가 행군 중에 조아비曹娥碑의 뒷면에 적힌 '黃絹幼
婦, 外孫齏臼'(황견유부, 외손제구) 여덟 글자를 보고는 뜻을 풀이해
내었다. 황견黃絹은 색사色絲로 이를 합치면 절絶 자가 되고, 유부幼
婦는 소녀少女로 곧 묘妙 자가 된다. 외손外孫은 딸女의 자식子으로
이를 합치면 호好 자가 되고, 제구齏臼는 음식을 담는 그릇으로 이
는 매운 것辛을 담는 것이니受 두 글자를 합치면 사辭 자가 된다.
이들을 조합하니 '절묘호사'絶妙好辭, 곧 아주 훌륭한 문장이란 말이

되었다. 『세설신어』「첩오」捷悟 참조.

5 談馬(담마): 비석을 다시 세우다. 허비중립許碑重立. 오대 시기 서연휴徐延休가 의흥령義興令이 되어 부임하였을 때, 현에는 동한 때 태수 허괵許馘의 사당이 있고, 거기에 비석이 있었다. 비문은 허소許邵가 썼지만 세월이 오래되어 마모되었고, 당 개원 연간에 그 후손이 중각하였다. 그런데 비석에 '談馬礪畢, 壬田數乇'(담마려필, 임전수칠) 여덟 글자가 있었는데 서연휴가 풀이해 내었다. 담마談馬는 언오言午이니 이를 합치면 허許 자가 되고, 여필礪畢은 석비石卑이니 이를 합치면 비碑 자가 되고, 임전壬田은 천리千里이니 합치면 중重 자가 되고, 수칠數乇은 육일六一이니 이를 합치면 입立 자가 된다. 이를 조합하니 '허비중립'許碑重立, 곧 비석을 다시 세우기를 허락하라는 말이 되었다. 송대 오처후吳處厚의 『청상잡기』靑箱雜記 권7 참조.

6 陶寫(도사): 陶瀉(도사)라고도 쓴다. 감정과 생각을 글로 토로하다.

7 鷗鷺(구로): 갈매기와 해오라기. 신기질이 대호에 살면서 갈매기와 함께 은거하기를 맹세한 일을 가리킨다. 그의 작품 「수조가두 —대호를 내 무척 사랑하나니」 참조.

8 滄浪亭榭(창랑정사): 창랑정. 신기질의 대호에 있는 집과 정원을 가리킨다. 원래 창랑정은 북송 때 소순흠蘇舜欽이 범중엄의 경력 혁신을 지지했다는 이유로 파직되어, 소주蘇州에 은거하던 곳에 있던 정자이다.

9 灞陵呵夜(파릉가야): 밤에 파릉에서 꾸짖다. 서한 때 이광李廣이 은퇴한 후 한 번은 늦게 돌아가는 길에 파릉의 역참에 들어가려고 하니 수위가 술에 취해 꾸짖으며 이광을 제지하였다. 이광이 "전임이 장군이오."故李將軍라고 했더니 수위가 "현임 장군도 밤에 다닐 수 없는데, 전임 장군이 어찌 되겠소!"今將軍尙不得夜行, 何故也.라며 역참 진입을 금지하였다. 『한서』「이장군열전」 참조.

10 文字飮(문자음): 시를 지으며 술을 마시다. 한유의 「장 비서에게 취하여 주다」醉贈張秘書에서 유래했다. "장안의 여러 부호 자제들, 접시에 고기 가득 담아 늘어놓았구나. 술 마셔도 시 지을 줄 모르고, 오직 붉은 치마 입은 여인에 취할 뿐이로구나." 長安衆富兒, 盤饌羅羶葷. 不解文字飮, 惟能醉紅裙.

11 壯懷激烈(장회격렬): 악비岳飛의 「만강홍」滿江紅에 나오는 구절을 가리킨다. "머리 들어 멀리 바라보고, 하늘 향해 길게 탄식하니, 가슴속 장대한 뜻은 격렬하게 굽이친다." 抬望眼, 仰天長嘯, 壯懷激烈.

해설

복주의 생활에서 일어나는 감회를 표현하였다. 상편은 자연의 거대한 변화로부터 시작하여 삼산의 수려한 풍광이 뛰어난 시문을 구한다고 전개하였다. 하편은 자신의 예전 대호의 은거 시절부터 지금까지를 회상하며 정감의 변화를 추적하였다. '장대한 가슴은 격렬하게 굽이쳐' 壯懷激烈 와 그러한 격정과 울분에 비해 세태는 이를 비난하고 있어, 양자의 대립을 말하는 듯하다. 그러한 세상의 소란한 비난을 매미울음으로 형상화하였다. 의미의 전개에 있어 변화가 심한 작품이다.

소중산小重山
— 삼산 서호에서 객과 배를 띄우고三山與客泛西湖

푸른 물결이 구름까지 불어나고 비췻빛 버들이 하늘을 스치는데
풍월이 가장 아름다운 곳에
쇠약한 노옹이 있구나.
수양버들 그림자 끊어진 방둑 동서로
임금께서 은혜도 크게 내리시어
또 부용을 심으라 하시네.

십 리에 걸쳐 늘어섰던 수정궁水晶宮
때로 고주망태로 말을 타고 돌아오는 나를 보고
아이들이 웃는구나.
은근히 맞바람에 감사하며
배를 멈추고
다시 물보라 속에서 취한다네.

綠漲連雲翠拂空. 十分風月處, 着衰翁. 垂楊影斷岸西東. 君恩
重, 敎且種芙蓉.[1]
　十里水晶宮.[2] 有時騎馬去, 笑兒童.[3] 殷勤却謝打頭風.[4] 船兒住,
且醉浪花中.

1 敎且(교차): 且敎(차교). 평측 때문에 도치하였다. 더구나 ~하라고 시키다.

2 水晶宮(수정궁): 오대십국 시기 민閩의 군주 왕연균王延鈞은 복주 도성 서쪽 서호 주위에 십여 리에 걸쳐 수정궁을 축조하였다. 『십국 춘추』十國春秋 참조.

3 笑兒童(소아동): 아이들이 웃다. 서진의 산간山簡이 양양에 진주할 때 자주 습가지習家池에 가서 술에 취해 두건을 거꾸로 쓴 채 수레 에 거꾸로 실려 돌아오자 아이들이 이를 보고 웃은 일을 가리킨다. 『세설신어』「임탄」任誕 참조.

4 打頭風(타두풍): 이마를 치는 바람. 맞바람. 역풍.

서호 유람을 서술하였다. 겉으로는 유람이라 보이지만 사실은 자신 의 일상과 그 속에 내재된 슬픔을 표현했다고 해야 할 것이다. 상편은 주로 서호의 아름다운 풍광을 묘사하였다. 그러나 여기에도 자신의 늙은 모습을 떠올리고, 부용을 심는 일에 종사하는 자신의 처지를 확 인하는 비애감이 있다. 하편은 서호에서의 행락을 서술하였다. 술에 취하고, 그 술을 깨려고 배 타고 나서지만 다시 맞바람을 맞고, 그래서 또 술을 마시고 취하는 모습을 그렸다. 맞바람打頭風 이미지는 정치적 반대 세력을 은연중에 비유하고 있다.

수조가두水調歌頭

―삼산에서 조 승상의 운을 사용하여, 지주의 막부에 있는 왕군에게
답하고, 또 중추절의 최근 일에 감회가 있어 말미에 함께 언급한다
三山用趙丞相韻, 答帥幕王君, 且有感於中秋近事, 併見之末章[1]

서호의 유람객에게 말하노니
'물을 보고 또 산을 보라'고 하네.
옅은 화장 짙은 치장 모두 어울리는 서시西施 같은 서호 풍경
좀처럼 보기 힘든 광경이라고 외치네.
버들을 심은 조 승상은 지금 조정에 있어
술을 마주하고 「수조가두」를 지어 노래하였으니
취한 붓은 가을 물결을 말아올리는구나.
이 늙은이도 흥이 가볍지 않으니
춤과 노래를 멈추지 말게나.

술잔을 앞에 놓고 생각하니
가볍게 모였다 헤어지면
슬픔과 기쁨도 적다네.
성머리엔 무한한 고금의 일들과 사람들이 오갔으니
떨어지는 해와 새벽 서리가 차갑구나.
누가 누런 닭 잡고 백주를 내놓는 전원 생활을 노래하는가
아직도 기억하네, 맑은 밤에 붉은 깃발을 들고
천 기의 기병이 지나가는 관문엔 달빛이 환했었지.

그러니 뜻을 어기며 벼슬한다고 말하지 말고

잠시 술 한 잔 마시고 생각해보게나.

說與西湖客, 觀水更觀山. 淡粧濃抹西子,[2] 喚起一時觀. 種柳人
今天上,[3] 對酒歌翻水調,[4] 醉墨捲秋瀾. 老子興不淺,[5] 歌舞莫敎閑.
看尊前, 輕聚散, 少悲歡. 城頭無限今古, 落日曉霜寒. 誰唱黃
鷄白酒,[6] 猶記紅旗淸夜, 千騎月臨關. 莫說西州路,[7] 且盡一杯看.

注

1 趙丞相(조승상): 조여우趙汝愚. 복건 안무사, 사천 제치사 겸 성도
부 지부, 이부상서, 동지추밀원사 등을 역임하였다. 1182년 복건
안무사로 있을 때 조정에 서호를 준설할 것을 주청하여 실시하였
다. 1191년 이부상서가 되고, 1194년에 우승상이 되었으므로, 여기
서 승상이라 한 것은 나중에 가필한 것으로 보인다. ○ 帥幕(수막):
복건 안무사의 막부 빈객. ○ 王君(왕군): 미상. ○ 末章(말장): 사詞
의 하편 또는 결말 부분.

2 淡粧(담장): 소식의 「호수에서 술을 마시며, 맑은 후 비」飲湖上初晴
後雨에 나오는 "서호를 서시와 비교해 보면, 옅은 화장 짙은 치장
모두가 어울리네."欲把西湖比西子, 淡妝濃抹總相宜.를 이용하였다.

3 種柳人(종류인): 버들을 심은 사람. 조우여를 가리킨다. 그는 서호
를 준설하면서 제방을 쌓고 버들을 심었다. ○ 今天上(금천상): 지
금 하늘에 있다. 조우여가 당시 조정에 이부상서吏部尙書로 봉직하
고 있음을 가리킨다.

4 歌翻水調(가번수조): 「수조가두」의 사패詞牌로 가사를 지어 노래
부르다. 부제에서 '조 승상의 운을 사용하여'用趙丞相韻는 이를 가리
킨다.

5 老子(노자) 구: 늙은이의 흥도 가볍지 않다. 이 구는 동진 때 형주
자사였던 유량庾亮이 "제군들 잠시 있게. 늙은이도 이곳에 대한 흥
이 가볍지 않다네."諸君少住, 老子於此處興復不淺.고 말한 일을 은연
중에 환기한다.

6 黃鷄白酒(황계백주): 누런 닭과 흰 술. 은거 후의 전원생활을 가리
킨다. 이백의 「남릉에서 아이들과 헤어져 도성에 들어가며」南陵別兒
童入京에 "백주가 새로 익을 때 산에서 돌아오니, 누런 닭이 좁쌀
쪼며 가을이라 살쪘구나."白酒新熟山中歸, 黃鷄啄黍秋正肥.라는 구절
이 있다.

7 西州路(서주로): 서주성西州城을 가리킨다. 지금의 남경시 조천궁朝
天宮 서쪽에 소재했다. 동진 때는 대성臺城의 서편에 위치했으며 또
양주 자사의 치소였다. 동진의 사안謝安이 동산에 은거하다가 병이
심해지자 귀향을 청했으나 조정에서 불러 어쩔 수 없이 도성 건강
(지금의 남경)에 가게 되었다. 그가 서주문西州門을 지날 때 자신의
뜻을 지키지 못한 고통에 괴로워했다. 그가 죽은 후 외조카 양담羊
曇은 서주로를 지나가지 않았다. 한번은 석두성에서 대취하여 자기
도 모르게 서주문에 이르렀다. 양담은 슬픔에 차 말채찍을 문고리
에 걸어두고 조식曹植이 지은 "살아서는 화려한 누각에 살다가, 영
락해서는 산언덕으로 돌아간다."生存華屋處, 零落歸山丘.는 구절을 읊
고는 통곡하고 떠났다. 『진서』「사안전」참조. 여기서는 뜻을 거스
르며 벼슬하다.

해설

복주 서호를 유람하고 왕군의 작품에 답하며 은거와 출사에 대해
논하였다. 상편에서는 서호의 풍광을 즐기며 조여우의 공적과 작품을
칭송하였다. 자신의 청년 시절을 회상하며 출사와 은거 사이에서 고민

하는 왕군에게 출사를 권하고 있다. 이는 신기질 자신의 고민이기도
하여, 복주에서의 복잡한 그의 내면을 엿볼 수 있다. 1192년 가을에
지었다.

첨자완계사添字浣溪沙
―삼산에서 장난삼아 지음三山戲作

기억하노니 표천에서 쾌활하게 지낼 때
오랜 세월 술에 빠져서 시를 읊었지.
갑자기 관청에서 나를 잡아다가
이 늙은이를 이리로 장송했구나.

집 주위조차 남이 부축해도 걷지 못하고
한가한 창가에서 '돌아가지 말아요'라는 자고새 울음만 흉내내네.
오히려 두견새가 나에게 권하네
'차라리 돌아가자'고.

記得瓢泉快活時,¹ 長年耽酒更吟詩.² 驀地捉將來斷送,³ 老頭皮.⁴
繞屋人扶行不得, 閑窓學得鷓鴣啼.⁵ 却有杜鵑能勸道: 不如歸!⁶

注

1 記得(기득) 4구: 북송 양박楊樸의 처가 지은 시를 이용하였다. 북송
 때 진종眞宗이 태산에 봉선을 다녀온 후 천하의 은자와 명사를 찾아
 다녔다. 양박을 만났을 때 진종은 "경이 떠나올 때에 시를 지어 전
 송한 사람이 있었느냐?"고 물었다. 이에 양박이 자신의 처가 시를
 지어 전송해주었다고 대답하며 그 시를 읊었다. "이제는 실의하여
 술을 탐하지 말고, 게다가 제멋대로 시 짓기 즐기지 마오. 오늘 잡

혀 관청에 들어가니, 이번에야 늙은이를 장사지내어 보내게 되었구나."更休落魄耽杯酒, 且莫猖狂愛作詩. 今日捉將官裏去, 這回斷送老頭皮. 진종은 크게 웃고서 양박을 산으로 돌려보냈다. 조령치趙令時『후청록』侯鯖錄 참조.

2 耽酒(탐주): 술에 탐닉하다.

3 驀地(맥지): 갑자기. 돌연히.

4 老頭皮(노두피): 늙은이 머리가죽. 늙은이를 해학적인 어조로 가리키는 말.

5 鷓鴣啼(자고제): 자고새 울음소리. 자고새는 주로 강남에 사는데, 사람들은 그 우는 소리가 "씽부더이에 꺼꺼"行不得也哥哥와 비슷하여 "돌아갈 수 없어요, 임이여", "안 돼요, 오빠"로 이해하였다. 때문에 자고새 울음소리는 고토 회복이 기대하기 어렵다는 뜻을 완곡히 전달한다.

6 不如歸(불여귀): 두견새가 우는 소리. 사람들은 그 우는 소리가 "부루궤이취"不如歸去와 비슷하여 "차라리 돌아가자", "돌아감만 못하다"로 이해하였다. 때문에 두견새 울음소리로 은거하고 싶다는 뜻을 나타내었다.

해설

경쾌한 어조로 관직을 떠나 은거하고 싶은 마음을 썼다. 상편은 표천에서 자유롭게 은거할 때와 지금 관청에 매인 자신을 대비하였다. 하편은 자고새와 두견새를 빌어, 자신의 뜻을 실현하기 힘든 관직생활을 그만두고 은거하고 싶은 마음을 나타내었다.

서강월西江月
— 삼산에서 지음三山作

언제가 중양절일까 날짜를 세어가며 기다리는데
어느 사이 중추절이 지나갔구나.
사람이 살면서 시름이 많지만
다만 국화만이 예처럼 피어 위안을 주는구나.

만상정萬象亭에서 술에 빠지고
구선각九仙閣에서 해장술을 마시노라.
성안의 까마귀가 취한 나더러 돌아가 쉬라고 하는구나
가는 비 내리고 비낀 바람 불 때.

貪數明朝重九, 不知過了中秋. 人生有得許多愁, 只有黃花如舊.
萬象亭中殢酒,¹ 九仙閣上扶頭.² 城鴉喚我醉歸休, 細雨斜風
時候.

注

1 萬象亭(만상정): 섭몽득葉夢得이 1144년 복주에 지은 정자. 축대를
쌓아 그 위에 정자를 지었기에 사방의 빼어난 경관을 모두 볼 수 있
다는 뜻을 취하여 만상정이라 하였다. ○ 殢酒(체주): 술에 빠지다.
2 九仙閣(구선각): 복주부福州府 관청에 딸린 누각. 북송 가우 연간
(1056~1063)에 원강元絳이 세웠다. ○ 扶頭(부두): 머리를 손으로 받

치다. 술을 많이 마시다. 해장술을 마시다.

술에 빠져 살아가는 나날의 고민을 서술하였다. 상편은 중양절을
기다리면서 국화를 예찬하였다. 하편은 술에 취해 귀가하는 모습을
그렸다. 복주에 처음 왔을 때의 밝은 심정과 달리 이후 그의 마음은
금방 어두워진다. 신기질이 이처럼 술에 빠져 지내게 된 이유에 대한
명확한 기록은 없다. 다만 등광명鄧廣銘은 복건 안무사 임병林枡이 동
료들에 겸손하지 않았고, 신기질과도 어울리지 않았던 점이 있었다고
지적하였다. 또는 당시 조정이나 정국의 변화에서 기인했을 수도 있
다. 어떤 경우든 술은 정신적 위안을 얻기 위한 불가피한 행동이었을
것이다. 1192년(53세) 가을에 지었다.

수조가두水調歌頭

— 임자년 삼산에서 조정의 부름을 받았을 때, 진단인 급사가 차린 송별 연석에서 짓다壬子三山被召, 陳端仁給事飮餞席上作[1]

깊고 깊은 한을
잘라내어「단가행」短歌行을 짓노라.
누가 나를 위해 초나라 춤을 추고
내 초나라 미치광이 노래를 들을 것인가?
나는 아홉 마지기 밭에 난초를 기르고
또 혜초도 들 가득히 심고
더구나 가을 국화를 먹는다오.
문밖에 흐르는 창랑수
나의 갓끈을 씻을 수 있다오.

한 잔 술이
묻건대 어찌
죽은 후의 명성과 같으랴만
인간 만사는
언제나 머리카락이 태산보다 무겁다 하네.
슬픔 가운데 생이별보다 더 슬픈 게 없고
기쁨 가운데 새로운 사귐보다 더 기쁜 게 없으니
아녀자들이 고금에 걸쳐 지닌 정情이네.

부귀는 나의 일이 아니니

돌아가 갈매기와 맹약하리라.

長恨復長恨, 裁作短歌行.² 何人爲我楚舞, 聽我楚狂聲?³ 余旣滋

蘭九畹,⁴ 又樹蕙之百畝, 秋菊更餐英. 門外滄浪水,⁵ 可以濯吾纓.

一杯酒,⁶ 問何似, 身後名. 人間萬事, 毫髮常重泰山輕. 悲莫悲

生離別,⁷ 樂莫樂新相識, 兒女古今情. 富貴非吾事,⁸ 歸與白鷗盟.⁹

注

1 陳端仁(진단인): 진현陳峴. 민현閩縣 사람. 급사중으로 임직하였으나
  이때에는 물러나 집에서 기거하고 있었다. ○ 給事(급사): 급사중.

2 短歌行(단가행): 악부의 제목. 『악부시집』에는 '상화가사'相和歌辭
  로 분류되어 있다. 조조曹操의 「단가행」에서 "술을 마주하고 노래를
  하나니, 인생이란 얼마나 짧은가?"對酒當歌, 人生幾何?라 하였고, 육
  기陸機의 「단가행」에서 "고당에 술동이를 놓고, 술잔을 마주하며 슬
  픈 노래 부르노라."置酒高堂, 悲歌臨觴.라 한 것을 보면 모두 인생에
  향락의 때를 놓치지 마라及時行樂는 내용이다. 여기서는 이 작품
  「수조가두」를 가리킨다.

3 楚狂(초광): 춘추시대 초나라의 미친 사람. 춘추시대 초나라 육통陸
  通은 초 소왕楚昭王의 정령이 두서가 없자 미친 척 하고 벼슬에 나가
  지 않았는데, 당시 사람들이 초광楚狂이라 불렀다. 공자가 만난 초
  나라 은사 접여接輿도 미친 척 하면서 세상을 피해 살았기에 초광楚
  狂이라 하였다.

4 余旣(여기) 3구: 굴원의 「이소」離騷 구절을 이용하였다. "나는 아홉
  마지기 밭에 난초를 재배하고, 또 혜초도 들 가득히 심었네."余旣滋
  蘭之九畹兮, 又樹蕙之百畝., "저녁에는 국화의 처음 피어나는 꽃을 먹

네."夕餐秋菊之落英

5 門外(문외) 2구: 『초사』「어부」漁父에 나오는 "창랑의 강물이 맑으면 내 갓끈을 씻고, 창랑의 강물이 탁하면 내 발을 씻으리라."滄浪之水 淸兮, 可以濯我纓. 滄浪之水濁兮, 可以濯我足.를 이용하였다.

6 一杯酒(일배주) 3구: 서진의 장한張翰은 "죽은 뒤에 명성이 있다 해 도 한때의 술 한 잔보다 못하다."使我有身後名, 不如卽時一杯酒.고 말 했다. 『진서』「장한전」 참조.

7 悲莫悲(비막비) 3구: 굴원의 『구가』「소사명」少司命에 "슬픈 일 가운 데 생이별보다 더 슬픈 일 없고, 기쁜 일 중에 새로운 사귐보다 더 기쁜 일 없네."悲莫悲兮生別離, 樂莫樂兮新相知.란 구절이 있다.

8 富貴(부귀) 구: 도연명의 「귀거래사」에 "부귀는 내가 바라는 바 아 니요, 신선이 되는 것도 기약할 수 없어라."富貴非吾願, 帝鄕不可期.라 는 구절이 있다.

9 白鷗盟(백구맹): 백구와 은거하며 자유롭게 살자고 맹세하다.

해설

도성으로 떠나면서 친구가 차린 전별연에서 자신의 입장과 지향을 서술하였다. 상편은 실의에 차 미친 노래 부르는 자신의 고결한 마음 을 토로하였다. 하편은 태산보다 터럭을 무겁다고 하는 세상의 전도된 가치관을 질타하면서 거듭 은거의 뜻을 나타내었다. 중간의 "슬픔 가 운데 생이별보다 더 슬픈 게 없으니" 두 구는 연석에서 친구와 이별하 는 정을 나타낸 부분이다. 신기질은 굴원의 시구를 다수 채용하여 실 의와 비분, 고민과 방황을 드러내었다. 이때는 그야말로 굴원과 같은 처지에서 정신적인 위안과 모색을 그에게서 찾았다. 1192년 겨울에 지었다.

자고천鷓鴣天
— 삼산을 떠나는 도중에三山道中

산중의 시와 술이 있는 보금자리를 버리고
오히려 관아에 와서 생황과 노랫소리를 들었지.
공연한 시름은 하늘만큼 커지고
백발은 심은 듯 날마다 많아졌지.

지금은 칼과 창 속에 있다면
예전에는 바람과 파도 속에 있었다네.
하늘이 나에게 게으름을 내렸으니 나를 어찌할 텐가.
이 몸은 이미 전혀 할 일이 없음을 알겠으니
오히려 후진들에게 이렇게 살지마라 해야 하리.

抛却山中詩酒窠,¹ 却來官府聽笙歌. 閑愁做弄天來大,² 白髮栽
埋日許多.³

新劍戟,⁴ 舊風波. 天生予懶奈予何.⁵ 此身已覺渾無事, 却敎兒
童莫恁麽.⁶

注

1 窠(과): 새의 둥지 또는 벌레가 사는 방. 여기서는 은거지를 가리킨다.
2 做弄(주롱): 가지고 놀다.
3 日許多(일허다): 날이 갈수록 많아지다.

4 劍戟(검극): 검과 극. 두 가지 병기. 관계官界의 투쟁을 비유한다.

5 天生(천생) 구: 공자가 『논어』「술이」述而에서 말한 "하늘이 나에게 덕을 내려주셨으니, 환퇴인들 나를 어찌 하랴?"天生德於予, 桓魋其如 予何?라는 말투를 이용하였다.

6 恁麼(임마): 이렇게.

1193년(54세) 봄 복주에서 도성이 있는 임안으로 가는 도중에 지었다. 그동안 복주에서의 생활을 돌아볼 좋은 기회를 가진 그는, 예전의 풍파에 비해 지금의 칼과 창이 훨씬 깊은 시름을 가져다준다며 관료 사회에 대한 깊은 회의를 던지고 있다.

서강월西江月

― 계축년 정월 사일, 삼산에서 조정의 부름을 받아 건녕을 지나다. 연
석에서 진안행 사인에 화운하며癸丑正月四日, 自三山被召, 經從建安,
席上和陳安行舍人韻[1]

풍월정風月亭은 높아 삽상하고
관현 소리 듣기 좋으니 이별을 재촉하지 마오.
주인은 다만 옛날의 우정 그대로이니
금슬 연주 들으며 취해야 하리.

궁전에는 어찌 내가 꼭 가야 하나
재상의 길은 바로 그대가 가야 하리.
어느덧 붉은 작약꽃이 궁중의 계단에서 날려 떨어지면
서호의 좋은 봄날 가려서 다시 만나리라.

風月亭危致爽, 管絃聲脆休催. 主人只是舊時懷, 錦瑟旁邊須醉.[2]
玉殿何須儂去, 沙堤正要公來.[3] 看看紅藥又翻階, 趁取西湖春會.

注

1 癸丑(계축): 1193년. 송 광종 소희 4년. ○ 被召(피소): 조정의 부름
을 받음. ○ 建寧(건녕): 건녕부建寧府. 치소는 지금의 복건성 건구
현(建甌縣). ○ 陳安行(진안행): 진거인陳居仁. 자가 안행이다. 복건
보전莆田 사람. 호부 우조랑관 겸 직학사원을 지냈고, 1192년에 건

녕부 지주가 되었다. 지모가 많아 황제의 환심을 샀으며, 한원길韓
元吉과 주필대周必大의 칭송을 받았다.

2 錦瑟(금슬) 구: 두보의 「곡강에서 비를 마주하고」曲江對雨의 "언제
다시 금전회 같은 은사를 내리시어, 내 잠시 가인들의 금슬 연주에
취해볼 수 있을까?"何時詔此金錢會? 暫醉佳人錦瑟傍.라는 뜻을 차용하
였다.

3 沙堤(사제): 모래 길. 당대에 재상이 처음 되었을 때 관저에서 성의
동가東街까지 모래를 깔아놓는데 이를 사제라 한다. 『당국사보』唐國
史補 권하卷下 참조.

해설

복주에서 도성이 있는 임안 가는 길에 들른 건녕에서, 진안행이 차
린 연석에서 감개를 서술했다. 상편은 연석의 광경을 그렸고, 하편은
진안행의 승진과 도성이 있는 임안臨安에서의 만남을 기약하였다.

서강월西江月

— 같은 운을 사용하여 이겸제 제거에 화답하다用韻, 和李兼濟提舉[1]

잠시 봄을 마주하고 통음하니
부질없이 세어가는 머리를 재촉하지 말지라.
보석 같은 그대의 송별시 천 글자 이미 가슴에 품었으니
나루에서 실컷 취해볼 만하네.

헤어져 떠난다고 「양관곡」을 부르지 말게
지금 황제의 조서가 왔음이라.
오색구름 속 삼태성이 둘 씩 보이니
벌써 정기가 모이는 걸 알겠네.

且對東君痛飮, 莫教華髮空催. 瓊瑰千字已盈懷,[2] 消得津頭一醉.
休唱陽關別去,[3] 只今鳳詔歸來.[4] 五雲兩兩望三台,[5] 已覺精神聚會.

注

1 李兼濟(이겸제): 이목李沐. 자가 겸제이다. 절강 덕청德淸 사람.
   1172년 진사에 급제하였으며, 소희 연간에 복건 제거염차공사福建
   提舉鹽茶公事에 임직했다.
2 瓊瑰(경괴): 진귀한 보석. 여기서는 사詞를 가리킨다.
3 陽關(양관): 왕유가 지은 양관곡陽關曲. 이별의 자리에서 노래한다.
4 鳳詔(봉조): 황제의 조서. 후조後趙의 석호石虎는 오색지五色紙에 조

서를 써서 나무로 만든 봉황의 부리에 물려 수백 장 누대 아래로 도르래에 실려 내려 보냈다. 아래에서 보면 목조 봉황이 조서를 물고 내려오게 된다. 『업중기』鄴中記 참조.

5 五雲(오운) 구: 두보의 「두 상공의 막부로 부임하는 이팔 비서랑을 보내며」送李八秘書赴杜相公幕에 "남극성의 별 하나가 북두를 조알하니, 오색구름 두루 낀 곳이 삼태성이리라."南極一星朝北斗, 五雲多處是 三台.는 뜻을 차용하였다. 五雲(오운)은 오색의 상서로운 구름으로 제왕이 있는 도성을 가리킨다. 삼태三台는 상태上台, 중태中台, 하태 下台가 각각 두 개씩 모두 여섯 개의 별로, 북극성 이외의 북두육성을 가리킨다. 고대에는 천인감응을 믿었기에 삼태성으로 지상의 삼공三公, 즉 왕을 보좌하는 중신을 대응시켰다.

해설

도성 임안으로 가는 도중에 만난 이겸제에게 자신의 심정을 말하였다. 상편은 두 사람이 만나 술을 마시는 가운데 세월도 이겨내는 호방한 정신을 노래하였다. 하편은 황제를 알현하여 정치적 전도를 열어가리라는 기대로 희망에 찬 심정을 노래했다. 이전의 작품과 달리 지극히 긍정적인 어조라 인상적이다. 아마도 이때 전직轉職에 대한 소식을 들었을 것이다. 1193년(54세) 봄에 지었다.

만강홍滿江紅
— 노국화에 화답하며 和盧國華[1]

한나라의 사절使節이 동남으로 부임하니
보게나, 네 마리 말에 넓은 길이 환하게 빛나네.
모름지기 칠민七閩의 백성에게
복성福星이 왔다고 말해야 하리.
정원의 풀마저도 기뻐 절로 자라고
용수榕樹 그늘마저 좋은 가을햇빛에 흔들리지 않으리.
묻노니, 그대 군후君侯께선 어느 곳에 머무시는가
바로 봉래도蓬萊島인 복주福州 삼산三山이라네.

돌아보고 스스로 비웃나니
사람이 지금 늙었노라.
부질없이 한만 남아
가슴 가득 서리를 틀었구나.
기억하니 강호에서의 십 년
깃발 들고 다니기도 싫증이 났지.
너무 커서 성긴 내 재주는 쓸모가 없어
근원 없는 물웅덩이처럼 쉽게 사라졌지.
다만 좋은 말을 찾아 답시를 지어 그대에게 감사하노니
경요瓊瑤로 보답해준 데 대해 부끄럽다네.

漢節東南,² 看駟馬光華周道.³ 須信是七閩還有,⁴ 福星來到. 庭
草自生心意足, 榕陰不動秋光好.⁵ 問不知何處着君侯,⁶ 蓬萊島.⁷
還自笑, 人今老; 空有恨, 縈懷抱. 記江湖十載,⁸ 厭持旌纛.⁹ 濩落
我材無所用,¹⁰ 易除殆類無根潦.¹¹ 但欲搜好語謝新詞, 羞瓊報.¹²

注

1 盧國華(노국화): 노언덕盧彦德. 국화는 자이다. 여수麗水 사람으로
   1154년 진사. 건평현建平縣 현령, 촉군 자사, 헌조憲漕 등을 역임했
   고 호부랑관, 복건 전운판관, 조청대부를 지냈다. 신기질의 후임으
   로 복건 제점형옥이 되었다.

2 漢節(한절): 한나라의 절節. 한대 수의사자繡衣使者는 어명을 받아
   각지를 감독하고 규찰하였다. 그들은 수놓인 비단 옷을 입고 절節
   을 들고 다녔다. 여기서는 송대의 제형提刑을 가리킨다.

3 駟馬(사마): 네 필의 말이 끄는 수레. ○ 周道(주도): 큰 길.

4 七閩(칠민): 지금의 복건과 절강 남부에 거주하는 민족閩族. 일곱
   개 부족이었기 때문에 칠민이라 하였다. 일반적으로 복건 지역을
   가리킨다.

5 榕陰(용음): 용수 그늘. 벵골보리수 그늘. 복주는 중국에서 벵골보
   리수가 가장 많이 자라 용성榕城이라고 한다.

6 君侯(군후): 제후. 여기서는 노국화를 가리킨다.

7 蓬萊島(봉래도): 신선이 산다는 바다 가운데의 삼신산. 복주에도
   삼산이 있기 때문에 여기서는 복주를 가리킨다.

8 十載(십재): 십 년. 신기질은 1172년부터 1181년까지 십 년간 군
   수, 제형, 조사漕使, 안무사 등을 역임했다.

9 旌纛(정독): 지방의 고위 관리가 순시할 때 사용하는 의장용 깃발.

10 濩落(호락): 瓠落호락이라고도 쓰며, 의미는 곽락廓落과 같다. 거대

한 모양. 이 말은 『장자』「소요유』逍遙遊에서 유래하였다. "위나라 왕이 나에게 표주박의 종자를 주어, 내가 심었더니 자라나 5석(육백 근) 크기가 되었소. 물을 담아보니 그 견고함이 당할 수 없었소. 쪼개어 표주박을 만들어 보니 너무 거대하여 쓸모가 없었소. 비어 있는 듯 클 뿐이어서 내 생각에는 쓸모가 없어 부수어버렸소."惠子謂莊子曰:「魏王貽我大瓠之種, 我樹之成而實五石, 以盛水漿, 其堅不能自擧也; 剖之以爲瓢, 則瓠落無所容. 非不呺然大也, 吾爲其無用而掊之. 나중에는 실의에 빠진 모습을 말하기도 한다.

11 無根潦(무근료): 수원이 없는 물웅덩이. 한유의 「성남에서 공부하는 아들 한부에게」符讀書城南에 "고인 물웅덩이는 근원이 없어, 아침에 찼다가도 저녁이면 벌써 없어진다."潢潦無根源, 朝滿夕已除.라는 구절이 있다.

12 瓊報(경보): 구슬로 보답하다. 『시경』「모과」木瓜에 "나에게 복숭아를 주시니, 경요로 보답하네. 다만 보답만의 뜻이 아니라, 영원히 사랑함을 표시함일세."投我以木桃, 報之以瓊瑤. 匪報也, 永以爲好也.라는 구절이 있다. 여기서는 자신의 화답시를 가리킨다.

해설

복주에 와 임직하게 된 노국화를 축하하였다. 1193년 봄 복건 제점형옥이었던 신기질이 조정의 부름을 받고 도성에 가서는 태부소경太府少卿이 되었으며, 그해 가을 복주 지주 겸 복건 안무사로 출임하여 다시 복주에 가게 되었다. 이후 제점형옥의 후임으로 노국화가 오게 되었고, 이에 축하의 뜻과 함께 관직에 대한 소회를 나타내었다. 하편에선 관료 사회에 대한 자신의 염증을 주로 나타내었다.

자고천鷓鴣天

술청의 술 단지를 골라 특별히 열었으니
바람 받은 돛은 술 실은 배를 돌려보내지 말라.
함께 나루터 버들가지를 꺾으며 이별을 슬퍼했더니
다시 고개 위 매화 찾으러 가게 되서 기뻐라.

달을 재촉해서 떠오르게 하고
바람을 소리쳐서 불어오게 하네.
작은 술병이 비었다고 큰 술병이여 부끄러워하지 말라.
다만 시름겨운 건, 새벽을 알리는 뿔나팔 소리가 누대에서 들려와
애절한 음악을 삽시간에 그치게 하는 것.

指點齋尊特地開,[1] 風帆莫引酒船回.[2] 方驚共折津頭柳, 却喜重
尋嶺上梅.[3]
催月上, 喚風來. 莫愁餅罄恥金罍.[4] 只愁畫角樓頭起, 急管哀絃
次第催.[5]

注

1 指點(지점): 가리키다. 지휘하다. ○ 齋尊(재존): 실내의 술청.
2 酒船(주선): 술을 실은 배. 동진의 필탁畢卓이 한 말을 환기한다.
  "술을 얻어 수백 섬을 배에 가득 싣고 사시사철의 맛있는 음식을
  양쪽에 실어, 오른손으로는 술잔을 들고 왼손으론 게 집게발을 들

고 술을 실은 뱃전을 두드리며 산다면 한 평생이 족히 편안할 걸세."得酒滿數百斛船, 四時甘味置兩頭, 右手持酒杯, 左手持蟹螯, 拍浮酒船中, 便足了一生矣. 『진서』「필탁전」 참조.

3 嶺上梅(영상매): 고개 마루 위의 매화. 대유령大庾嶺은 "능선에 피는 매화는 남쪽 가지에 꽃이 질 때 북쪽 가지에선 이제 피어난다." 大庾嶺上梅, 南枝落, 北枝開.고 할 정도라고 한다. 『백씨육첩』白氏六帖 「매부」梅部 참조.

4 莫愁(막수) 구: 『시경』「요아」蓼莪에 "작은 술병이 빈 것은, 큰 술병의 부끄러움."缾之罄矣, 維罍之恥.이란 구절이 있다.

5 急管哀絃(급관애현): 리듬이 촉급하고 애절한 소리. ○ 次第(차제): 삽시간. 경각지간.

해설

헤어진 친구와 다시 만나 술을 마시는 즐거움을 노래하였다. 얼마 전 도성으로 떠났다가 다시 돌아와 만나는 기쁨이 전편에 넘친다. 상편은 연석을 차리고 다시 만난 즐거움을 서술했다. 하편은 봄날 달빛 아래 술을 마시는 즐거움을 그렸다. 1193년 복주 지주 및 안무사로 옮겨 갈 때 지었다.

보살만菩薩蠻

― 노국화 제형에게 화답하며和盧國華提刑

깃발은 예처럼 역참 길에 펄럭이는데
술잔 앞에서 꾀꼬리와 꽃의 수를 헤아려본다.
어디에서 왔는지 가슴을 쥐고 눈썹 찡그린 미인들
인간 세상에 또 하나의 봄이어라.

그대는 공명을 세우겠다고 자부하여
젊었을 때부터 새벽 닭울음 들으며 검술을 단련하였지.
그대의 시구詩句가 매화를 노래하니
봄바람이 십만 가호에 부는구나.

旌旗依舊長亭路,[1] 尊前試點鶯花數.[2] 何處捧心嚬,[3] 人間別樣春.
功名君自許, 少日聞鷄舞.[4] 詩句到梅花, 春風十萬家.[5]

注

1 長亭(장정): 역참. 정亭은 정부의 관리를 비롯하여 행인들이 쉬거나
유숙하는 장소로 일종의 소규모의 역참이다. 고대에는 십리마다 장
정長亭을 두고, 오리마다 단정短亭을 세웠다.
2 鶯花(앵화): 꾀꼬리와 꽃. 여기서는 기녀를 비유한다.
3 捧心嚬(봉심빈): 가슴을 쥐고 눈썹을 찡그리다. 『장자』「천운」天運
에 나오는 동시효빈東施效嚬 전고를 가리킨다. 서시가 속병이 있어

눈썹을 찡그리자 마을의 추녀가 이를 예쁘다고 생각하고 자신도 가
슴을 안고 눈썹을 찡그리고 다녔다.

4 聞鷄舞(문계무): 동진 명장 조적祖逖의 '문계기무'聞鷄起舞를 환기한
다. 조적은 유곤劉琨과 함께 지냈는데, 한 번은 한밤에 닭 우는 소리
가 들리자 조적이 말하기는 "이는 불길한 소리가 아니라네. 차라리
일어나 검무를 추는 게 어떻겠나?"고 하였다. 이로부터 두 사람은
새벽부터 검술을 단련하였다. 포부가 큰 사람이 면려한다는 뜻으로
쓰인다. 『진서』「조적전」 참조.

5 [원주] "당시 기적妓籍에서 방면되어 자유롭게 된 사람이 있었다."時
籍中有放自便者.

해설

　노국화가 복건 제점형옥에서 건안 전운사로 전임되어 떠날 때 창화
하였다. 상편은 헤어지는 역참에서의 소감이다. 꾀꼬리와 꽃은 봄날
의 광경이지만 주위의 관기官妓를 비유한 것으로 보인다. 곧 이어서
가슴을 쥐고 찡그린 미녀들을 묘사하고 있기 때문이다. 나아가 말구에
대한 원주原注에서 "기적妓籍에서 방면된 사람이 있었다"고 했으므로,
이와 연관시켜 보면 노국화가 일부 관기를 방면시켜 주었고 이들이
송별연에 참석한 것으로 보인다. 때문에 말구에서 "봄바람이 십만 가
호에 부는구나"春風十萬家고 하며 노국화의 선정과 교화를 격려하였다.
1193년(54세) 겨울에 지었다.

정풍파定風波

— 삼산에서 노국화 제형을 보내며, 정월 대보름에 다시 오기로 약속
하다三山送盧國華提刑, 約上元重來

젊어서는 이별의 말 견딜 수 있었지만
늙어서는 송별의 시 짓기가 두렵구나.
멀리 바라보아도 남쪽 구름 아래 지나가는 기러기 없네
그대 생각하게나
그나마 매화가 있어 그리운 마음 전할 수 있다네.

끝없는 강산 아직 다 다녀보지 않았으니
친지 어르신들
눈물 흘리며 떠나가는 깃발을 보지 않아도 되리라.
다음 만남은 정녕 언제인가?
꼭 기억해야 하니
십 리 봄바람에 등불놀이 할 때라네.

少日猶堪話別離, 老來怕作送行詩. 極目南雲無過雁,[1] 君看: 梅
花也解寄相思.[2]

無限江山行未了, 父老, 不須和淚看旌旗. 後會丁寧何日是? 須
記: 春風十里放燈時.[3]

注

1 極目(극목): 눈길이 닿는 데까지 바라봄.

2 梅花(매화) 구: 유송劉宋 시기 육개陸凱의 「범엽에게」贈范曄에 나오는 뜻을 이용하였다. "북으로 가는 역리 만났기에 꽃을 꺾어서, 멀리 농두에 있는 그대에게 부치네. 강남에는 보내기 좋은 물건이 없어, 잠시 매화 꽃가지 하나를 보내드리네."折花逢驛使, 寄與隴頭人. 江南無所有, 聊贈一枝春.

3 放燈(방등): 등을 달다. 고대부터 정월 대보름 밤에는 관등놀이가 성행하여 등절燈節이라고도 한다.

해설

노국화 제점형옥을 보내며 지은 송별사이다. 상편은 헤어질 때의 아쉬운 마음을 전하고, 하편은 그의 전도를 격려하면서 대보름 때 만나기를 약속하였다. 송별사 가운데서도 비교적 밝은 어조이다.

정풍파定風波

— 같은 운을 다시 사용하여, 당시 노국화가 술을 차렸는데 가무가 무척 성대했다再用韻. 時國華置酒, 歌舞甚盛

중원을 바라보며 나라가 망했다고 '서리지탄'黍離之歎을 하지 마오
'원화 성덕시'元和聖德詩는 그대가 지어야 하는 것.
늙어가면서 견딜 수 없으니 나 같이 공 없는 이 그 누구리오?
돌아가 은거하리라
청산에 살 계획을 골똘히 생각하고 있다오.

그 누가 시단詩壇을 열 길 높이로 올려놓았소?
곧장 위로
바라보니 그대가 적장을 베고 깃발 들고 있구나.
가무가 마침 한창 무르익었으니 한 마디 하리다
기억하게나
수염이 자란 지금은 이미 청년 때와 같지 않음을.

莫望中州歎黍離,¹ 元和聖德要君詩.² 老去不堪誰似我? 歸臥,
靑山活計費尋思.

誰築詩壇高十丈? 直上, 看君斬將更搴旗. 歌舞正濃還有語: 記
取, 鬢髯不似少年時.

1 中州(중주): 금나라의 강역으로 들어간 중원지역. ○ 黍離(서리):
'서리지탄'黍離之歎을 환기한다. 『시경』「서리」黍離에 "저 기장은 우
거지고, 기장의 싹도 돋아났네. 가는 길 느리기만 한데, 마음이 흔
들리네."彼黍離離, 彼稷之苗. 行邁靡靡, 中心搖搖.라는 구절이 있다. 『모
시서』毛詩序에서 말하길, "주 대부가 행역을 가는 도중 주나라 도성
에서 옛 종묘의 궁실을 지나가다 곳곳에 벼와 기장이 자란 것을
보고 주 왕실이 넘어진 것을 슬퍼하여 차마 떠나지 못하고 서성거
리다가 이 시를 지었다."周大夫行役, 至於宗周, 過故宗廟宮室, 盡為禾黍.
閔周室之顛覆, 彷徨不忍離去, 而作是詩也.고 해제하였다.

2 元和(원화): 당 헌종 때의 연호. 806~820년. 원화 연간에 양혜림楊
惠琳, 유벽劉闢, 오원제吳元濟 등의 난을 평정함으로써 번진들이 위
축되고 국내가 통일의 기운이 있었다. 당시 한유 등 시인들이 「원화
성덕시」元和聖德詩를 지어 송축하였다.

노국화가 베푼 연회에서 가무가 화려한 것을 보고 중원에는 회복하
지 못한 고토가 있고 아직 해야 할 일이 있으므로 삼가야 한다고 권계
하였다. 젊었을 때는 가무를 즐길 수도 있지만 수염이 나고 나이가
들어 한창 일을 해야 할 때는 분단된 나라를 생각해야 한다는 뜻이다.
하편 첫머리에서는 문단을 전장으로 비유하여 노국화의 문재를 칭송
하였지만, 실제의 전장을 잊지 말라는 뜻도 들어가 있다.

정풍파定風波

― 스스로 화답하며自和

허리에 찬 금빛 관인官印 주렁주렁 빛나는데
이별의 다리 위에서 다시금 애끊는 시 읊노라.
막지 마오, 깃발이 정말 떠나가야 하니
가는 곳 어디인가?
원래부터 그대의 책략이 필요한 옥당玉堂이리라.

풍류가 있는 학사와 또 약속하노니
함께 취하고
봄바람에 우전차 몇 잔 마시세.
지금부터 달밤에 술 취해서
귓불이 얼얼하게 붉어지면
분명 그쪽에서 나에 대해 말하고 있으리라.

金印纍纍佩陸離,¹ 河梁更賦斷腸詩.² 莫擁旌旗眞箇去, 何處?
玉堂元自要論思.

且約風流三學士,³ 同醉, 春風看試幾槍旗.⁴ 從此酒酣明月夜,
耳熱,⁵ 那邊應是說儂時.

注

1 金印(금인): 황금 관인官印. 공적이 현저함을 비유한다. ○ 纍纍(유

류): 주렁주렁. 매달려 있는 모양. ○ 陸離(육리): 들쭉날쭉한 모양.
광채가 현란한 모양.

2 河梁(하량) 구: 서한 이릉李陵의 「소무에게 주는 시」與蘇武에 "손을
잡고 다리에 오르니, 나그네는 저물어 어디로 가는가?"携手上河梁,
遊子暮何之?라는 뜻을 이용하였다. 노국화를 보내는 뜻으로 썼다.

3 三學士(삼학사): 당대 한림원, 홍문관, 집현전의 학사를 총칭한 말.
황제의 고문에 응하였기에 뛰어난 학자들로 충임하였다.

4 槍旗(창기): 차 이름. 찻잎이 막 자랐을 때 참새 혀와 같은 것을
창槍이라 하고, 살짝 넓어져 잎처럼 퍼진 것을 기旗라 불렀다. 섭몽
득葉夢得 『피서록화』避暑錄話 권4 참조.

5 耳熱(이열): 귀에서 열이 나다. 술을 실컷 마시다.

해설

노국화를 보내며 쓴 송별사이다. 자신이 지은 「정풍파」가 미진하다
고 여겨 다시 지었으니 제2수에 해당한다. 상편은 석별의 정을 나타내
면서 조정으로 가서 자신의 능력을 발휘하길 격려하였다. 하편은 봄이
되면 다시 만나기를 기약하였다. 말미의 세 구는 "누군가 나에 대해
말하면 귀가 간지럽다" 또는 "재채기를 한다"는 식의 민간 속설을 채용
하여 귀가 얼얼해지면 그대가 나를 생각하리라고 말함으로써 헤어진
후의 그리움을 감각적으로 형상화하였다.

만강홍滿江紅

　—노국화가 복건 제점형옥사에서 건안 전운사로 전직되자 진단인 급
　　사와 여러 사람이 전별하였다. 나는 술에 취해 청도당에 누웠다가
　　삼경에야 깨어났다. 노국화가 떠나면서 사를 남겨 나는 연석에서 화
　　운사를 썼다. 청도당은 진단인의 당호이다盧國華由閩憲移漕建安, 陳
　　端仁給事同諸公餞別, 余爲酒困, 臥青涂堂上, 三鼓方醒. 國華賦詞留別, 席
　　上和韻. 青涂, 端仁堂名也[1]

어젯밤 마신 술 오늘 깨어날 때
헤아려보니 오직 맑은 시름뿐이었지.
나는 마침 청도당青涂堂 위에 있었는데
달빛이 물로 씻은 듯했지.
'지장매화'紙帳梅花 휘장 안에서 귀향의 꿈 깨어보니
추풍이 일고 순채국과 농어회가 맛 좋은 때이네.
묻노니 사람이 살면서 득의할 때가 얼마나되는가
내 돌아가리라.

그대가 만약
그리움에 대해 묻는다면
생각건대 그리움은 언제나
노랫소리 속에 있더라.
그리움은 특히
중년이 되니 이처럼 깊어진다네.
명월은 천 리 멀리 떨어져 있어도 상관없으니

그대와 내가 서로 생각하는 마음만 있으면 될 뿐이라네.
술잔 앞에 언제 올 것인지 굳게 약속하는데
강산이 아름다울 때라네.

宿酒醒時, 算只有淸愁而已. 人正在靑涂堂上, 月華如洗. 紙帳
梅花歸夢覺,[2] 蓴羹鱸鱠秋風起.[3] 問人生得意幾何時, 吾歸矣.
　　君若問, 相思事, 料長在, 歌聲裏. 這情懷只是, 中年如此.[4] 明月
何妨千里隔,[5] 顧君與我如何耳. 向尊前重約幾時來, 江山美.

注

1　盧國華(노국화): 노언덕盧彦德. 여수麗水 사람으로 1154년 진사. 건
　　평현建平縣 현령, 촉군 자사, 헌조憲漕 등을 역임했고 호부랑관, 복
　　건 전운판관, 조청대부를 지냈다. 신기질의 후임으로 복건 제점형
　　옥이 되었다가 곧 건안 전운사로 나갔다. ○ 閩憲(민헌): 복건 제점
　　형옥사. ○ 漕(조): 조운漕運을 담당하는 관직. 전운사를 가리킨다.
　　○ 陳端仁(진단인): 진현陳峴. 민현閩縣 사람. 급사중으로 임직하였
　　으나 이때에는 물러나 집에서 기거하고 있었다.

2　紙帳梅花(지장매화): 종이로 휘장을 만들고 희포稀布로 덮개를 만
　　든 후, 휘장에 매화나 나비를 그려 장식한 침실. 매화지장梅花紙帳
　　이라고도 하며, 줄여서 매화장梅花帳 또는 매장梅帳이라고 한다.

3　蓴羹(순갱) 구: 서진의 장한張翰이 제왕齊王의 동조연東曹掾으로 초
　　빙되었으나, 가을바람이 불어오자 고향 오 땅의 순채국과 농어회가
　　생각나 "사람이 살아가며 편하고 자유로운 게 중요한데, 어찌 수천
　　리 멀리에서 벼슬에 묶여 이름과 작위를 구한단 말인가?"人生貴得適
　　志, 何能羈宦數千里, 以邀名爵乎?라고 말하고 고향으로 돌아갔다. 『세
　　설신어』「식감」識鑑 참조.

4 中年(중년) 구: 동진 때 사안謝安이 왕희지에게 한 말을 환기한다.
"중년이 되면 슬픔이나 기쁨에 마음이 크게 다치는데, 친지나 친구
와 헤어질 때는 여러 날 동안 힘들다네." 이에 왕희지가 말했다.
"사람이 만년이 되면 자연스럽게 그리 됩니다. 그러니 음악으로 마
음을 즐겁게 하여 마음속의 우울함을 쏟아내야 합니다."謝太傅語王
右軍曰: "中年傷於哀樂, 與親友別, 輒作數日惡." 王曰: "年在桑楡, 自然至此,
正賴絲竹陶寫." 『세설신어』「언어」言語 참조.

5 明月(명월) 구: 유송 시대 사장謝莊의 「월부」月賦에 나오는 "미인은
멀리 떠나 소식이 끊겼으나, 천 리 멀리 떨어져 있어도 명월을 함께
하네."美人邁兮音塵闕, 隔千里兮共明月.의 뜻을 이용하였다.

해설

건안 전운사로 떠나는 노국화를 보내며 지은 작품이다. 상편은 이
별의 자리에서 취하여 느끼는 '맑은 시름'淸愁과 귀은歸隱의 뜻을 나타
내었다. 하편은 노국화에 대한 그리움과 만날 약속을 서술하였다. 낙
관적인 정서와 탈속의 언어로 이별과 약속이 교착하면서 떠나는 사람
에게 깊은 정을 나타냈다.

자고천鷓鴣天

점점이 떨어진 꽃잎이 이끼를 온통 하얗게 덮어
대나무 울타리 띳집이 늙은 시인을 부르는구나.
꽃은 즐거운 가무 밖에서 시들어 가고
시詩는 고심참담하는 시인의 마음 속에 있네.

부드러운 말소리 들으며
늙어가는 얼굴 웃으며 바라보니
기울어진 검은 쪽진머리도 성기어졌네.
살짝 찌푸린 눈썹과 뜻 깊은 웃음 누가 취할 만한가?
바라보면 산뜻하게 밝고 그윽한 숲속의 풍도가 있어라.

點盡蒼苔色欲空, 竹籬茅舍要詩翁.¹ 花餘歌舞歡娛外,² 詩在經
營慘澹中.³

聽軟語, 笑衰容, 一枝斜墜翠鬖鬆. 淺顰深笑誰堪醉,⁴ 看取蕭然
林下風.⁵

注

1 要(요): 邀(요)와 같다. 초대하다. 부르다.
2 花餘(화여): 화잔花殘과 같다. 꽃이 시들다.
3 經營慘澹(경영참담): 고심하여 배치하고 설계하다. 두보의 「단청
  의 노래」丹靑引에 "황제의 명이 떨어지자 장군은 흰 견사를 펼치고,

구성을 거듭하고 포치에 고심하고 고심하였지."詔謂將軍拂絹素, 意匠慘澹經營中.라는 구절이 있다. 여기서는 고심하여 시를 짓다.

4 淺顰(천빈): 눈썹을 약간 찡그리는 모양.

5 林下風(임하풍): 초일한 풍치. 『세설신어』「현완」賢媛에 "왕 부인의 표정과 행동거지는 표일하고 상랑爽朗하며, 그러기에 그윽한 풍도가 있다."王夫人神情散朗, 故有林下風氣.는 말이 있다.

해설

늦봄에 은거의 즐거움을 상상하였다. 상편은 늦봄의 풍광 속에 시 짓기의 즐거움을 서술하였다. 하편은 부인과 함께 늙어가며 보내는 한적한 정취를 노래하였다. 신기질의 귀은에 대한 표현은 일반적으로 관료 사회와 은거를 대비시켜 나타나는 경우가 많았다. 그러나 여기서는 자신이 진실로 좋아하는 일이 시 짓기임을 확인하며, 동시에 부인의 모습에 대해서도 실제적인 생활의 장면에서 다듬어 내어 유독 신선하고 우아한 풍격을 보인다.

자고천鷓鴣天

─앞의 운을 사용하여 매화를 읊다. 삼산에선 매화가 필 때 파란 잎이 무성하다. 나는 이때 이가 아팠다用前韻賦梅. 三山梅開時猶有青葉甚盛, 余時病齒

병든 몸이 매화 주위를 감도는데 술독이 비지 않았고
치아가 단단하게 있으니 이 늙은이를 못살게 굴지 말아라!
푸른 소나무 언저리에 눈이 날리지 않아 아쉬운데
오히려 성긴 꽃이 비취색 잎들 속에 피어 있구나.

얼음으로 만든 뼈
옥으로 만든 얼굴
일찍이 구름 같은 머리의 수양 공주 이마에 떨어졌지.
모름지기 술에 잔뜩 취했어도 은촛대에 촛불을 밝혀야 하리니
「매화락」 가락 속 살짝 부는 바람에도 떨어지리라.

病繞梅花酒不空,[1] 齒牙牢在莫欺翁. 恨無飛雪青松畔, 却放疎
花翠葉中.

冰作骨, 玉爲容, 常年宮額鬢雲鬆.[2] 直須爛醉燒銀燭,[3] 橫笛難
堪一再風.[4]

注

1 酒不空(주불공): 동한 말기 공융孔融의 전고를 이용하였다. 공융은

권3 *319*

"자리에 항상 손님이 많고 술잔에 술이 비지 않는다면 난 근심이 없겠네."_{坐上客恒滿, 尊中酒不空, 吾無憂矣.}라고 말하였다. 『후한서』「공융전」 참조.

2 宮額(궁액): 매액梅額 또는 매화장梅花粧이라고도 한다. 송 무제宋武帝의 딸 수양 공주壽陽公主가 인일人日에 함장전 처마 아래 누워 있는데 매화가 공주의 이마에 떨어졌다. 꽃잎이 다섯으로 털어도 떨어지지 않았다. 황후가 그대로 두라고 하여 얼마간 보았는데, 사흘이 지나 씻으니 비로소 떨어졌다. 궁녀들이 이를 기이하게 여겨 다투어 흉내 내었는데, 이를 매화장梅花粧이라 하였다. 『태평어람』太平御覽에서 인용한 『잡행오서』雜行五書 참조.

3 燒銀燭(소은촉): 소식의 「해당」海棠에 나오는 "다만 밤 깊어 꽃이 잠들어 버릴까봐, 일부러 높이 촛불을 밝혀 붉은 화장 비추네."_{只恐夜深花睡去, 故燒高燭照紅粧.}란 구절을 이용하였다.

4 橫笛(횡적): 여기서는 횡취곡橫吹曲인 「매화락」梅花落을 가리킨다.

해설

매화를 노래한 영매사詠梅詞이다. 상편은 매화의 개화를 그렸는데, 복주는 남방이라 눈이 내리지 않고 잎이 핀 상태에서 꽃이 피는 현상을 서술하였다. 하편은 매화의 아름다움을 묘사하면서 매화의 낙화를 애석해하였다. 수양 공주의 매화장梅花粧과 더불어 병촉상매秉燭賞梅의 정취를 나타내고, 이윽고 「매화락」梅花落의 음악 속에 꽃이 떨어질까 아쉬워하였다. 섬세하고 맑고 아름다운 감각이 잘 드러났다.

자고천鷓鴣天

도리꽃이 흐드러지게 피어도 금방 지기에
일찍이 두보杜甫는 괴로워하였지.
만약에 옥골빙자玉骨冰姿에 비교한다면
이채李蔡처럼 하등 중의 중간에 불과하리.

역리驛吏를 찾아
꽃다운 얼굴을 보내니
농두隴頭에서 말 걸음을 늦추지 말라.
내 집 울타리도 황혼이 되면
서호처사西湖處士 풍도와 상당히 비슷하다네.

桃李漫山過眼空, 也曾惱損杜陵翁.[1] 若將玉骨冰姿比,[2] 李蔡爲
人在下中.[3]
尋驛使,[4] 寄芳容, 隴頭休放馬蹄鬆. 吾家籬落黃昏後, 剩有西湖
處士風.[5]

注

1 也曾(야증) 구: 두보의 「만흥」漫興 제2수에 다음 내용이 있다. "손
수 심은 도리꽃이라 주인이 있고, 늙은이 집 담장이 낮다고 해도
역시 집이라네. 마치 봄바람이 나를 얕잡아본 듯, 밤사이 바람 불어
꽃가지 몇 개 꺾었네."手種桃李非無主, 野老牆低還是家. 恰似春風相欺得,

夜來吹折數枝花.

2 玉骨冰姿(옥골빙자): 옥 뼈에 얼음 같이 맑고 투명한 자태. 신기질은 「동선가」洞仙歌에서도 홍매紅梅를 "얼음 자태에 옥 뼈"冰姿玉骨라 표현하였다. 소식은 「동선가」에서 "얼음 피부에 옥 뼈, 절로 시원하고 땀이 나지 않았지."冰肌玉骨, 自淸涼無汗.라고 하였다.

3 李蔡(이채): 서한 이광李廣의 족제族弟. 한 문제의 시종이었다가 나중에 한 무제의 승상이 되었다. 사마천은 사람을 아홉 등급으로 나누어 볼 때 그를 하등 중의 중간으로 8등에 놓았다. 뛰어난 이광은 작위를 받지 못한 반면, 이채는 비록 명성이 이광보다 훨씬 못했으나 후작에 봉해지고 삼공의 지위에 올랐다. 『사기』「이장군열전」참조.

4 尋驛使(심역사): 매화는 그리움을 전하고 우정을 표현하는 사신이라는 뜻. 유송 시기 육개陸凱의 「범엽에게」贈范曄에 "북으로 가는 역리 만났기에 꽃을 꺾어서, 멀리 농두에 있는 그대에게 부치네. 강남에는 보내기 좋은 물건이 없어, 잠시 매화 꽃가지 하나를 보내드리네."折花逢驛使, 寄與隴頭人. 江南無所有, 聊贈一枝春.라는 내용이 있다.

5 剩有(잉유): 상당히 비슷하다. ○ 西湖處士(서호처사): 북송 초기 임포林逋를 가리킨다. 그의 호가 서호처사였다. 임포는 서호의 고산에서 매화를 심고 학을 기르며 살았다. '매화를 처로 삼고 학을 아들로 삼다'梅妻鶴子는 말이 있을 정도로 매화를 좋아했다.

해설

매화를 노래한 영매사詠梅詞이다. 상편은 먼저 형태와 색채가 강렬한 도리꽃을 제시한 후 비교의 관점에서 매화의 높은 격조를 강조하였다. 하편은 매화를 통해 그리움이나 우정을 전할 수 있다고 말하고,

매화꽃 핀 자신의 집이 임포의 집과 비슷하다고 말하였다. 전편을 통해 그윽하고 청고한 매화의 풍운이 깃들어 있다. 이는 곧 자신의 정신적인 풍격을 형상화하는 작업에 다름 아니다.

행향자 行香子
─삼산에서 짓다三山作

좋은 봄비가 때에 맞춰 내리니
이에 맞춰 전원에 돌아가 밭을 갈리라.
더구나 지금 벌써 청명절이 되었으니.
작은 창 앞에 앉아
낙숫물 소리를 귀 기울여 듣노라.
한스럽게도 밤 되어 바람 불고
밤 되어 달이 뜨고
밤 되어 구름이 끼네.

가벼운 꽃잎들이 흩날려 떨어지니
꾀꼬리와 제비가 당부하기를
땅이 질어서 호숫가를 한가히 거닐기 어려울까 조심하라네.
하늘이 마음을 이미 정했다면
무슨 심사를 그렇게 많이 쓰는지
삽시간에 흐리고
삽시간에 비 오고
삽시간에 개는가.

好雨當春,[1] 要趁歸耕. 況而今已是淸明. 小窓坐地,[2] 側聽簷聲.
恨夜來風, 夜來月, 夜來雲.

花絮飄零,³ 鶯燕丁寧, 怕妨儂湖上閑行. 天心肯後,⁴ 費甚心情.
放霎時陰, 霎時雨, 霎時晴.

注

1 好雨當春(호우당춘): 좋은 비가 봄의 때를 맞춰 내리다. 두보의
「봄밤의 비를 기뻐하다」春夜喜雨에 "좋은 비 때를 아는 듯, 봄을 맞
아 싹을 틔우는구나."好雨知時節, 當春乃發生.라는 구절을 이용하였
다.

2 坐地(좌지): 앉아서. 지地는 조사.

3 花絮(화서): 가볍고 부드러운 꽃.

4 天心(천심): 하늘의 뜻. 조정 또는 제왕을 비유한다.

해설

변화많은 봄날의 날씨와 이에 대한 소감을 노래했다. 상편은 전원
으로 돌아갈 마음을 다지면서 빗소리 듣고 밤에 구름을 바라본다. 하
편은 비 때문에 질어진 호숫가를 생각하며 날씨가 개이기를 기다리는
마음을 썼다. 비록 봄날의 기상을 많이 묘사했지만, 이는 전적으로
정치적 환경에 대한 비유로 읽을 수도 있다. 낙숫물 소리를 귀 기울여
듣는 것은 조정의 동향에 대해 주의하고 있다는 뜻이고, 호숫가 길이
질다는 것도 권신의 비방과 견제로 볼 수도 있다. 더구나 상하편 각각
말미에서 묘사한 풍운의 변화는 조정의 정국이 수시로 바뀌는 것을
비유한다고 볼 수도 있다. 1194년(55세) 당시 신기질은 복건 안무사
로 있으면서, 수차에 걸쳐 귀향하기를 청하였지만 조정의 답을 받지
못하고 있었기에, 이러한 상황을 비유한 것으로 보인다.

수조가두水調歌頭
―장진영 제거의 옥봉루에 쓰다題張晉英提擧玉峰樓[1]

나뭇가지 끝에 비췻색 누각이 솟아 나왔으니
시인의 눈으로 교묘하게 배치했구나.
조물주가 하룻밤에
사면으로 옥을 깍아 높이 세웠구나.
예전에 이 산은 어디에 있었는지
아마도 선생이 늦게 알아보자
만 마리 말이 일시에 달려오는 듯한 기세로다.
흰 새는 끝없이 날다가
오히려 석양빛을 띠고 돌아오는구나.

그대에게 마시길 권하노니
왼손으로 게 집게발 들고
오른손으로 술잔을 드세.
인간 만사는 변하고 사라지니
고금에 누대가 몇이나 남았는가.
그대 보게나, 달인 장자莊子도
산림과 언덕을 마주하면서도
슬픔과 기쁨을 잊지 못했지.
나는 비록 늙었지만 아직 시를 지을 수 있어
그대 따라 풍월을 감상하며 다니고 싶어라.

木末翠樓出, 詩眼巧安排.² 天公一夜, 削出四面玉崔嵬.³ 疇昔此
山安在,⁴ 應爲先生見晚, 萬馬一時來. 白鳥飛不盡, 却帶夕陽回.
勸公飮, 左手蟹,⁵ 右手杯. 人間萬事變滅, 今古幾池臺. 君看莊
生達者,⁶ 猶對山林皐壤, 哀樂未忘懷. 我老尚能賦, 風月試追陪.

注

1 張晉英(장진영): 장도張燾. 진영은 자字. 칙령소 산정관勅令所删定
官, 중서사인 겸 실록원 동수 등을 역임하였다. 당시 복건 제거차염
고사로 있었다.

2 詩眼(시안): 한 편의 시에서 가장 핵심이 되는 중요한 시구. 여기서
는 시인의 관찰력을 의미한다.

3 玉崔嵬(옥최외): 옥이 산처럼 높이 솟다. 옥봉루를 가리킨다.

4 疇昔(주석) 2구: 주보언主父偃을 만난 한 무제의 말투를 흉내 내었
다. 서한 초기 주보언이 아침에 상서를 올리고 저녁에 알현하게 되
었다. 이때 서악徐樂과 엄안嚴安도 모두 상서를 올려 정책을 논하였
다. 한 무제가 세 사람을 만나보고는 다음과 같이 말했다. "공들은
모두 어디 있었길래, 이리 늦게 만났단 말이오."公等皆安在, 何相見之
晚也. 『사기』「주보언전」 참조.

5 左手(좌수) 2구: '필탁지오'畢卓持螯의 전고를 가리킨다. 동진 때 필
탁은 이부랑吏部郎으로 관사에 술이 익으면 밤에 들어가 몰래 마시
다가 발각되곤 했고 술 때문에 퇴직되곤 했다. 한번은 다음과 같이
말하였다. "술을 얻어 수백 섬을 배에 가득 싣고 사시사철의 맛있는
음식을 양쪽에 실어, 오른손으로는 술잔을 들고 왼손으론 게 집게
발을 들고 술을 실은 뱃전을 두드리며 산다면 한 평생이 족히 편안
할 걸세."得酒滿數百斛船, 四時甘味置兩頭, 右手持酒杯, 左手持蟹螯, 拍浮
酒船中, 便足了一生矣. 『진서』「필탁전」 참조.

6 君看(군간) 3구: 장자의 다음 말을 가리킨다. "산림이여, 언덕이여,
나를 기쁘고 즐겁게 하는구나. 즐거움이 끝나기도 전에 슬픔이 또
이어진다. 슬픔과 즐거움이 오는 것은 내가 막을 수 없다. 그것이
떠나는 것도 멈추게 할 수 없다. 슬프다. 세상 사람이란 외물이 머물
거나 떠나는 여관일 뿐이다."山林與, 皐壤與, 使我欣欣然而樂與! 樂未畢
也, 哀又繼之. 哀樂之來, 吾不能禦; 其去, 弗能止. 悲夫, 世人直爲物逆旅耳.
『장자』「지북유」知北遊 참조.

　　장진영의 옥봉루를 노래한 작품이다. 상편은 옥봉루의 모습과 주위
경관을 묘사했다. 하편은 장진영에게 술을 권하며 세상은 변화가 무쌍
하니 "고금에 누대가 몇이나 남았는가"今古幾池臺며 옥봉루를 공들여
지은 일에 대해 일말의 경계의 뜻을 비치고 있다. 왜냐하면 장자의
관점에서는 누각으로 기뻐하는 일도 곧 슬픔으로 이어질 수 있기 때문
이다. 신기질 자신이 장자가 되어 달관의 정신으로 장진영을 완곡하게
이끌고 있다. 언어와 의미와 구상이 허공을 가로질러 만들어진 건축물
같다.

최고루最高樓

— 내가 벼슬을 그만두고 귀향을 청하려 하니까 아들놈이 밭이 없다고
나를 말리기에 이 사를 지어 꾸짖다吾擬乞歸, 犬子以田産未置止我, 賦
此罵之[1]

내 노쇠하였으니
부귀를 언제까지 기다려야 하나?
부귀를 찾는 것이 재앙이었으니
목생穆生은 단술 차리지 않는 걸 보고 몸을 빼 떠났고
도연명은 쌀을 얻으려 하지 않고 벼슬을 버리고 돌아갔다네.
목생과
도연명은
나의 스승이라네.

정원을 만들어 '일로'佚老라 이름 짓고
정자를 세워 '역호'亦好라 이름 지으리라.
한가하게 술을 마시고
취하면 시를 지으리라.
천 년 동안 밭주인은 팔백 번이나 바뀌거니와
입 하나에 밥숟가락 몇 개를 들이밀 수 있으랴.
바로 그만둘 것이니
다시 무슨
시시비비를 말하랴.

吾衰矣, 須富貴何時. 富貴是危機. 暫忘設醴抽身去,² 未曾得米
棄官歸.³ 穆先生, 陶縣令, 是吾師.

待葺箇園兒名'佚老',⁴ 更作箇亭兒名'亦好'.⁵ 閑飮酒, 醉吟詩. 千
年田換八百主, 一人口揷幾張匙. 便休休,⁶ 更說甚, 是和非.

注

1 乞歸(걸귀): 관직에 물러나 귀향하겠다고 조정에 청하다. ○ 犬子
(견자): 자기 아들에 대한 애칭. 또는 남에게 자기 아들을 가리키는
겸칭. ○ 止我(지아): 나를 저지하다.

2 暫忘(잠망) 구: 서한 때 초원왕楚元王이 빈객을 접대할 때 술을 마
시지 못하는 목생穆生을 위해 단술을 준비하였다. 나중에 왕이 즉위
한 후 점점 단술을 차리는 걸 잊자 목생은 "왕의 뜻이 게을러졌으니
떠나지 않으면 초 땅 사람들이 장차 나를 저자 바닥에 칼을 씌우겠
구나."라고 말하고는 칭병하고 떠났다. 『한서』「초원왕전」 참조.

3 未曾(미증) 구: 동진 때 도연명은 오두미를 얻기 위해 소인배에게
허리를 굽히는 것을 치욕으로 삼아 팽택령을 그만두고 은거하였다.
『진서』「도연명전」 참조.

4 葺(즙): 지붕을 이다. 건물을 짓다. ○ 佚老(일로): 편안한 노년.

5 亦好(역호): 가난해도 좋다. 융욱戎昱의 시 「중추의 감회」中秋感懷에
"먼 길의 나그네가 돌아가니, 집에 있으면 가난해도 좋아라."遠客歸
去來, 在家貧亦好.라는 구절이 있다.

6 休休(휴휴): 은거하다. 은퇴하다. 당대 말기 사공도司空圖가 중조산
中條山에 은거하면서 휴휴정休休亭을 지었다. 그가 쓴 「휴휴정기」休休
亭記에서 "재주를 헤아려보니 첫째 응당 은퇴해야 하고, 분수를 헤아
려보니 둘째 응당 은퇴해야 하고, 늙고 귀먹었으니 셋째 응당 은퇴해
야 한다."量才一宜休, 揣分二宜休, 老而聵, 三宜休.라는 말이 있다.

　아들을 욕하는 일을 빌어, 관직을 버리고 전원에 은거하려는 지향을 나타냈다. 더불어 이익을 위해 관직에 얽매인 속인을 질타하였다. 상편은 목생과 도연명의 일을 빌어 은거하지 않아서 당하는 위기를 말하였다. 하편은 은퇴한 후 자족하여 전원에 사는 즐거움을 서술하였다. 특히 말미의 "다시 무슨, 시시비비를 말하랴"更說甚, 是和非.에서 물질적 이익을 추구하여 시시비비를 일삼는 세속을 비판하였다. 이는 또한 그동안 참훼와 견제를 받아 뜻을 이루기 무망한 작자의 울분을 표현한 것이기도 하다.

청평악清平樂
― 조민측 제형의 생일을 축하하며. 당시 새로 관직이 수여되었고, 또 평소 술을 좋아하지 않았다壽趙民則提刑. 時新除, 且素不喜飮[1]

책을 만 권 읽었으니
명광전 오르기에 합당하지.
책상 위의 문서를 두루 보기도 전에
쌓아올린 음덕陰德이 미간眉間에 드러나네.

온통 대나무처럼 마르고 소나무처럼 단단하니
보아하니 그대 절로 장수하리라.
만약에 술동이 마주해 통음할 줄 안다면
활발한 생기야말로 바로 신선이라오.

詩書萬卷, 合上明光殿.[2] 案上文書看未遍, 眉裏陰功早見.[3]
十分竹瘦松堅, 看君自是長年. 若解尊前痛飮, 精神便是神仙.

注

1 趙民則(조민측): 조상趙像. 민측은 그의 자이다. 진도왕秦悼王의 후손으로 영주郢州 지주, 복건 제점형옥공사 등을 역임하였다. ○ 新除(신제): 새로 수여하다.

2 明光殿(명광전): 한나라 궁전 이름. 상서尙書가 황제에게 주장을 올렸던 곳이다.

3 陰功(음공): 음덕陰德. 남모르게 쌓은 덕행. 고대인들은 음덕을 쌓으면 장수한다고 생각했다.

조민측의 생일을 축하하는 축수사이다. 조민측은 복건 제점형옥공사로 막 부임했으므로 이를 축하하는 뜻도 있다. 상편은 조민측의 능력을 인정하고 공무를 공평하고 엄명하게 처리하여 공덕을 세웠음을 칭송하였다. 하편은 장수를 축하하며 술을 권하였다.

감황은感皇恩

이슬이 무이산武夷山의 가을을 물들이니
천 개의 봉우리가 비췻빛으로 솟아올랐구나.
흰 명주빛의 깊고 넓은 개울에 옥 같은 물
온통 얼음 같고 거울 같구나
아직 옥항아리 같은 달이 천지를 비추지 않는데도
생기는 먼저
사람에게 상서로움을 내려주네.

청쇄창靑鎖窓 아래 걸으며
조정에서도 높이 두각을 나타내고
봉황의 날개 구천 리를 날아갔지.
금 술잔을 마음대로 휘두르며
서늘하고 아름다운 운치를 저버리지 말라.
요대瑤臺의 선녀들이 노래하여
천세를 지내라고 축송하는구나.

露染武夷秋,¹ 千巒聳翠. 練色泓澄玉淸水.² 十分冰鑒, 未吐玉
壺天地.³ 精神先付與, 人中瑞.
靑瑣步趨,⁴ 紫微標致.⁵ 鳳翼看看九千里.⁶ 任揮金椀,⁷ 莫負涼飈
佳致. 瑤臺人度曲,⁸ 千秋歲.

1 武夷(무이): 무이산. 강서 연산현 남부에 위치하며, 복건과 경계를 이룬다. 전설 중의 신선 무이군武夷君이 이곳에 살았다고 한다. 『건안부지』建安府志에 따르면 36개 봉우리와 37개 바위가 있고, 산 위가 넓으며, 붉고, 계류가 산을 둘러 아홉 구비 돌아간다. 신기질과 동시대에 살았던 주희朱熹는 이곳에 무이정사武夷精舍를 세웠다.

2 練色(연색) 구: 남조 사조謝朓의 「저녁에 삼산에 올라 도성을 되돌아보며」晚登三山還望京邑의 "남은 노을은 흩어져 비단을 이루고, 깨끗한 강물은 고요하기가 흰 명주와 같다."餘霞散成綺, 澄江靜如練.는 이미지를 채용하였다. ○ 泓澄(홍징): 물이 깊고 넓은 모양.

3 玉壺(옥호): 옥항아리. 여기서는 달을 비유한다.

4 靑瑣(청쇄): 고대 궁전의 문창에 연속무늬로 투각한 장식 부위로, 청색의 칠을 칠하였다. 나중에는 화려한 건축이나 궁전을 가리켰다. ○ 步趨(보추): 걸음걸이. 따르다.

5 紫微(자미): 자미원紫微垣, 자궁紫宮, 중원中垣 등이라고도 한다. 15개의 별로 이루어진 별자리로, 북두칠성의 동북에 벌려 마치 호위하는 형상이다. 고대에는 천상의 별자리를 지상의 일과 대응시켰는데, 자미를 제왕의 자리로 여겼다. 또 당대 713년(개원 1)에 중서성을 자미성紫微省으로, 중서령을 자미령紫微令으로, 중서사인을 자미사인紫微舍人으로 각각 개칭하였다.

6 鳳翼(봉익): 봉황의 날개. 뛰어난 인물을 비유한다.

7 金椀(금완): 황금으로 만든 주발. 여기서는 술잔.

8 瑤臺(요대): 옥을 깎아 만든 누대. 신화에서는 곤륜산 위에 신선이 사는 거처로 나온다. ○ 度曲(탁곡): 작곡하다. 여기서는 악보에 따라 노래하다.

　무이산의 풍광을 예찬하고 산에 사는 사람에게 천세 동안 살기를 축송하였다. 무이산에 사는 사람이 누구인지는 명확하지 않으나, 하편의 내용과 결부시켜보면 주희朱熹로 여겨진다. 신기질의 시 「무이산에서 놀며 뱃노래를 지어 회옹(주희)께 드림」游武夷作棹歌呈晦翁을 보면 "산중에 객이 있으니 제왕의 스승이라, 날마다 낚싯대에 앉아 시를 짓는구나. 노을과 안개를 다 써버려도 부족하니, 어느 때 주 문왕은 그를 데리고 가나?"山中有客帝王師, 日日吟詩坐釣磯. 費盡煙霞供不足, 幾時西伯載將歸.라고 한 것과 이 작품의 하편의 뜻이 일치한다. 결국 산의 풍광과 사람의 정취를 생동감 있게 결합시켜 산과 함께 주희의 장수를 노래했다고 볼 수 있다.

일지화一枝花
— 취중에 장난삼아 지음醉中戱作

천 길 높이 하늘을 떠받치는 두 손
만 권 책이 줄줄 쏟아져 나오듯 구변 좋은 입.
허리에 찬 황금 관인官印
됫박만큼 크고
활과 칼을 찬 천 기騎의 병사들
병기를 휘두르며 앞뒤를 막으며 호위하네.
백 가지 계책과 천 가지 방안을 오랫동안 다 쓰면서
마치 풀싸움하는 아이들처럼
반드시 이기려고 했지.

계획은 어그러졌으니
이제는 양미간에 이처럼 긴 주름이 졌고
백발로 부질없이 옛날을 되돌아본다.
그때의 일 한가히 말하리
산속의 친구들에게.
보게나, 무덤 위에 소와 양이 뛰노는걸
어찌 죽은 자의 현우賢愚를 구별할 수 있으랴.
우선 몸소 꽃과 버들을 심으리니
누가 찾아오려 한다면
다만 '오늘 아침 술병이 났소'라고 말하리.

千丈擎天手, 萬卷懸河口.¹ 黃金腰下印,² 大如斗. 更千騎弓刀,
揮霍遮前後.³ 百計千方久.⁴ 似鬪草兒童,⁵ 贏箇他家偏有.

算枉了, 雙眉長恁皺,⁶ 白髮空回首. 那時閑說向, 山中友. 看丘
隴牛羊,⁷ 更辨賢愚否. 且自栽花柳. 怕有人來, 但只道'今朝中酒'.

注

1 懸河口(현하구): 강물이 걸려 있는 입. 말재주가 뛰어남을 비유한다.

2 黃金(황금) 2구: 금인여두金印如斗의 고사를 가리킨다. 공적이 출중
   함을 비유한다.

3 揮霍(휘곽): 빠르다. 민첩하다.

4 百計千方(백계천방): 백 가지 계책과 천 가지 방안. 모든 방법을
   다 쓰다.

5 鬪草(투초): 풀싸움. 단오절에 민간에서 행하는 일종의 유희. 양대
   종름宗懍은 『형초세시기』에 오월 오일에 형초 지방 사람들에겐 "백
   초로 싸우는 놀이가 있다"有鬪百草之戲고 기록했다.

6 恁(임): 이처럼. 이렇게.

7 看丘隴(간구롱) 구: 남조의 악부 가운데 "오늘은 소와 양이 무덤
   위를 오르는데, 당시에는 이 앞에서 홍안이었지."今日牛羊上丘隴, 當
   年近前面發紅.라는 구절의 뜻을 이용하였다.

해설

   영웅적인 뜻을 이루지 못하고 결국 나이 들어 은거해야 하는 실의
를 서술하였다. 상편은 청년의 장대한 희망과 지향으로 공업을 이루려
는 마음을 노래했다. 두 손으로 하늘을 떠받드는 기상과 입으로 변론
을 막힘없이 전개하는 문무겸비의 영웅이 모든 노력을 다하는 모습을
형상화하였다. 하편은 백발에 주름이 길어진 나이에 산중으로 돌아가

은거하는 뜻을 서술하였다. 그러나 작자의 실망과 좌절은 '현우'를 구별하지 못하는 현실에 대한 분개에서 왔다. 그러므로 꽃과 버들을 심는 일도 결코 한가한 일이 아니며, 사람이 찾아와도 화를 피하는 뜻에서 만나지 않는 불만을 토로하였다. 부제에 취중에 장난삼아 쓴다고 했지만 작자의 내면의 고통과 방황이 형상화된 솔직하고 진정 어린 작품이다.

서학선瑞鶴仙
— 매화를 읊다賦梅

기러기 앉은 곳 서릿발 한기가 휘장을 뚫고 들어 오는데
마침 달을 가린 구름 가볍고
살얼음은 특히 얇아
시냇물을 거울삼아 비춰보며 빗질을 한다.
향을 뿌리고 분을 바르려하나
농염한 화장은 흉내내기 어렵구나.
옥 살결이 여위고 약한데
더구나 겹겹이 인어가 짠 박사薄紗를 받쳐 입었구나.
동풍에 의지하여 어여쁘게 웃으며
돌아보는 사이에 온갖 꽃이 부끄러워 빛을 잃는다.

적막하구나
고향은 어디인가?
임포林逋가 말한 눈 내린 뒤의 정원인가
물가의 누각인가.
요지瑤池에서 만날 약속이 있지만
편지는 누구에게 부탁해 전해주나?
나비들은 다만
복사꽃과 버들을 찾을 줄만 알지
매화가 남쪽 가지에 두루 피어도 모르는구나.

애오라지 쓸쓸한 황혼에 마음 아픈 건
들려오는 뿔나팔 소리.

雁霜寒透幕.[1] 正護月雲輕, 嫩冰猶薄. 溪奩照梳掠.[2] 想含香弄
粉, 艶粧難學. 玉肌瘦弱, 更重重龍綃襯着.[3] 倚東風一笑嫣然,[4] 轉
盼萬花羞落.
寂寞. 家山何在? 雪後園林,[5] 水邊樓閣. 瑤池舊約,[6] 鱗鴻更仗誰
托?[7] 粉蝶兒只解, 尋桃覓柳, 開遍南枝未覺.[8] 但傷心冷落黃昏, 數
聲畵角.[9]

注

1 雁霜(안상): 기러기가 앉은 곳에 내린 된서리. ○ 寒透幕(한투막):
한기가 주렴을 뚫고 들어오다.

2 溪奩(계렴): 시내를 거울로 삼다. 렴奩은 경갑鏡匣. ○ 梳掠(소략):
빗으로 머리카락을 스쳐 지나다. 빗질하다.

3 龍綃(용초): 교초鮫綃. 바닷속 교인鮫人이 짠 가볍고 깨끗한 박사薄
紗. 여기서는 매화에 얽힌 서리를 비유한다.

4 一笑嫣然(일소언연): 어여쁘게 한 번 웃다. 전국시대 초나라 송옥
의 「등도자호색부」登徒子好色賦에 "한 번 감미롭게 웃으면 양성의
사람을 미혹시키고 하채의 사람들이 얼이 빠집니다."嫣然一笑, 惑陽
城, 迷下蔡.라는 구절이 있다.

5 雪後園林(설후원림): 눈 내리 뒤의 원림. 북송 임포林逋의 「매화 3
수」 중 제1수에서 "눈 내린 뒤 숲은 나무가 반만 보이고, 물가의
울타리엔 홀연히 매화 핀 가지가 뻗어 나왔네."雪後園林才半樹, 水邊
籬落忽橫枝.란 말이 있다.

6 瑤池(요지): 신화 속에 나오는 서왕모가 사는 곳.

7 鱗鴻(린홍): 물고기와 기러기. 잉어와 기러기는 각각 편지를 전한 다는 뜻이 있다. 여기서는 편지를 비유한다.

8 開遍南枝(개편남지): 남쪽 가지에 두루 피다. 대유령大庾嶺에는 매 화가 많고 또 이곳을 경계로 기후가 크게 달라지는데, "대유령 고개 위에 피는 매화는 남쪽 가지에 꽃이 질 때 북쪽 가지에선 이제 피어 난다."大庾嶺上梅, 南枝落, 北枝開.고 한다. 『백씨육첩』白氏六帖 권99 참조.

9 畫角(화각): 그림이 그려진 뿔나팔. 여기서는 악곡 중의 「매화락」梅 花落을 환기한다.

해설

매화를 노래한 영매사詠梅詞이다. 매화의 모양과 색뿐만 아니라, 매 화를 의인화시켜 형상화하였으며, 나아가 청아하고 고결한 풍모와 적 막 속에 살아가는 깊은 원망도 그려내었다. 특히 하편에서 요지로 비 유되는 궁성에 갈 수 있지만 알려줄 사람이 없어 갈 수 없고, 나비로 비유되는 추천인은 겉모습만 화려한 복사꽃과 버들에 주목할 뿐 자 신에게는 눈을 돌리지 않는다는 말 등으로 정치적 암시까지 나타내 었다. 매화의 고적한 처지를 자신의 신세와 동일시함으로써 꽃이 사 람인지 사람이 꽃인지 모를 물아일체의 효과를 나타내었다.

염노교念奴嬌

— 묵매를 잘 그리는 사람에게 장난삼아 주다戱贈善作墨梅者

강남의 끝자락으로
선계의 신선이 떨어져 내려왔으니
속기가 없이 빼어나구나.
풍류 넘치는 채색 붓으로 그리려고 하는 것은
막고야산藐姑射山 선녀의 얼음 같은 자태와 청초한 모습.
봄날 만물을 빚어내는 조물주의 솜씨를 비웃고
하늘의 교묘함을 자세히 엿보았으니
그 절묘한 재주는 응당 세상에 없으리로다.
장인匠人과 화가들이
일시에 모두 자신의 평범함에 부끄러워하는구나.

마치 고산孤山의 울타리 사이
약한 추위 속 맑은 새벽을 거니는 듯한데
다만 소매에 묻은 향기가 없을 뿐이로다.
담담히 서 있는 아리따운 모습을 누가 그려내는가
섬섬옥수가 분을 바르고 연지를 찍는구나.
아마도 꽃의 신이
인간 세상에 내려온 듯.
훌륭한 이름 차지한지 오래되었네.

청컨대 소나무와 대나무의 아름다운 운치에
매화까지 보태서 세한삼우를 그려보소서.

江南盡處, 墮玉京仙子,¹ 絶塵英秀. 彩筆風流偏解寫, 姑射冰
姿淸瘦.² 笑殺春工, 細窺天巧, 妙絶應難有. 丹靑圖畵, 一時都愧
凡陋.
　還似籬落孤山,³ 嫩寒淸曉, 只欠香沾袖. 淡佇輕盈誰付與, 弄粉
調朱纖手. 疑是花神, 撝來人世,⁴ 占得佳名久. 松篁佳韻, 倩君添
做三友.

注

1 玉京仙子(옥경선자): 도교에서 말하는, 천제가 거처하는 곳에 있는
　신선. 묵매를 그리는 사람을 비유한다.
2 姑射(고야) 구: 막고야산의 신선의 투명한 자태와 말쑥한 모습. 『장
　자』「소요유」逍遙遊에 "막고야산에 신선이 살고 있는데, 피부가 얼음
　과 눈처럼 희고 처녀처럼 아름답다."邈姑射之山, 有神人居焉. 肌膚若冰
　雪, 綽約若處子라는 말이 있다.
3 孤山(고산) 3구: 형주 화광인花光仁이 늙어서 묵매를 그렸는데 황정
　견黃庭堅이 이를 보고는 다음과 같이 탄식하였다. "마치 약한 추위
　속 봄 새벽에 고산의 울타리 사이를 거니는 듯한데, 다만 향기가 없을
　뿐이로다."如嫩寒春曉行孤山籬落間, 但欠香耳. ○ 孤山(고산): 항주 서호
　에 있는 작은 산. 송대 초기 임포林逋가 거주한 곳. ○ 嫩寒(눈한):
　약한 추위.
4 撝(걸): 발어사發語詞.

　그려진 묵매와 이를 그린 화가를 칭송하였다. 화가를 '섬섬옥수'纖手라 했으므로 기녀이거나 여인으로 보인다. 상편은 묵매 그리는 기예의 출중함을 나타내었다. 그녀의 출신, 재능, 수준, 영향 등을 차례로 묘사하였다. 하편은 그림 속의 의경을 묘사하여, 매화를 좋아하는 임포林逋의 고산 은거지에 와 있는 듯하다고 하였다. 말미에서는 다시 화가에게 세한삼우를 그려달라고 청하여, 화가에서 출발하여 그림으로 들어가고, 다시 화가로 돌아 나오는 수미쌍관의 효과를 내었다.

염노교念奴嬌

― 매화를 읊다題梅

성기고 담백한 운치

묻노니 누가 비교할 수 있으랴

그 천진한 얼굴빛을.

봄의 신 동군東君이 부질 없이 피워놓은

수많은 붉고 하얀 꽃들을 비웃노라.

눈 속에서 온유하고

물가에서 밝게 빼어나니

봄의 힘을 빌리지도 않았어라.

뼈는 맑고 향기는 부드러우니

하늘이 아주 기이하고 절묘한 품격을 내었구나.

기억하노니 아름다운 정원에 추위 가벼울 때

격자창 아래 사람이 잠에서 일어나

섬섬옥수로 가볍게 꽃을 땄지.

이제 하늘 끝을 떠돌며 헛되이 몸은 여위었건만

아직도 예전 그때의 풍운風韻이 있다네.

만 리 바람에 날리는 티끌도

시냇가의 서리 내리는 달밤도

매화를 굴복시킬 수 없다네.

차라리 돌아감만 못하니
낭원閬苑에는 아껴주는 사람이 있나니.

疎疎淡淡, 問阿誰堪比, 天眞顏色? 笑殺東君虛占斷,[1] 多少朱朱
白白.[2] 雪裏溫柔, 水邊明秀, 不借春工力. 骨淸香嫩, 迥然天與奇
絶.
　嘗記寶籢寒輕,[3] 瑣窓人睡起, 玉纖輕摘. 漂泊天涯空瘦損, 猶有
當年標格.[4] 萬里風煙, 一溪霜月, 未怕欺他得. 不如歸去, 閬苑有
箇人惜.[5]

注

1 東君(동군): 봄을 관장하는 신.
2 朱朱白白(주주백백): 붉은 건 붉고, 흰 건 희다. 각양각색의 꽃이
　활짝 핀 모습을 나타낸다.
3 寶籢(보어): 아름다운 정원.
4 標格(표격): 풍도.
5 閬苑(랑원): 전설에 나오는 신선이 거처하는 곳.

해설

　매화를 노래한 영매사詠梅詞이다. 상편은 매화의 신운神韻을 묘사한
것으로 매화의 빛깔과 풍도를 형상화하였다. 하편은 매화의 처지를
그렸다. 한때는 귀인의 높은 대우도 받았으나 어느 사이 천하를 떠돌
고 시련을 겪은 채 고향으로 돌아갈 생각을 하고 있다. 이는 곧 작자의
경력과 심정이기도 하다. 사물을 빌어 심정을 말하는 '차물언정'借物言
情의 전형적인 영물 방법이다.

수룡음水龍吟
— 남검주 쌍계루에 들러過南劍雙溪樓[1]

머리 들어 서북쪽의 구름을 바라보니
하늘까지 닿는 장검長劍이 있어야 하리.
사람들은 모두 말하지
밤 깊으면 종종 이곳에서 솟은 빛이
두성斗星과 우성牛星까지 닿는다고.
내가 둘러보니 산은 높고
못은 넓고 물 차갑고
달은 밝고 별빛은 희미하구나.
물소의 뿔에 불을 붙여
난간에 의지해 검劍을 찾으려하나
전설처럼 바람과 우레가 노하고
수중의 괴물이 날뛸까 두렵구나.

푸른 강은 마주보는 양쪽 산에 막혀
이 높은 쌍계루 앞을 지날 때
나는 듯한 빠른 물살이 느려진다.
나는 진등陳登처럼 늙었으니
베개 높이 베고 누워
옥 술병의 술을 마시고 시원한 대자리에 누워도 좋으리라.

천년의 흥망성쇠와

백년의 슬픔과 기쁨이

누각에 오르니 일시에 몰려든다.

묻노니, 그 누가 또

강가의 모래 위에 돛을 풀어놓고

닻줄을 석양에 매어 두었는가.

擧頭西北浮雲,² 倚天萬里須長劍.³ 人言此地,⁴ 夜深長見, 斗牛
光焰. 我覺山高, 潭空水冷, 月明星淡. 待燃犀下看,⁵ 憑欄却怕, 風
雷怒, 魚龍慘.

峽束蒼江對起,⁶ 過危樓欲飛還斂.⁷ 元龍老矣,⁸ 不妨高臥, 冰壺
涼簟. 千古興亡, 百年悲笑, 一時登覽. 問何人又卸, 片帆沙岸, 繫斜
陽纜.

注

1 南劍(남검): 송대 주州 이름. 치소는 남평南平(지금의 복건 남평시). ○
　雙溪樓(쌍계루): 남평 성 동편에 소재한 누각. 검계劍溪와 초천樵川
　이 이곳에서 합류하므로 이름 지어졌다. 당시 유람 명소였다.

2 西北浮雲(서북부운): 서북쪽 하늘의 뜬 구름. 중원의 소실을 비유
　한다.

3 倚天(의천) 구: 송옥「대언부」大言賦에 나오는 "하늘 밖에 세워진
　장검이 번쩍인다"長劍耿耿倚天外는 말을 활용하였다. 이 구는 『장자』
　「설검」說劍에 나오는 "위로는 구름을 가르고, 아래로는 땅줄기를 자
　르니, 이 검을 한 번 쓰면 제후를 바로잡고 천하가 복종하리라."上抉
　浮雲, 下絶地紀, 此劍一用, 匡諸侯, 天下服矣.라는 말을 환기한다.

4 人言(인언) 3구: 서진 때 장화張華의 용천검 고사를 가리킨다. 서진

때 하늘의 두성과 우성 사이에 자줏빛 기운이 자주 비치자, 장화가 뇌환雷煥을 강서 지방 풍성豐城(지금의 강서성 풍성현)에 보내 두 자루 보검 용천龍泉과 태아太阿를 찾게 하였다. 뇌환은 한 자루는 자신이 가지고 다른 한 자루를 장화에게 보냈다. 이에 장화가 편지를 보내 "검의 문양을 자세히 보니 간장이다. 막야는 어째서 없는가? 하늘이 신물을 내었으니 결국에는 합칠 것이다."詳觀劍文, 乃干將也. 莫邪何復 不至? 天生神物, 終當合耳.고 하였다. 장화가 죽은 후 가지고 있던 보검을 잃어버렸다. 나중에 뇌환이 죽은 후 그 아들 뇌화雷華가 보검을 가지고 연평진延平津(곧 검계)을 지나는데 검이 저절로 허리에서 강물 속으로 뛰어 들어갔다. 뇌화가 사람을 시켜 검을 찾게 하였더니 물속에는 다만 길이가 수 장이 되는 용 두 마리만 보이고 검은 없다고 했다. 『진서』「장화전」張華傳 참조.

5 待燃犀(대연서) 4구: 동진 때 온교溫嶠의 고사를 가리킨다. 온교가 우저기牛渚磯에 이르니 물이 측량할 수 없을 정도로 깊었는데, 세상 사람들이 그 아래 괴물이 많다고 하였다. 이에 온교가 물소의 뿔에 불을 붙여 비쳐보니 삽시간에 어족들이 뒤집어지고 명멸했는데, 기이한 형상들은 어떤 것은 거마를 타고 붉은 옷을 입은 것도 있었다. 『진서』「온교전」 참조.

6 束(속): 속박하다. 제약하다. ○ 蒼江(창강): 푸른 강. ○ 對起(대기): 양쪽의 산이 대치하다.

7 危樓(위루): 높은 누각. 쌍계루를 가리킨다. ○ 斂(렴): 수렴하다. 여기서는 물줄기가 느리게 흐름을 가리킨다.

8 元龍(원룡) 3구: 동한 말기 진등陳登의 고사를 가리킨다. 여포의 모사인 허사許汜가 나중에 형주의 유표劉表 앞에 유비劉備와 함께 자리에 앉게 되었다. 이때 허사가 진등陳登에 대해 비판하면서 자신이 하비下邳에 갔을 때 진등이 손님에 대한 예의도 없이, 말도

하지 않고, 자신은 높은 침상에 자고 허사는 아래 침상에 재웠다는 것이다. 이에 유비가 다음과 같이 말했다. "그대는 국사國士의 명성이 있는데, 지금 천하가 난리에 황제께서 자리를 잃고 있는 상황에서 진등은 그대에게 집을 잊고 나라를 걱정하며 세상을 구할 뜻이 있기를 바랐소. 그러나 그대는 논밭을 구하고 집값을 묻기만 하고 내놓는 의견도 채택할 게 없으니 진등이 기피한 것이오. 무슨 연유로 그대와 말을 하겠소? 나 같았으면 그를 백 척 누각 꼭대기에 눕히고 그대는 땅바닥에 눕게 했을 것이오. 어찌 침상의 위아래 차이로만 했겠소!"君有國士之名, 今天下大亂, 帝主失所, 望君憂國忘家, 有救世之意. 而求田問舍, 言無可采, 是元龍所諱也. 何緣當與君語? 如小人, 欲臥百尺樓上, 臥君於地, 何但上下床之間邪? 『삼국지』「진등전」陳登傳 참조.

해설

남검주 쌍계리에서 용검龍劍의 전설을 회상하며 장검을 얻어 국치를 설욕하려는 애국의 심정을 노래하였다. 상편은 누대에 올라 둘러본 감회를 말했다. 전설에서 말하는 보검을 찾으려 불을 들지만 수중의 괴물이 날뛰고 있어 찾지 못하는 비애를 말하였다. 이는 곧 고토 회복을 시도하지만 금나라와 화친을 꾀하는 투항파의 반대와 방해로 뜻을 이루지 못함을 비유하였다. 때문에 하편에서는 자신의 뜻을 이루지 못한 분노와 어쩔 수 없이 은거해야 하는 비애를 토로하였다. 말미에 나오는 강가에 돛을 풀어놓은 배의 이미지도 정치적 추구를 방치한 비유로 볼 수 있다. 침울하고 강경한 어조로 전설과 현실, 풍광과 정치 현실, 자신과 국가 사이를 오가며 비분을 내뱉고 있어 장대한 가운데 비극적인 공간을 만들어낸다. 전편에 걸쳐 호방하고 웅혼한 기상이 서려 있고 강개하고 비량한 풍격이라, 읽으면 풍운이 몰아

치는 소리에 마치 검이 울고 쇠가 부딪는 듯해 사람을 놀라게 한다. 신기질의 대표작 가운데 하나이다. 1192~1194년에 복건 지역을 순시하는 도중에 지었다.

서학선瑞鶴仙

— 남검주 쌍계루南劍雙溪樓

돛배는 어찌 그리 빠른가?
멀리 바라보니 한 점이었는데 삽시간에
누대가 하늘까지 지척지간으로 높이 있구나.
사공이여 손님들을 잘 보살피게.
바람과 파도는 마치 삼협三峽과 같고
삐쭉빼쭉한 봉우리들은 검과 창 같구나.
계곡의 남쪽과 북쪽
마침 은자가 살기 좋은 산수자연이라고 상상을 펼치는데,
어부와 나무꾼들은 높이 솟은 누대를 가리키며
오히려 노래하고 춤추는 술자리를 부러워하는구나.

탄식하노니
산림 속에 살든 부귀를 누리든
이제는 마음이 시들해지고 감정도 바뀌어졌으니
본래의 기쁨과 슬픔도 없고
잠깐 사이에 지나간 일이 되는 것을.
날아가는 새 너머로
저녁 안개가 푸르구나.
묻노니 그 누가 옛일을 애틋이 여기는가

남루南樓의 늙은이가
달 밝은 밤에 불던 피리소리를 가장 좋아했지.
지금은 얼굴엔 누런 먼지만 가득할 뿐
돌아가려 해도 돌아갈 수가 없구나.

片帆何太急? 望一點須臾, 去天咫尺. 舟人好看客.[1] 似三峽風
濤, 嵯峨劍戟. 溪南溪北. 正遐想幽人泉石. 看漁樵指點危樓, 却
羨舞筵歌席.

歎息. 山林鐘鼎,[2] 意倦情遷, 本無欣戚.[3] 轉頭陳迹. 飛鳥外, 晚
煙碧. 問誰憐舊日, 南樓老子,[4] 最愛月明吹笛? 到而今撲面黃塵,
欲歸未得.

注

1 舟人(주인) 구: 소식의 「양걸을 보내며」送楊傑에 나오는 "강 건널
　때 바람 세어 물결이 산처럼 높으니, 사공에게 손님들 잘 모시라
　부탁하네."過江風急浪如山, 寄語舟人好看客.라는 구절을 이용하였다.

2 山林鐘鼎(산림종정): 산림에 사는 사람과 종명정식鐘鳴鼎食을 하
　는 사람. 재야에 있는 사람과 조정에 있는 사람. 두보의 「청명」淸
　明에 "궁중 생활과 산림 생활은 각기 천성에 달린 것, 탁주에 거친
　밥으로 나의 생애 즐기리."鐘鼎山林各天性, 濁醪粗飯任吾年.란 구절
　이 있다.

3 欣戚(흔척): 즐거움과 슬픔.

4 南樓(남루) 2구: 동진 때 유량庾亮이 도간陶侃의 후임으로 6주의 도
　독으로 무창에 주둔하였을 때의 일화를 말한다. 어느 맑은 가을 밤
　은호殷浩 등 막료들이 남루南樓에 올라가 있었는데, 조금 후 유량이
　올라오자 여러 사람들이 일어나 자리를 피하려 하였다. 이에 유량

이 천천히 말했다. "제군들 잠시 있게. 늙은이도 이곳에 올라오니 흥이 가볍지 않다네."諸君少住, 老子於此處興復不淺. 그리하여 은호 등과 이야기를 나누고 시를 읊었다. 『세설신어』「용지」容止 참조.

해설
　남검주 쌍계루의 주위 풍경과 누대에서의 감회를 썼다. 상편은 배를 타고 쌍계루를 찾아가는 모습을 서술했다. 빠른 물살을 따라 삽시간에 누대 아래 이르러 올려다본 모습부터 시작하여 강 주위의 풍광을 묘사하고, 이어서 풍경을 보는 자신의 생각과 사공들의 생각을 비교하였다. 하편은 쌍계루에 올라서서 떠오르는 감회를 서술했다. 산림에서 사는 은거 생활과 종명정식鐘鳴鼎食 하는 부귀의 삶을 비교하지 않는 달관의 모습을 보이지만, 사실은 그 어느 것도 할 수 없는 비통한 심경을 나타내었다.

자고천鷓鴣天

시름을 피하려 높은 누대 올랐건만
시름도 나를 따라 높은 누대로 올라왔네.
지나온 곳 몇몇 군데는 강산이 바뀌었고
수많은 친구 모두 백발이 되었구나.

돌아가자꾸나
아, 돌아가자.
설마 사람들 모두가 꼭 봉후封侯를 받고나서야 돌아가는 건 아니겠지.
뜬구름이 오고감에는 원래 정해진 게 없으니
뜬구름 같이 하는 것도 자유라네.

欲上高樓去避愁, 愁還隨我上高樓. 經行幾處江山改, 多少親朋
盡白頭.
歸休去,¹ 去歸休. 不成人總要封侯? 浮雲出處元無定, 得似浮雲
也自由.

注

1 歸休(귀휴): 벼슬을 그만두고 전원으로 돌아가다.

해설

누대에 올라 인생의 감회를 썼다. 상편에선 세월만 흘러간 채 공업을 이루지 못한 '시름'愁을 나타내었다. 하편은 공업을 이루지 못했어도 은거할 수 있는 구름의 자유로움을 따르고 싶다고 말함으로써, 오히려 공업을 이루지 못한 한을 더욱 강조하였다. 중원에서 강남으로 내려온 작자로서는 이러한 감회가 평생의 시름이었고 최대의 문제의식이었다.

유초청柳梢青

—삼산에서 돌아가는 길에, 갈매기의 조롱을 받으며 대신 쓰다三山歸途, 代白鷗見嘲[1]

갈매기가 나를 맞이하며
불쌍히 여기며 비웃는구나
만면에 먼지 가득하다고.
백발에 늙은 얼굴
떠날 때 내게 권했었지
일찌감치 돌아오라고.

지금 어찌 고상한 마음으로
강남 천 리 멀리 순채국 때문에 돌아가는 것이리오!
「북산이문」을 손에 잘 들고
오늘부터 날마다
천 번 읽어야 하리.

白鳥相迎, 相憐相笑, 滿面塵埃. 華髮蒼顔, 去時曾勸, 聞早歸來.[2]
而今豈是高懷, 爲千里蓴羹計哉![3] 好把移文,[4] 從今日日, 讀取千回.

注

1 三山(삼산): 복주福州. ○ 白鷗(백구): 갈매기. 신기질은 1182년 대
    호帶湖 거주 초기 갈매기에게 함께 산수를 즐기며 지낼 것을 맹약하

였다. 「수조가두 ―대호를 내 무척 사랑하나니」 참조.

2 聞早(문조): 일찌감치.

3 蓴羹(순갱): 서진 때 장한張翰의 고사와 육기陸機의 고사를 사용했다. 장한이 제왕齊王의 동조연東曹掾으로 초빙되었으나, 가을바람이 불어오자 고향 오 땅의 순채국과 농어회가 생각나 "사람이 살아가며 편하고 자유로운 게 중요한데, 어찌 수천 리 멀리에서 벼슬에 묶여 이름과 작위를 구한단 말인가?"人生貴得適志, 何能羈宦數千里, 以邀名爵乎?라고 말하고 고향으로 돌아갔다. 『세설신어』「식감」識鑑 참조. 또 육기가 왕무자王武子를 만나니 왕무자가 양젖을 여러 섬 늘어놓고 "강동에는 이에 맞설 만한 음식이 없겠지?"라고 말했다. 육기가 "천 리에 걸쳐 순채국이 있소. 다만 소금 된장을 넣지 않았을 뿐이오."有千里蓴羹, 但未下鹽豉耳!라고 했다. 『세설신어』「언어」言語 참조.

4 移文(이문): 남제 때 공치규孔稚珪가 쓴 「북산이문」北山移文. 원래 공치규와 주옹周顒 등이 종산鍾山에 은거하기로 하였으나, 나중에 주옹이 조정의 부름에 출사하였고, 임기가 만료되어 도성에 들어와 다시 종산을 지나가자 공치규가 이 문장을 썼다. 산령山靈의 어조로 주옹이 약속을 어기고 출사한 일을 풍자하면서 산에 들어오는 것을 거절하는 내용이다.

해설

신기질은 1182년(43세) 대호帶湖 거주 초기, 갈매기와 함께 산수를 즐기며 지낼 것을 맹약하였다. 「수조가두 ―대호를 내 무척 사랑하나니」에 자세하다. 십 년 후, 1192년(53세) 봄 복건 제점형옥사福建提點刑獄使로 부임하게 되면서 이러한 맹세를 어기게 되어 그 부끄러움으로 「완계사 ―봄 산의 두견새 울음을 자세히 들으니」浣溪沙 ―細聽春山杜宇

噇를 쓴다. 그러나 이번의 관리 생활은 오래 가지 않았다. 복건 제점형옥사와 복건 안무사를 겨우 2년 하고 나서 파직 당하게 된다. 때는 1194년(55세) 가을, 조정에서는 건녕부 무이산충우관建寧府武夷山沖佑觀을 주관하는 허직虛職을 내렸다. 이에 신기질은 집으로 돌아갔다.

이 작품은 복주에서 집으로 돌아가며 지었다. 그의 많은 작품에서 알 수 있듯 그는 대호에 있으면서 내내 출처出處(은거와 벼슬)에 대해 고민하였다. 잃어버린 중원을 수복하려는 뜻을 버린 채 현실적인 안일에 몰두한 당시의 혼탁한 관장官場에 염증을 낸 그는 원래 은거하기로 마음먹고 갈매기와 맹약을 했는데, 복주로 부임하면서 저버렸다가, 다시 어쩔 수 없이 낙향하게 되었다. 스스로 선택하여 은퇴한 것이 아니라 조정에서 내쳤기에 피동적으로 어쩔 수 없이 낙향하게 된 것이다. 이는 그에게 커다란 부끄러움을 주었고, 그는 갈매기가 맹약을 어긴 자신을 비난하고 조롱하는 어조를 채용하여 이 작품을 형상화하였다. 특히 "지금 어찌 고상한 마음으로, 강남 천 리 멀리 순채국 때문에 돌아가는 것이리오!"而今豈是高懷, 爲千里蓴羹計哉!는 장한張翰의 전고를 원래의 의미와는 달리 완곡하게 이를 비판한 것이다. 그것은 애초에 지녔던 고상한 마음에서 은퇴한 것이 아닌 것이다. 때문에 북산北山의 신령이 은거의 맹세를 어긴 주옹周顒을 질타하는 「북산이문」北山移文을 천 번 읽는 벌칙을 내리는 것이다. 이 작품에는 물론 자신을 신랄하게 조소하고 엄격하게 질책하고 있지만, 동시에 이러한 현실을 만들어 낸 당시 위정자들의 참훼와 방해, 조변석개의 정령政令으로 전임轉任 명령을 쉽게 내리는 조정에 대한 분개와 이로 인해 받게 되는 고통도 들어있다.

| 역주자 소개 |

서성

북경대에서 중문학 박사학위를 받았다. 현재 배재대에서 강의. 중국고전시와 관련된 주요 실적으로는 「이소」離騷의 주석과 번역, 「구가」九歌 주석과 번역, 『양한시집』兩漢詩集, 『한시, 역사가 된 노래』, 『당시별재집』唐詩別裁集, 『대력십재자 시선』大曆十才子詩選 등이 있다.